Giorgio Ballario

MORIRE È UN ATTIMO

La prima indagine del maggiore Aldo Morosini
nell'Africa Orientale Italiana

Edizioni del Capricorno

Edizioni del Capricorno
Corso Monte Cucco, 73
10141 Torino
Tel. 011 385.36.56
Fax 011 382.05.49
info@edizionidelcapricorno.com
www.edizionidelcapricorno.com
www.facebook.com/EdizionidelCapricorno

ISBN 978-88-7707-485-0

Coordinamento editoriale: Roberto Marro
Grafica di copertina: Carmine Cassese
Impaginazione: Francesca Cattina
Stampa: Grafica Veneta S.p.a., Trebaseleghe (PD)

Non c'è nulla di certo nella vita di un uomo,
tranne questo: che egli deve perderla.

(Eschilo)

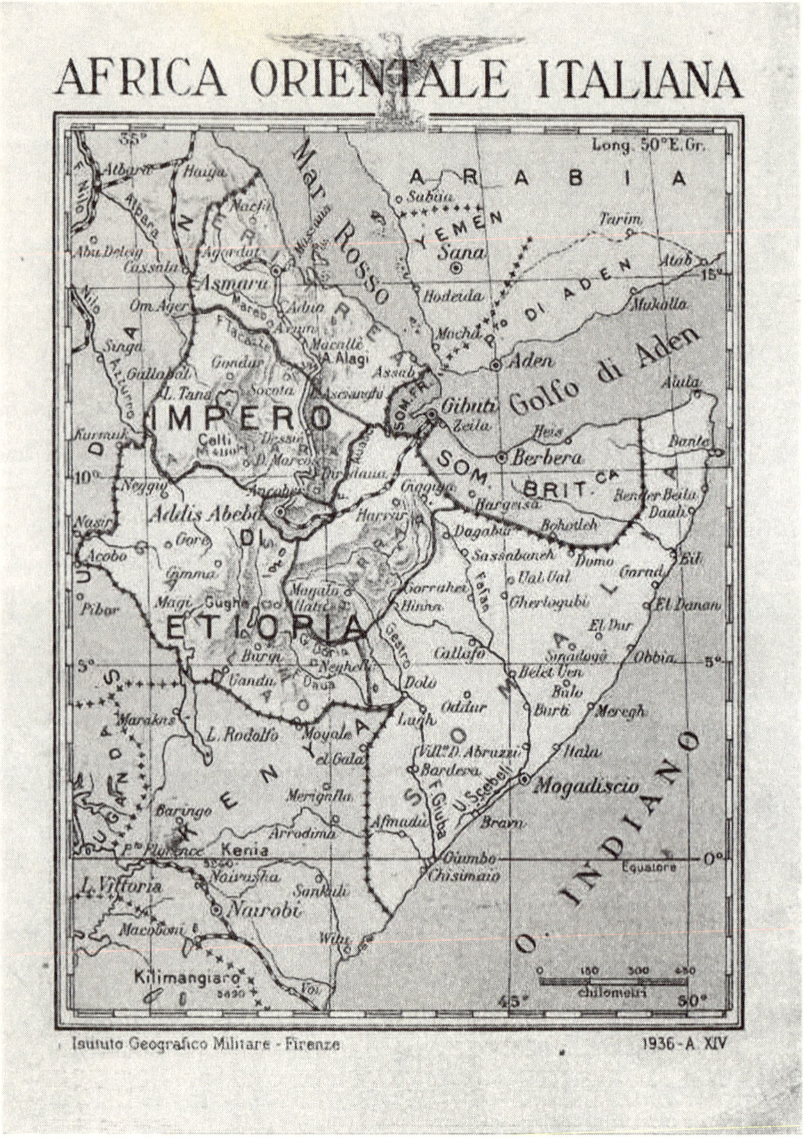
AFRICA ORIENTALE ITALIANA
Long. 50° E. Gr.
ARABIA
YEMEN
Sana
Mar Rosso
Golfo di Aden
G.fo DI ADEN
Asmara
Massaua
Adua
Macallè
A. Alagi
Gondar
Assab
Gibuti
Zeila
Berbera
Aden
SOM. FR.
SOM. BRIT.CA
IMPERO
DI
ETIOPIA
Addis Abeba
Dessiè
Dire Daua
Harrar
Giggiga
Hargeisa
Gore
Gimma
Neghelli
Dolo
Lugh
Bardera
Chisimaio
Mogadiscio
Obbia
Belet Uen
Merca
Brava
F. Giuba
U. Scebeli
O. INDIANO
KENYA
L. Rodolfo
Moyale
Nairobi
Kenia
L. Vittoria
Kilimangiaro
Equatore
0°
5°
10°
15°
35°
45°
50°
chilometri
Istituto Geografico Militare - Firenze
1936 - A. XIV

Personaggi principali

Aldo Morosini, maggiore dei Carabinieri
Eusebio Barbagallo, maresciallo dei Carabinieri
Tesfaghì, sottufficiale indigeno
Virginia Mariani, attrice di varietà
Pippo Lanzafame, attore, comico e impresario teatrale
Massimo Riccardis, attor giovane nella compagnia di Lanzafame
Tiziana De Virgili, ballerina del varietà
Goffredo Puricelli, uno degli uomini più ricchi e in vista della città
Matilde Sansoni in Puricelli, moglie di Goffredo
Luigi Bianchini, impiegato di banca
Claudio Ragazzoni, ex alpino, ufficiale medico, amico di Morosini
Padre Umberto Visetti, cappellano militare
Padre Baldassarre, frate dell'orfanotrofio di Cheren

Nota dell'editore

Questa è un'opera di fantasia. Nomi, personaggi ed episodi sono frutto dell'immaginazione dell'autore e non possono in alcun modo essere considerati reali. Qualsiasi somiglianza con fatti, scenari, organizzazioni o persone, veri o immaginari, è del tutto casuale.

I
Il Genova *è attraccato*

Lanciai un'occhiata di là dalle finestre del comando, verso la rada di Massaua. L'unica traccia del piroscafo *Genova* erano le colonne di fumo nero che si stagliavano in lontananza, come due scarabocchi di carbone sul cielo azzurro. L'orologio appeso alla parete segnava le otto e mezzo.

«È in ritardo almeno di un paio d'ore», dissi rivolto all'uomo che sedeva un po' più in là, dietro una scrivania che la corporatura robusta rendeva troppo piccola.

«Hanno avuto dei problemi all'attracco di Porto Said», rispose il maresciallo Barbagallo, «anche se il mare era calmo non sono poi riusciti a recuperare. Tempo mezz'ora e inizieranno a sbarcare i primi passeggeri.»

L'arrivo di una nave nel porto di Massaua era sempre un avvenimento. Bastava che un qualsiasi mercantile gettasse l'ancora alla Banchina, come era familiarmente chiamato lungomare Umberto I, perché decine di persone si accalcassero sul molo, sgomitando per conquistare la prima fila vicino alla passerella. I più veloci ad arrivare erano i ragazzini eritrei, alla ricerca di una qualsiasi valigia da portare fino al più vicino albergo in cambio di una manciata di centesimi. Poi era il turno dei venditori d'acqua e dei commercianti arabi, e nel giro di qualche minuto si avvicinavano alla banchina anche gli italiani, a partire dagli ispettori della dogana, che si facevano largo a pedate fra gli scugnizzi e i facchini del porto.

Quando poi arrivava da Genova il postale celere della Compagnia Italiana Transatlantica oppure il piroscafo mensile del Lloyd Triestino, l'attesa diventava frenetica. La nave era ancora impegnata nelle manovre d'ingresso nel porto e si apprestava appena a oltrepassare il promontorio di Abd el Cadér, in direzione delle banchine Salvago Raggi e Regina Elena, che già il lungomare brulicava di folla. Vedevi accorrere i soldati in attesa della posta e i fattorini degli uffici coloniali in attesa del funzionario di turno, mentre i factotum degli alberghi cittadini – dal Grande Albergo al Savoia, fino ai più modesti Ghedém e Manetti – scrutavano come rapaci i passeggeri che scendevano dalla nave, in cerca di clienti.

Lungo la Banchina non mancava neppure la solita dozzina di sfaccendati, che passeggiavano svogliatamente su e giù per il molo. Per lo più era gente che campava di piccoli traffici, ai margini della legge. Alcuni avevano trasferito in Africa Orientale il millenario mestiere del ruffiano e se ne andavano tenendo a braccetto donne dal trucco pesante e dallo sguardo invitante. Così, tanto per fare un po' di *réclame* alla mercanzia.

Quel 10 marzo 1935 la Città Vecchia appariva più animata del solito. Negli ultimi tempi l'arrivo di navi dalla madrepatria – soprattutto convogli militari – si era intensificato, ma l'imminente attracco del *Genova* veniva considerato il vero avvenimento della settimana. Tutto merito della famosa compagnia di varietà di Pippo Lanzafame, che aveva scelto Massaua come prima tappa della sua tournée nelle colonie. Il capocomico, gli attori e le ballerine erano attesi con impazienza dalla buona società italiana in Eritrea, che in verità non aveva molte occasioni di assistere a spettacoli mondani. Dopo un paio d'esibizioni a Massaua, Lanzafame e i suoi avrebbero preso le valigie per Cheren e Agordat, per poi proseguire fino ad Asmara, dove il varietà sarebbe rimasto in cartellone per un'intera settimana, sul palcoscenico dell'omonimo teatro, di fianco alla Casa del Fascio.

A ritornarci col pensiero sembra ieri l'altro, invece è passata quasi una vita. Avevo poco più di quarant'anni ed ero maggiore in servizio presso il comando di Massaua della compagnia Carabinieri d'Eritrea. Ricordo con chiarezza le sensazioni che in quel momento stavo vivendo: non l'avrei ammesso neppure sotto tortura o dietro esplicita domanda di sua maestà il re, ma quella mattina, a spingermi tra la folla assiepata sul lungomare, non erano solo ragioni legate al mio ufficio. E neppure la curiosità.

Certo, nella sonnolenta Massaua non capitava spesso di poter accantonare le occupazioni di routine per incontrare una compagnia di artisti, acclamata in patria come uno dei sodalizi più popolari dello spettacolo leggero. Ma c'era dell'altro. I miei gradi mi avrebbero permesso di avvicinarmi senza alcuna difficoltà a Pippo Lanzafame e ai suoi compagni. E anche a Virginia Mariani, una delle due *vedette* dello spettacolo *Avanti c'è posto*, il varietà che l'anno prima aveva sbancato i teatri di mezz'Italia.

L'avevo conosciuta nel 1925 a Firenze, dove ero tenente dell'Arma in servizio presso la compagnia Centro. Poco più che ventenne, prima ballerina di una compagnia di livello regionale, per alcuni mesi Virginia aveva accettato la mia corte sobria e fin troppo discreta. Poi mi aveva piantato per un industrialotto conciario, che ogni sera le invadeva il camerino con dozzine di mazzi di rose. Era stata solo una passioncella giovanile, mi andavo ripetendo, nulla di più. Un amore intenso sfiorito in fretta, che fino a un paio di giorni prima non aveva più dato segno di vita, covando sotto la cenere dei ricordi. Eppure, dopo aver letto il suo nome sul giornale, era come se un piccolo tarlo avesse cominciato a rodermi il cervello. Lento ma inesorabile. Un paio di volte, redigendo i soliti rapporti nell'afa dell'ufficio, mitigata a stento dalle pale del ventilatore sul soffitto, mi ero sorpreso a pensare a

Virginia, la penna sospesa nella mano destra e lo sguardo perso oltre la finestra.

«Che bischero», era stato il mio commento, che avrebbe voluto essere ironico. L'avevo detto a bassa voce, per non farmi sentire dal maresciallo, con accento volutamente toscano, così come l'avrebbe pronunciato lei. Un ulteriore sintomo della mia bischeraggine.

«Che bischero», tornai a mormorare mentre fendevo la folla per raggiungere il punto di attracco del piroscafo. Barbagallo mi seguiva due passi più indietro, accigliato come sempre, ma in realtà ben felice di abbandonare le scartoffie del comando per calarsi nel mondo dorato dello spettacolo. Forse il sottufficiale già pregustava il resoconto che avrebbe fatto quella sera alla moglie, un donnone brontolone e lamentoso che però lo adorava, tanto da lasciare senza batter ciglio la natìa Nizza Monferrato per seguirlo in Africa Orientale.

«Sulle ballerine, però, preferisco sorvolare», disse strizzando l'occhio. «Mi raccomando, signor maggiore: se uno di questi giorni incontrate mia moglie non ne fate cenno. Sapete come sono le donne...»

Dalla passerella del *Genova* i primi passeggeri stavano già scendendo. Risposi appena al saluto militare di un paio di doganieri, mi avvicinai al molo e riconobbi da lontano la figura di Lanzafame, che avevo visto una volta a Roma, un paio d'anni prima di imbarcarmi per l'Eritrea. Impossibile sbagliarsi. Un tipo alto e allampanato, con i radi capelli impomatati, baffi e pizzetto che s'iniziavano a ingrigire, l'aria ascetica ravvivata da due occhietti neri che non stavano mai fermi. Indossava un completo di lino bianco e chiacchierava con un ometto sui cinquant'anni dal volto rubicondo, quasi calvo.

Virginia era lì dietro, sempre bellissima. Si guardava intorno con espressione incuriosita, cercando di smuovere con un ventaglio l'aria africana, già rovente alle otto del mattino. Indossava un abito color panna stretto in vita e un cappello di paglietta a tesa larga e sorrideva come un bambino alla fiera di carnevale. Al suo fianco si dimenava una ragazza poco più che ventenne, i capelli biondi raccolti a coda di cavallo e in mano un piccolo binocolo, di quelli che si usano in teatro. Osservava ora la Città Vecchia, ora il promontorio di Gherar, visibilmente eccitata per l'insolito panorama che le si parava davanti. Di tanto in tanto dava di gomito all'uomo che le teneva un braccio sopra la spalla, indicandogli la folla multicolore che ondeggiava lungo la Banchina. Lui appariva quasi annoiato. Avrà avuto una trentina d'anni, baffetti neri e capelli molto corti. Fumava in silenzio una sigaretta con il bocchino e guardava indifferente il viavai sul ponte del bastimento, come se vivesse a Massaua da una vita.

Un quarto d'ora più tardi, negli uffici doganali, mi avvicinai a Pippo Lanzafame e ai suoi compagni, intenti al disbrigo delle formalità di frontiera.

«Permettete, commendatore, sono il maggiore Aldo Morosini. A nome del comandante Frangipane desidero porgervi il benvenuto in Eritrea.»

«Grazie, maggiore, siete molto gentile. Mi auguro di avervi nostro ospite domani sera, allo spettacolo.»

«Potete contarci. Credo che saranno pochissimi gli italiani che si perderanno il varietà, sapete... anche quaggiù si parla molto di voi e della vostra compagnia.»

«Vi confesso che sono davvero felice di aver potuto organizzare una tournée nelle colonie. Anni fa sono stato in Tripolitania e ne conservo un ricordo bellissimo. Quando avremo finito gli spettacoli, qui in Eritrea, andremo in Somalia e saremo in cartellone per un'intera settimana al cinema-teatro Impero di Mogadiscio.»

«Vedrete che sarà un'esperienza fantastica. Le nostre colonie rappresentano un magnifico esempio di adattamento al territorio africano e di coesistenza con le popolazioni indigene. Entro qualche anno Somalia ed Eritrea saranno al livello economico della madrepatria.»

«Sapete, maggiore, a Roma qualcuno ci aveva sconsigliato di venire quaggiù. Dicevano che può essere pericoloso, si parla di problemi ai confini con l'Abissinia e c'è chi afferma con certezza che scoppierà una guerra contro il Negus.»

«Commendatore, l'eventualità di una guerra non è così campata in aria. Ogni giorno che passa gli abissini alzano la cresta, con il benestare di Francia e Inghilterra. Tre mesi fa c'è stata una scaramuccia a Ual-Ual, alla frontiera fra Somalia e Abissinia, e gli etiopi hanno ammazzato una ventina di nostri ascari. Credo che il Duce non aspettasse altro. La campagna d'Africa è già cominciata, ma prima che s'inizi a fare sul serio voi e la vostra compagnia sarete già tornati a Roma da un pezzo.»

«Speriamo, caro maggiore. Vi confesso che, pur avendo preso parte alla Grande Guerra, non sento nessuna nostalgia delle cannonate. Sono sicuro che gliela faremo vedere a quei musi neri, ma preferisco leggere le notizie dal fronte seduto a un tavolino di via Veneto.»

Stavo ancora sorridendo alla battuta di Lanzafame, quando Virginia si avvicinò in silenzio al capo della compagnia.

«Quand'è che finiamo con queste scartoffie, Pippo? Non vedo l'ora di andare in albergo a rinfrescarmi. Siamo arrivati da mezz'ora e sono già stufa dell'Africa: questo caldo non mi lascia neppure respirare. Non so proprio come farò a resistere per un mese.»

«Suvvia, Virginia, un po' di pazienza. Pensa ai nostri connazionali che vivono qui, che opinione si faranno della compagnia di Pippo Lanzafame? Non siamo mica mammolette, dài! Vieni che ti presento il maggiore Morosini, dei Carabinieri d'Eritrea.»

«Ciao Virginia, sei sempre bellissima», le dissi d'un fiato.

Mi guardò con occhi sorpresi, corrucciò un po' la fronte e socchiuse le palpebre. Poi capì e il suo volto si aprì in un sorriso radioso.

«Aldo! Ma sei proprio tu? Qui, in Eritrea? Mio Dio, che sorpresa, saranno almeno otto anni che non ci vediamo...»

«Fai pure dieci, Virginia.»

«Aldo mio, non ci posso credere. Sai, Pippo», fece rivolta all'attore, «il maggiore Morosini è un vecchio amico dei tempi in cui facevo la fame in quella piccola compagnia toscana, con Alcide Rossi. Chi l'avrebbe mai detto, incontrarci di nuovo così lontano da Firenze. Ma adesso che ci siamo ritrovati, devi assolutamente venire al nostro spettacolo. Anzi, perché non passi più tardi al Grande Albergo, dove alloggia la compagnia, così ci prendiamo un aperitivo e ti presento gli altri. Su, dài, non farti pregare.»

«Purtroppo sono in servizio, Virginia. Devo controllare se al comando hanno bisogno di me e talvolta ci tocca rimanere fino a tardi, insomma, non posso assicurarti niente.»

«Andiamo, maggiore, non vorrete declinare l'invito di una bella donna», abbozzò Lanzafame osservandomi con sguardo malizioso e divertito, «e poi questa sera al Grande Albergo ci saranno tutti i notabili della città: dare un'occhiata per controllare che tutto si svolga senza problemi in un certo senso fa parte del vostro lavoro, non è vero?»

Mentre ritornavamo a piedi al comando, attraversando la diga che unisce la Città Vecchia al quartiere di Taulud, ebbi la chiara impressione che il maresciallo Barbagallo se la stesse ridendo sotto i folti baffoni. All'improvviso mi sentii un po' stupido e la cosa mi fece arrabbiare.

«Barbagallo, guarda che questa sera tu non vieni», gli ordinai brusco.

«Ma come, signor maggiore. Non mi portate a vedere le ballerine?»

«Se vuoi vedere le ballerine te ne vai domani sera al teatro. E ci vai gratis, tanto in uniforme ti lasciano passare senza pagare.»

«Sì, signor maggiore, ma...»

«Maresciallo, niente ma. Alle sette di sera smonti dal servizio e te ne vai a casa dalla tua Gina. Siamo d'accordo?»

«Agli ordini, signor maggiore.»

Sapevo che Barbagallo mi avrebbe tenuto il muso per il resto della giornata, ma in quel momento non me ne importava nulla. Un minuto più tardi ero già dispiaciuto di essermi rivolto con quel tono al sottufficiale, ma avevo i nervi troppo a fior di pelle per sopportare la sua presenza durante una serata che si annunciava complicata. Complicata perché, pochi minuti prima, quando avevo addosso gli occhi di Virginia, mi ero sentito avvampare. D'un tratto i 34 gradi che già sopportavo malvolentieri mi erano sembrati intollerabili: la camicia dell'uniforme s'era appiccicata alla schiena e dalla fronte mi colavano piccole gocce di sudore. Mi ero sentito goffo e imbarazzato e non mi andava certo di passare un'altra volta per fesso davanti a Lanzafame e al maresciallo.

«Sono proprio un bischero», pensai varcando in preda al malumore la soglia del comando nel palazzo del Commissariato del Bassopiano Orientale.

II
Incontro inatteso

«Gradite un vermut, maggiore Morosini? Oppure preferite una coppa di spumante?» domandò in tono untuoso Muzio Roversi. L'ometto grassoccio da un paio d'anni era alla guida del Grande Albergo e quella sera svolgeva con sussiego il ruolo di gran cerimoniere alla festa in onore della compagnia teatrale appena giunta dall'Italia.

«Vi ringrazio, signor Roversi, ma come sapete sono in servizio, preferisco non bere nulla, per me la serata è ancora lunga», risposi in tono cortese ma fermo. In realtà sentivo la gola secca e avrei avuto una dannata voglia di buttar giù qualcosa, meglio se freddo e molto alcolico. Ma temevo di eccedere con i vermut e peggiorare il mio stato di inquietudine.

Roversi non mi era mai andato troppo a genio, forse per via di quel modo affettato di comportarsi con chiunque avesse un briciolo di potere, a Massaua e nell'intera colonia. Quella sera, poi, si sforzava di dare il peggio di sé. Lo osservai mentre faceva sfoggio di inchini e baciamano con le signore della buona società nazionale e con le stelline del varietà, per poi schizzare su e giù per la sala delle feste del Grande Albergo con l'aria del sergente maggiore che passa in rassegna la truppa in attesa che arrivi il generale. «Dovrebbe recitare lui, domani sera», pensai abbozzando un sorriso, «con quel frac attillato e i pantaloni alla caviglia sembra una macchietta della commedia dell'arte.»

Un'orchestrina allietava la serata. Era un gruppo di cinque giovanotti che avevo già visto all'opera nei caffè e nei locali notturni cittadini, volenterosi ma purtroppo per le nostre orecchie decisamente dilettanteschi. Il cantante, un ragazzo sui 25 anni con il nasone e i capelli impomatati, attaccò un grande successo dell'anno prima, *Chitarra romana*. La voce era esile come quella di Carlo Buti, ma assai meno intonata, mentre snocciolava i versi che anche a Massaua e nella colonia africana tutti conoscevano ormai a memoria.

Sotto un manto di stelle
Roma bella mi appare,
solitario il mio cuor
disilluso d'amor
va nell'ombra a cantar,
una muta fontana una stella lassù
o chitarra romana accompagnami tu.
Suona suona mia chitarra
accompagnami in sordina
la mia bella fornarina
al balcone non c'è più...

Mi stufai ben presto di ascoltare quella lagna e di sopportare il chiacchiericcio della buona società cittadina. Mi avvicinai alla terrazza che si affacciava sulla rada di Massaua e accesi una Macedonia, dando un'occhiata al cielo stellato. A sinistra scintillavano le luci della Città Vecchia, quasi un presepe lontano, mentre di fronte si apriva il mare aperto, scuro e immobile come una distesa di pece.

Non finivo mai di meravigliarmi quando guardavo Massaua di notte. Non si stava poi male, in Eritrea. Quando un paio d'anni prima il colonnello Restagno mi aveva comunicato la promozione al grado di maggiore e il contestuale trasferimento in Africa Orientale, mi ero sentito cadere il mondo addosso. Lasciare Torino, abbandonare l'Italia. E, in un certo senso, separarsi anche dall'Arma, giacché il corpo coloniale veniva guardato con una certa sufficienza dai Carabinieri, che pure lo componevano in maggior parte. Certo, lo stipendio ne avrebbe beneficiato e le possibilità di far carriera si sarebbero moltiplicate. Ma si trattava pur sempre di un salto nel buio. Ormai vicino ai quarant'anni, non ero sicuro di potermi adattare a un incarico e a uno stile di vita così differenti dal mio.

Fin dall'infanzia ero abituato a girare l'Italia in lungo e in largo, al seguito di un padre ufficiale di artiglieria. E, una volta arruolato nell'Arma, avevo continuato a vagabondare da un comando all'altro. Ma in quel caso il trasferimento imponeva cambiamenti radicali. Destinazione Massaua, Africa Orientale. Se il colonnello mi avesse annunciato un trasferimento sulla luna, il mio stato d'animo sarebbe stato più o meno lo stesso.

Buttai il mozzicone di sigaretta giù dalla terrazza. Qualche minuto prima, nel salone scintillante di luci e di suoni d'orchestra, avevo fantasticato sperando che Virginia mi raggiungesse sul balcone. Invece la intravedevo ballare con il cavalier Buridani, un ottuso burocrate dell'ufficio tecnico delle opere pubbliche.

All'improvviso avvertii dietro di me una presenza e mi girai di scatto.

«Scusate, maggiore, non volevo spaventarvi. Non mi ero reso conto che eravate assorto nei vostri pensieri.»

Goffredo Puricelli era uno degli uomini più ricchi della città. Possedeva una ditta di importazioni ed esportazioni di prodotti coloniali e una compagnia di trasporti con decine di autocarri, era socio di maggioranza del cinematografo Eritreo ed era amico fraterno di Alessandro Tripodi, segretario del Partito Nazionale Fascista di Massaua. Ma stranamente era anche un uomo schivo ed educato, che non amava farsi bello per lo spessore del portafogli o per le amicizie altolocate di cui godeva, sia in Italia sia nella colonia.

«Ma vi pare, commendator Puricelli. Non mi avete certo spaventato, ero solo rimasto incantato a guardare le luci di Massaua e ricordavo la prima sera che l'ho veduta, circa due anni fa.»

«Voi non sapete come vi capisco. Io l'ho vista la prima volta quindici anni fa, prima ancora che il terremoto distruggesse mezza Città Vecchia, e me ne sono subito innamorato. Sapete, anch'io di sera passo ore a guardare il mare dalla terrazza di casa, seguendo il volo degli uccelli marini sulla baia di Gurgussum, fino all'isola di Scec Saìd. Mia moglie dice che sono matto, ma lei non può capire cosa significhi aver visto questa città rinascere dopo il sisma, crescere, svilupparsi fino a diventare uno dei porti più belli del Mar Rosso.»

«Quando Massaua diventerà lo sbocco al mare dell'Abissinia italiana, questa città sarà la perla del Mar Rosso e dell'Oceano Indiano, ne sono convinto. Bisognerà allargare il porto, edificare nuovi quartieri sulla terraferma e costruire strade d'accesso più grandi. Secondo me nel giro di dieci anni raggiungeremo una popolazione di almeno cinquantamila abitanti.»

«Speriamo, maggiore, speriamo. Io non m'intendo di questioni militari, sono solo un commerciante particolarmente fortunato. Però la guerra con l'Abissinia non sarà una passeggiata, costerà soldi e molte vite umane e porterà via tante risorse anche alla nostra bella Massaua. Senza contare l'odio della Francia e dell'Inghilterra, che stanno facendo di tutto per boicottare i traffici delle nostre colonie e soffiano sul fuoco della Società delle Nazioni.»

«Il Duce non si lascerà infinocchiare, vedrete.»

L'intraprendenza dell'Italia metteva paura agli altri imperi, per questo cercavano di ostacolarci in ogni modo. «Ma Mussolini non si lascia mettere i piedi sul collo da nessuno, tanto meno da quel bellimbusto stagionato di Anthony Eden», era il ritornello che risuonava in quei giorni di marzo, da Massaua ad Asmara. La guerra sembrava ineluttabile, ma l'ottimismo della gente volava alto, contagiando un po' tutti.

«Troveremo il sistema di entrare in guerra dalla parte della ragione», aggiunsi, «e la Società delle Nazioni non potrà farci nulla. Quei parrucconi dovranno rassegnarsi a far sedere anche noi al tavolo delle potenze mondiali.»

«Mi auguro che abbiate ragione. Ma se vi ho disturbato non era certo per discutere di politica internazionale. Avete cinque minuti da dedicarmi, maggiore Morosini?»

«Anche dieci, commendatore. Volete che ci sediamo a quel tavolino laggiù? Staremo più comodi.»

Non lo conoscevo bene, ma avrei giurato che Puricelli era preoccupato. C'era qualcosa nel suo sguardo che tradiva, se non paura, almeno inquietudine. Non appena ci fummo seduti, mi chiese di non rivelare a nessuno quanto stava per dirmi.

«Maggiore, voi sapete che non sono uno stinco di santo. Per farmi strada ne ho viste e fatte di tutti i colori, non sono abituato a farmi intimidire da nulla. Ma questa mattina è successa una cosa strana, molto strana. Mi è stato recapitato un biglietto anonimo, che vorrei mostrarvi. L'ha portato un ragazzino indigeno, ma per ora preferisco non aggiungere altro.»

«Siete riuscito a capire chi ve l'ha mandato?»

«No, il bambino l'ha consegnato alla mia segretaria e lei non si è curata di chiedere spiegazioni. Il testo è poco chiaro, ma ho la netta sensazione di essere minacciato.»

«Forse è il caso che sporgiate una denuncia, se volete vi faccio parlare direttamente con il colonnello.»

«No, preferisco che siate voi a occuparvene. È da un po' che vi osservo e vi confesso che ho preso anche qualche informazione. Gente che mi è molto vicina, qui come a Roma, vi considera degno della massima fiducia. E io non voglio mettere di mezzo altre persone.»

«Come preferite, commendatore. Volete che ne parliamo nei prossimi giorni, in un luogo più appartato?»

«Vi è possibile venire domani pomeriggio negli uffici della mia società, la Gherar Esportazioni? Sapete dove si trovano, vero? Lì saremo al sicuro da orecchie indiscrete e potrò mettervi a parte di ogni cosa.»

«D'accordo, sarò da voi verso le tre del pomeriggio. Buonasera, commendatore.»

Non vedevo l'ora che Puricelli si levasse dalle scatole. Chissà poi quali terribili segreti mi voleva rivelare, quel fifone d'un mercante? Mentre mi stava parlando continuavo a gettare uno sguardo verso l'interno del salone, cercando di sbirciare le mosse di Virginia. La seguii con la coda dell'occhio. Ballava, rideva scherzando con le colleghe della compagnia, beveva vermut insieme ai notabili cittadini, ogni tanto si appartava a scambiare due parole con Lanzafame. Di certo non pensava a me. E neppure mi cercava.

La osservai di nuovo, seminascosto dalle tende. Era chiaro che non si ricordava neanche della mia esistenza. Era stupendamente, meravigliosamente disinteressata a me. Mi sentii un minchione, altro che bischero. Per fortuna avevo proibito a Barbagallo di farsi vedere. Tirai fuori l'orologio dal taschino: la mezzanotte era passata e pensai che la cosa migliore fosse andarsene a letto il prima possibile. Decisi di filarmela all'inglese, approfittando di una porta aperta sull'altro lato della terrazza.

«Buonanotte, maggiore», mi salutò uno dei nostri agenti di guardia alla porta.

Risposi con un cenno e m'incamminai nel giardino, diretto verso l'uscita. L'aria tiepida mi fece venir voglia di fumare l'ultima sigaretta. Stavo per accendere un'altra Macedonia, quando avvertii passi leggeri dietro di me. Era Virginia.

«Aldo, che fai? Te ne vai senza nemmeno salutarmi?»

«Non volevo disturbare, ho visto che eri impegnata e siccome si è fatto un po' tardi...»

Ovviamente era una risposta da perfetto idiota. Ed è così che mi sentivo, mentre osservavo la brezza marina che le accarezzava i capelli.

«Oh, Aldo, speravo tanto di poter scambiare qualche parola con te stasera. Ti ho visto all'inizio della festa, poi sei scomparso, ma non osavo andare in giro a chiedere di te. Per fortuna ho sentito quel soldato che ti salutava, poco fa. Così sono corsa giù, sperando di raggiungerti.»

«Anch'io avrei avuto piacere d'incontrarti, ma sono stato impegnato per una seccatura. Una persona che aveva bisogno di parlarmi... insomma, le cose sono andate un po' per le lunghe. Sei sempre molto affascinante, Virginia.»

«Ascolta, anch'io sto andando via perché domattina, molto presto, Pippo ci vuole tutti pronti per le prove dello spettacolo. Perché non facciamo colazione assieme, verso le 12,30? Che ne dici, Aldo? Così possiamo scambiare due chiacchiere in santa pace, tu e io da soli...»

«Va bene, mi sembra un'ottima idea, ne sarei molto lieto. Se vuoi passo a prenderti a teatro verso mezzogiorno.»

Nella penombra vidi il suo volto che si schiudeva in un sorriso da bambina felice. Mi abbracciò e mi diede un rapido bacio sulla bocca, facendo schioccare le labbra.

«Buonanotte, Aldo, non ti dimenticare l'impegno per colazione.».

Rimasi lì impalato e la vidi correr via tra le acacie e i tamarindi del giardino. Di colpo mi sentii felice e non avrei immaginato per nulla al mondo che a quell'incontro non ci sarei mai andato.

III
La testa mozzata

Il corpo di Puricelli giaceva riverso bocconi, dietro un cespuglio di gelsomino. Solo il corpo. La testa, invece, era conficcata su uno spuntone della cancellata. Non era il primo cadavere che mi capitava di vedere da vicino: pur non tenendo la macabra contabilità dei delitti in cui mi ero imbattuto, dopo vent'anni di carriera erano già un bel numero. Eppure non ci avevo ancora fatto il callo. Ogni volta la solita storia: una mano invisibile si aggrappava allo stomaco e me lo strizzava come un panno appena lavato, torcendolo e stirandolo, come farebbe una robusta lavandaia. E poi implacabile arrivava la nausea. Avrei vomitato anche lì, dietro il cespuglio di gelsomino, ma un maggiore dei Carabinieri non poteva permettersi il lusso di comportarsi come un'educanda. Così feci due passi, mi girai, respirai a pieni polmoni l'aria non ancora rovente dell'alba eritrea e cercai di raccogliere le idee.

Il *muntaz* Gabriel Guangui, graduato eritreo, era venuto a svegliarmi prima delle cinque. Un indigeno spaventatissimo aveva dato l'allarme a una pattuglia di ascari che pattugliava la zona di Abd el Cadér. Passando vicino a una villa, l'uomo aveva notato una testa umana impalata sulla staccionata ed era scappato via come se avesse visto il diavolo in persona. Mentre mi stavo vestendo, cercando di riacquistare un minimo di lucidità, erano piombati nei miei alloggi anche il tenente Calderoni e il maresciallo Barbagallo.

Ora entrambi si aggiravano nervosi per il giardino della villa insieme ai loro *zaptié*, i militari indigeni, osservando da lontano il dottor Ragazzoni che esaminava il corpo senza vita di Puricelli. Era più vecchio di me, Ragazzoni, eppure sulle spalline portava ancora cucite le tre stellette di capitano. Dopo essersi congedato dagli alpini, aveva mollato l'esercito e se n'era andato per qualche anno a curare i montanari in Valtellina. Ma in realtà non aveva mai fatto carriera anche per colpa del caratteraccio che si ritrovava.

Mi avvicinai al medico, sperando che non mi si leggesse in faccia la nausea che ancora mi accompagnava. Stava controllando le mani di Puricelli, dopo avergli aperto la camicia e visionato il petto e l'addome.

«Allora, Claudio, cosa mi puoi dire?»

«Ciao maggiore, hai sempre fretta, eh? Vabbe', non è necessario aspettare l'autopsia per capire come l'hanno accoppato. Ti sembrerà strano, ma a 'sto poveraccio gli hanno tagliato la testa con un colpo solo. Non ci sono altre tracce di violenza e sono sicuro che il lavoretto l'hanno fatto quando Puricelli era ancora vivo. *Zac*, un bel colpo con una sciabola molto affilata e via. Se non altro, non ha quasi sofferto.»

«Ne sei sicuro? Non è che di solito per ammazzare qualcuno gli si taglia la testa.»

«Aldo, di sicuro c'è solo la morte, come ha appena sperimentato il nostro amico Puricelli. Però guarda il corpo: non ci sono altri segni di violenza né fori che ci possano ricondurre a un'arma da fuoco o da taglio. La testa l'ho già esaminata e non è stata colpita da nessun oggetto contundente. Apparentemente '*sto cristian* l'hanno decapitato all'improvviso, con un solo fendente, direi. È una cosa talmente strana...»

«Quando dici 'l'hanno decapitato' parli in modo generico o pensi che gli assassini fossero più d'uno?»

«Che ne so, maggiore! Sei tu il poliziotto, io sono solo un povero medico di montagna scaraventato in Africa. Mi è venuto da usare il plurale perché secondo me qualcuno teneva ferma la vittima. Su polsi e caviglie non ci sono segni di corde, quindi escludo che l'abbiano legato prima di ucciderlo. Immagino che Puricelli sia stato trattenuto, altrimenti se la sarebbe data a gambe, no? Scusa Aldo, ma tu che faresti se vedessi un tizio di notte che ti viene incontro con uno spadone?»

«Sempre che non sia stato aggredito alle spalle, oppure da qualcuno che conosceva bene e di cui si fidava...»

«Per fortuna questi sono problemi tuoi. Io col mio lavoro ho quasi finito: oggi pomeriggio faccio l'esame autoptico e domattina avrai la relazione sulla tua scrivania. Però ti posso dire già fin d'ora che la morte risale a poche ore fa. Adesso sono le 7, dunque... secondo me l'hanno ammazzato fra mezzanotte e l'una.»

A quell'ora stavo conversando con Virginia nel giardino dell'albergo e Puricelli, mi era stato detto, se n'era andato una mezz'oretta prima. Non l'avevo visto uscire, ma c'erano buone probabilità che fossi stato l'ultimo a parlargli. E pensare che avevo preso sottogamba la sua preoccupazione... C'era qualcosa che lo tormentava, questo è sicuro. Ma neppure lui pensava di essere in pericolo di vita, altrimenti si sarebbe fatto accompagnare a casa o avrebbe chiesto di essere protetto dai Carabinieri.

Mi sforzai di accantonare i miei pensieri più cupi: c'era un'indagine da avviare e soprattutto non c'era tempo da perdere. A breve il colonnello Frangipane mi avrebbe chiesto un primo rapporto sull'omicidio, forse aveva già ricevuto una telefonata del commissario del Bassopiano Orientale, se non addirittura del governatore ad Asmara. Poi sarebbe stato il turno dell'eccellenza Tripodi, segretario del Fascio, amico fraterno della vittima, che avrebbe chiesto la massima celerità nella soluzione del delitto e garantito l'appoggio incondizionato del partito. Bisognava muoversi, insomma.

«Barbagallo!» urlai all'indirizzo del maresciallo, un po' discosto dal cespuglio che nascondeva il cadavere, «prendi un paio di zaptié e perlustra l'intero giardino della villa per scoprire se gli assassini hanno lasciato tracce. Fa' attenzione, controlla tutto centimetro per centimetro. E voi, tenente, andate con il brigadiere Lo Gatto a interrogare i vicini, caso mai avessero visto e sentito qualcosa. Mi raccomando, anche il più piccolo particolare può essere utile per rintracciare il sicario.»

Mi riservai il compito più ingrato: andare a parlare con la vedova. La signora Matilde Bianchi Puricelli era adagiata su un divano, in una sala semioscura affollata di piante e tappeti. Si faceva aria lentamente con un ventaglio nero, assistita da una servetta eritrea.

«Signora, sono dispiaciuto di dovervi disturbare in questo momento così doloroso», esordii, cercando di essere il più delicato possibile, «ma devo assolutamente rivolgervi qualche domanda.»

«Sono a vostra disposizione, anche se non riesco ancora a rendermi conto di quanto è accaduto.»

Parlava a voce bassa, senza smettere di agitare il ventaglio a breve distanza dal viso. Il movimento ritmico le faceva lievemente sussultare il seno, nascosto a malapena da una camicetta attillata color kaki. Aveva l'aria stanca, ma non piangeva e gli occhi erano perfettamente truccati. C'è solo una cosa che mi dà più fastidio di osservare da vicino un morto ammazzato: dover portare la notizia ai familiari e doverli interrogare mentre sono ancora sotto choc. Si intuisce che ti manderebbero volentieri a quel paese, e invece sono obbligati a riceverti con gli occhi lucidi e lo sguardo spento, tormentandosi le mani.

Anche Matilde Puricelli era in quelle condizioni, ma non aveva perso quel portamento altero che avevo notato altre volte, in occasioni ben più gradevoli. La servetta le porse un fazzoletto pulito, mentre la giovane donna attorcigliò fra le dita quello ormai stropicciato da un'ora di sofferenza.

«Signora, sapete dirmi a che ora è rincasato vostro marito?»

«Mi spiace ma non lo so, maggiore. Ieri sera ero leggermente indisposta e sono rimasta in casa, mentre Goffredo si è recato al Grande Albergo per prendere parte al ricevimento. Mi sono ritirata in camera prima delle undici e non l'ho neppure sentito rientrare. Sono stata avvertita soltanto questa mattina di quanto accaduto.»

«Questa notte non avete sentito nulla? Un rumore, delle grida, una richiesta di aiuto.»

«Ieri sera avevo mal di testa e ho preso un cachet, così ho dormito profondamente e non ho avvertito niente. Se non mi avessero svegliato all'alba per darmi la notizia, avrei continuato di sicuro a dormire fino a tardi.»

«Capisco. Avete idea se vostro marito potesse avere dei nemici, qualcuno che lo minacciava o che in passato aveva provato risentimento nei suoi confronti?»

«No di certo! Goffredo mi parlava poco dei suoi affari, e posso anche pensare che in campo commerciale avesse suscitato qualche invidia, ma chi arriverebbe a tanto? E per il resto mio marito era un uomo esemplare: religioso, devoto alla sua famiglia, patriota e fascista. Nessuno avrebbe potuto odiarlo.»

«Scusate se insisto, signora Puricelli, ma per me è molto importante conoscere subito alcuni particolari. Voi non avete figli, vero?»

«Goffredo è parecchio più anziano di me», rispose, ancora incapace di parlare del marito al passato. «Inoltre negli ultimi anni è stato così occupato con i suoi affari, sia in Italia sia qui in Eritrea. Un tempo gli sarebbe piaciuto avere un bambino, ma ultimamente non ne abbiamo più parlato.»

«Vostro marito ha fratelli?»

«Ne aveva uno più giovane di qualche anno, Aurelio. È caduto in guerra, sul Carso. Il povero Goffredo non riusciva a darsi pace perché lui, invece, al fronte non era andato. Si sentiva in colpa, soprattutto agli occhi della madre, che da quel lutto non si è mai ripresa. Infatti è morta tre anni dopo.»

«E il padre?»

«Se n'è andato anche lui, un anno dopo la moglie. Era assai più anziano.»

«Insomma, ora che lui non c'è più, voi siete rimasta l'unica componente della famiglia Puricelli.»

«Penso di sì, non era una famiglia molto estesa. C'è qualche cugino lontano, un ramo familiare emigrato più di trent'anni fa in Argentina, ma nessun congiunto stretto.»

«Sapete se il commendatore ha lasciato un testamento?»

«Non ne ho idea, non me ne ha mai parlato, l'idea della morte era così aliena da lui...»

IV
Pugno di ferro

Sbagliavo a pensare che il colonnello Frangipane mi avrebbe fatto una bella lavata di capo. Ero stato ottimista: fu una vera sfuriata. Con tanto di pugni sul tavolo e grida da far tremare il lampadario. Non arrivò alle minacce di spedirmi in Sardegna solo perché sarebbe sembrata una promozione, per noi dell'Africa Italiana. Era fin troppo chiaro che Frangipane se l'era sentite cantare dal governatore in persona e ora sfogava la sua frustrazione sul primo subordinato che gli capitava a tiro. Cioè il sottoscritto. Recitai la parte del sottoposto contrito, per quello che costava...

«Morosini, lo sapete che adesso in Italia si andrà in giro dicendo che a Massaua i cittadini non possono recarsi a passeggio senza rischiare di essere decapitati? Già, perché m'immagino i titoli dei giornali, specie dopo i fatti di Ual-Ual... hanno tutti gli occhi puntati sulle colonie d'oltremare e ciò che accade qui da noi viene ingigantito a dismisura. Bella figura che ci facciamo, maggiore. Proprio una bella figura! Si dirà che le autorità eritree non proteggono i connazionali e che le forze armate non sanno fare il loro lavoro.»

Gli buttai lì due o tre frasi di circostanza, sapendo che lui stesso non si aspettava nulla di più. Diedi un paio di indicazioni sulle indagini, in pratica ancora ferme al palo, e rimasi in piedi in attesa di ordini. Temevo di sapere ciò che il colonnello mi avrebbe detto e purtroppo non andai troppo lontano dalla realtà.

«Mi raccomando, maggiore. Prendete tutti gli uomini che vi occorrono, entro domani arriverà in rinforzo anche una compagnia di zaptié dalla capitale. Però mi dovete scovare e arrestare il più in fretta possibile i ribelli che si sono macchiati di questo orribile crimine nei confronti del commendator Puricelli. Siamo intesi, Morosini? Il più in fretta possibile!»

«Allo stato attuale, colonnello, gli elementi in nostro possesso non ci consentono ancora di stabilire se a commettere l'assassinio siano stati dei ribelli oppure un ladro o qualcun altro che voleva vendicarsi di Puricelli per questioni personali. Purtroppo da un primo colloquio con la vedova non sono emersi particolari di grande interesse.»

«Maggiore, state parlando con il vostro comandante, non con un fesso! Non siamo di fronte a un omicidio di paese, a un ubriacone che si è preso una coltellata fuori da un'osteria oppure a un commesso viaggiatore aggredito per derubarlo del campionario. Il commendator Goffredo Puricelli, esponente fra i più in vista della buona società di Massaua e protagonista dello sviluppo economico della colonia eritrea, viene scannato come un agnello a colpi di scimitarra nel giardino di casa e la sua testa viene infilzata come un trofeo sulla cancellata. E secondo voi bisogna pensare a un ladruncolo che mirava al portafogli? O magari a un conoscente che aveva un debito di gioco?»

Il comandante si era scaldato troppo. Era diventato paonazzo e strillava come un gallinaccio, tanto da doversi slacciare il colletto della camicia per non rimanere strozzato. Bevve un sorso d'acqua dal bicchiere appoggiato sulla scrivania e riprese la filippica.

«Non ci vuole troppo cervello per capire che si tratta di un atto terroristico, di una provocazione politica ordita dagli abissini. Magari con l'avallo dell'imperialismo britannico, che nell'Africa Orientale non perde occasione per soffiare sul fuoco degli interessi antitaliani. Da Asmara, e quindi da Roma, si esige una risposta forte e chiara a questo affronto senza eguali. Pugno di ferro, Morosini. Pugno di ferro. Non possiamo permetterci che la popolazione di Massaua si faccia prendere dal terrore e creda che in città i ribelli possano scorrazzare indisturbati.»

L'ordine del colonnello Frangipane non ammetteva repliche. Avrei avuto una trentina di uomini in più, militari indigeni arruolati nell'Arma, un fondo speciale per ampliare il numero dei nostri informatori e carta bianca nelle operazioni di polizia in tutte le stazioni dell'Eritrea a eccezione dell'Hamasièn, il territorio dell'Asmara, dove l'attività d'indagine avrebbe dovuto essere concertata con il comandante della locale compagnia. In caso di fallimento, i gradi da maggiore avrebbero avuto meno valore di un *tarbusc*, il copricapo d'ordinanza delle truppe indigene.

Mi ritirai in ufficio con la testa che mi ronzava come uno sciame di mosche e ordinai al maresciallo Barbagallo di convocare subito il tenente Calderoni e i graduati per una riunione d'urgenza. Il maresciallo mi aveva consegnato una busta trovata nello studio di Puricelli, forse la famosa lettera minatoria di cui mi aveva parlato la sera prima. Era un comune foglio di carta, privo di diciture di alberghi o aziende commerciali. Con l'inchiostro nero era stata disegnata una croce e di fianco una «S» maiuscola. Nient'altro. Il biglietto non aveva firme né sigle e sulla busta c'era scritto in stampatello COMM. GOFFREDO PURICELLI, seguito dall'indirizzo della Gherar Esportazioni. A prima vista non notai nulla di intimidatorio, anche se d'istinto la croce poteva far pensare a una tomba, a un cimitero. Ma evidentemente per Puricelli l'accostamento di quel simbolo e di quella lettera dell'alfabeto avevano un significato più chiaro. Minaccioso.

Mezz'ora più tardi mi trovai di fronte tutti i miei uomini, con la stessa faccia preoccupata che il sottoscritto aveva poc'anzi davanti al comandante. Il tenente, Barbagallo e il suo pari grado De Sio, i brigadieri Lo Gatto, Gaglianone e Mazzoleni e in via eccezionale anche lo *scium-basci* Tesfaghì, il più alto in grado fra le truppe indigene. Ritenevo importante la sua presenza perché dovendo rintracciare presunti ribelli eritrei o infiltrati dall'Abissinia, sarebbe stato utile cercare l'appoggio e la collaborazione della popolazione locale. Evitai riferimenti al burrascoso colloquio con il colonnello; sapevano anche loro che da quel momento avremmo avuto il fiato sul collo da parte di tutte le autorità e gli occhi puntati dell'intera città di Massaua.

«Tenente, avete raccolto qualcosa di utile dal vostro incontro con i vicini di casa di Puricelli?»

«Molto poco, signor maggiore. Nella villetta di fianco vive la famiglia di un ispettore doganale, che giura di non aver sentito nulla di strano la notte scorsa. La moglie mi ha raccontato di aver udito un lamento durato pochi istanti, nel cuore della notte, ma non ci ha fatto caso. L'ha preso per un gatto. Dall'altra parte della strada c'è un edificio scolastico della Missione Cattolica, a quell'ora ovviamente era vuoto. Cento metri più in là è il convento dei francescani, ho avuto un colloquio con il padre rettore che mi ha escluso che a quell'ora ci fossero confratelli svegli. Dietro casa di Puricelli, invece, si estende un complesso di palazzine per le famiglie degli impiegati governativi e ci sono un paio di villette abitate da commercianti. Lo Gatto e io li abbiamo interrogati tutti, ma non è uscito niente di concreto. Solo il signor Gardenia, che ha un'attività di esportazione con l'Egitto e i paesi della penisola arabica, ha riferito di aver visto alcune ombre che si allontanavano di corsa. Ma era buio e non ha saputo aggiungere altro.»

«Barbagallo? Trovato qualcosa in giardino?»

«Molte impronte di piedi scalzi, signor maggiore. Però confuse, è impossibile capire se abbiano attinenza con l'omicidio oppure no. A pochi metri dal cadavere, uno zaptié ha trovato questo pezzetto metallico, ma non so neanche cosa sia.»

Il maresciallo aprì la sua manona da contadino e mostrò una specie di rondella, lievemente piatta e lucida su una parte. Sull'altro lato, invece, il disco appariva ruvido, come se vi fosse stato strappato uno spuntone e il metallo rivelasse la sua carne viva. A giudicare dalla lucentezza della superficie increspata, sembrava che l'oggetto si fosse spezzato da poco, perché la parte di sopra era invece un po' logora e arrugginita. Nessuno di noi aveva la minima idea di che cosa diavolo fosse quel pezzetto di ferro, ma lo scium-basci Tesfaghì, che se ne stava un poco discosto in seconda fila, fece un timido cenno per richiamare la mia attenzione.

«Scusate, signor maggiore, posso guardare?»

Feci cenno a Barbagallo di consegnargli l'oggetto metallico e osservai l'indigeno che se lo rigirava fra le dita, esaminandolo con grande attenzione. Il tenente Calderoni stava per riprendere la parola, ma gli feci segno di fermarsi e aspettai che il graduato eritreo finisse la sua diagnosi. Intuii che forse aveva riconosciuto la rondella.

«Allora, Tesfaghì, sai dirmi di che si tratta?»

«Non sono sicuro sicuro, però, signor maggiore, penso che questo… come si dice, oggetto, può essere pezzo di pugnale o spada molto vecchia, tradizionale. La parte di sopra… superiore, di vite che tiene lama attaccata al manico. Ecco, vedete, un po' come quella di mio *billao.* Questo è pugnale di molto migliore, diciamo più industriale. Mentre il pezzo di vite è di tipo artigianale, pure un po' vecchio. Ma come vedete è simile, quasi uguale.»

Lo scium-basci posò il pugnale sulla scrivania, indicandomi la capocchia delle due viti che serravano il manico intorno alla lama. Le confrontai con la rondella trovata da Barbagallo nel giardino di Puricelli e notai che in effetti si assomigliavano. Forse leggermente più piccole, ma simili.

«Tesfaghì, pensi che questo pezzetto di ferro provenga dalla scimitarra che ha decapitato Puricelli?»

«Può essere, signor maggiore. Forse rotta mentre l'assassino colpiva commendatore.»

Intervenne Calderoni.

«Maggiore, magari nei paraggi di casa Puricelli si può trovare anche il resto della vite che si è spezzata. Può darsi che la capocchia sia saltata nel corso dell'aggressione e che l'altro pezzo sia poi caduto mentre il sicario si allontanava.»

Mandai Barbagallo, De Sio e un plotone di zaptié a setacciare i dintorni di villa Puricelli; mentre in compagnia del tenente e del fido scium-basci decisi di seguire una pista che mi era stata suggerita dallo stesso Tesfaghì.

V

Cercate ad Assab!

Il sole eritreo risplendeva abbacinante, in un cielo senza nubi. Dal mare spirava una sottile brezza pomeridiana, ma non appena facevi tre passi sentivi la camicia inzupparsi di sudore e le rare palme del lungomare offrivano solo brevi istanti di refrigerio. Attraversammo il terrapieno che unisce il quartiere di Taulud alla città vecchia e ci addentrammo nel reticolo di vicoli e stradine che fin dal Sedicesimo secolo formano il nucleo storico di Massaua. Piccoli carrugi dove convivono stratificate le testimonianze architettoniche del passato arabo, portoghese, turco ed egiziano.

Quel dedalo di viuzze ora portava nomi italiani: via Torino, via Palermo, piazza Principi di Piemonte, via Locatelli, corso Venezia. Sbirciando una cartina della città avresti potuto pensare di essere capitato in una qualsiasi città di mare del nostro Mezzogiorno, oppure in un quartiere di Genova. Studiando la toponomastica si potevano scorgere gli uffici delle Poste e dei Telegrafi, la Casa del Fascio, l'ospedale Umberto I, i magazzini doganali, la Capitaneria di porto, la sede della Banca d'Italia. E ancora l'albergo Savoia, il ristorante Mario e i piccoli caffè di piazza Garibaldi.

Sollevando gli occhi dalla cartina, però, erano le guglie delle moschee a farti subito capire che eri lontanissimo dalla madrepatria. La moschea Sciafèi, con il suo snello minareto che svetta su piazza Principi di Piemonte, e quella di Scec Hammàli di via Palermo, nel dedalo del bazar e dei commerci indigeni. La nostra mèta era una piccola bottega artigiana in piazza degli Incendi, chiamata così per ricordare il rogo che a fine Ottocento semidistrusse il centro di Massaua. Tesfaghì aveva spiegato che in città il maggior esperto di spade, sciabole, daghe, scimitarre, pugnali, coltelli e qualsiasi altro genere di arma bianca era il mercante arabo Ahmad al Marsaoui, che da almeno vent'anni gestiva il negozietto nel centro cittadino.

Ahmad ci accolse con grande sfoggio di saluti e salamelecchi, com'è consuetudine nel bazar, e insistette per offrirci a tutti i costi un caffè arabo accompagnato da dolcetti al miele. Avevo lo stomaco ancora rivoltato per lo spettacolo dell'alba, nel giardino di villa Puricelli, ma sapevo per esperienza che nessuna giustificazione al mondo, neppure una lettera d'esenzione firmata dal Duce, avrebbe convinto il mercante a desistere. Presi la tazzina di caffè, accettai un dolce e spiegai ad Ahmad il motivo della mia visita.

Mi ascoltò con aria via via più preoccupata, fingendo di non sapere dell'omicidio che si era consumato nella notte. In realtà la notizia era già corsa di bocca in bocca e avvicinandomi a piazza degli Incendi ero stato fermato da una mezza dozzina di conoscenti che mi avevano chiesto conto del terribile assassinio. Impossibile che quel furbacchione di al Marsaoui, una specie di *ras* del bazar, non ne sapesse ancora nulla. Quando lo scium-basci gli allungò la rondella trovata vicino al cadavere, l'arabo si fece portare una lente d'ingrandimento e osservò con attenzione il moncherino metallico.

Esaminò l'oggetto per cinque minuti buoni e notai che il tenente Calderoni si stava spazientendo, tamburellando con le dita sul bracciolo della sedia. Povero Calderoni! Era arrivato da Roma tre mesi prima, subito dopo l'accademia e un corso di preparazione per il servizio coloniale: non si era ancora abituato ai ritmi sonnolenti dell'Eritrea. Per non parlare degli usi e costumi indigeni e dell'alimentazione. E naturalmente delle torride temperature, alle quali – a dir la verità – facevo ancora fatica ad acclimatarmi persino io, che ormai mi consideravo un veterano della colonia.

Ahmad al Marsaoui lanciò un grido in arabo all'indirizzo del suo inserviente, che riapparve due minuti più tardi con una mezza dozzina di scimitarre fra le braccia. Il mercante le depositò sul tappeto di fronte a noi e parlò in un italiano stentato ma comprensibile.

«Guardare, spade provengono da Yemen, in penisola arabica. Arrivano da Aden, mia città natale. Sono scimitarre da guerra di tribù beduine del deserto, molto buone, leggere, facili da usare. Buona soprattutto lama, sottile e tagliente come rasoio. Provare, provare pure con pezzo di carta...»

Mi diede una pagina di giornale e fu sufficiente appoggiare la lama sul bordo del foglio per tagliarlo in metà. Il commerciante arabo mi fece un largo sorriso e riprese a parlare.

«Vedere qui, dove impugnatura quasi fonde con spada? Ecco, lama è tenuta ferma da viti d'acciaio, coperte con bottoncini di madreperla o di osso. Ma ciò non impedire che vite si consuma, per calore e sudore di mano che impugna manico di scimitarra. Quindi è normale che parte esterna sia più logorata di quella interna, che nel caso di questa vite si è rotto.»

«Perciò, secondo voi, questo pezzetto di metallo trovato vicino alla vittima potrebbe provenire da una di queste spade? Una simile, intendo dire?»

«È molto probabile. Da ciò che voi raccontare, a signor Puricelli è stata tagliata di netto la testa... ecco, per fare questo io avrei usato scimitarra beduina, sono migliori e più affilate, ma bisogna sapere usare bene, se no c'è rischio che lama si spezza. Da quanto voi dire, assassini molto esperti, ma colpo non tanto preciso: nell'impatto con osso del collo spada si danneggia.»

«Ahmad, come possiamo fare a sapere con ragionevole certezza da dove arrivava la scimitarra che ha ucciso il povero Puricelli?»

«C'è solo un uomo che può dire con sicurezza, ma non stare qui a Massaua. È mercante yemenita che vive ad Assab, mio lontano parente. Controlla commercio di armi bianche tra penisola arabica e Corno d'Africa: se spada che voi cercare viene da Aden, allora sicuro è passata tra sue mani. È probabile che lui può identificare, anche solo guardando pezzetto di vite.»

Abbandonai il bazar con in tasca una lettera di «raccomandazione» che al Marsaoui aveva scritto al suo lontano cugino Ibrahim ben Rafat, il maggior conoscitore di sciabole e armi bianche dell'intera Eritrea. Non avevo ancora la minima idea se valesse la pena sobbarcarsi un lungo e faticoso viaggio in Dancalia, animato soltanto dalla speranza, per non dire illusione, che un ignoto mercante arabo riconoscesse una scimitarra da un misero pezzettino di ferro. E magari sapesse anche dirmi nome e cognome di chi gliel'aveva comprata. Ero consapevole che andare ad Assab sarebbe stato come cercare un ago in un pagliaio, ma non avevo altre strade da seguire.

Dopo la visita alla bottega di al Marsaoui, mi riunii al tenente Calderoni e ai sottufficiali coinvolti nelle indagini, a partire dal buon Barbagallo, che aveva trascorso l'intero pomeriggio con i suoi militari indigeni a sudare sotto il sole africano per scovare qualche traccia nei dintorni dell'abitazione di Puricelli. Più tardi andai a rapporto dal colonnello Frangipane e gli riferii i modesti risultati investigativi della giornata. Come prevedevo, l'idea di andare a verificare la pista suggerita dal mercante arabo non l'aveva entusiasmato, ma essendo in pratica l'unico elemento concreto su cui lavorare, non si era opposto a una spedizione nel capoluogo della Dancalia.

«Avrei preferito che mi aveste portato risultati più tangibili, maggiore. Magari la prova di un'infiltrazione abissina per provocare panico e disorientamento nelle nostre colonie. Ma se quella specie di vite è tutto ciò che avete in mano, andate pure ad abbronzarvi al sole di Assab. Non vi invidio davvero! Ho avuto occasione di recarmi laggiù un paio d'anni fa ed è stato il peggior viaggio della mia vita: quando sono tornato a Massaua mi sembrava di andare a prendere il fresco sul Gran Sasso.»

Per tenerlo buono gli promisi che durante il mio soggiorno in Dancalia si sarebbe occupato il tenente Calderoni di proseguire le indagini e di condurre gli interrogatori degli altri testi, con la collaborazione dell'esperto maresciallo De Sio.

«Calderoni è un ragazzo sveglio», dissi. «Vedrete che sarà in grado di svolgere il suo compito con grande scrupolo.»

VI
Tagliatelle al ragù

Il dottor Ragazzoni affondò la forchetta nel piatto di tagliatelle e cominciò ad arrotolare la pasta con cura maniacale, tentando di evitare che il ragù gli schizzasse addosso. Al terzo giro della posata, spinte dalla forza centrifuga due gocce di sugo volarono fuori dal piatto, atterrando sul tovagliolo bianco che il dottore si era infilato a mo' di bavaglio.

«Boia d'un mondo, lo sapevo. Non c'è una volta che riesca a mangiare un piatto di tagliatelle senza insozzarmi come un bambino! È per questo, caro Aldo, che me ne frego dell'etichetta e mi piazzo 'sto lenzuolo a protezione della camicia. Almeno quando nei paraggi non c'è quel rompitasche del colonnello, se no sai che scenate.»

Eravamo nella sala della mensa ufficiali, quella sera meno affollata del solito. Per il caldo, immagino. Le finestre erano aperte e sul soffitto le pale del ventilatore giravano vorticosamente, smuovendo appena un refolo d'aria tiepida. Un attendente eritreo, la pelle color bronzo resa ancor più scura dal contrasto con la giacca bianca da cameriere, attendeva silenzioso e impassibile a tre metri di distanza da noi. L'ufficiale medico mi teneva spesso compagnia in quelle tristi cene al comando del Bassopiano Orientale. Claudio era uno dei miei pochi amici lì dentro. Anzi, era uno dei miei pochi amici a Massaua. Punto e basta. Forse era colpa mia. Del mio carattere riservato e a volte fin troppo rigido. Non c'entrava l'educazione militare. Altri commilitoni avevano studiato nella mia stessa accademia e in seguito avevano intrapreso un percorso nell'Arma o nell'esercito simile al mio, eppure lì nella colonia si comportavano in modo molto più aperto, gioviale, informale. Fin troppo informale, per i miei gusti.

La lontananza dalla madrepatria, la vita in una società di frontiera, il contatto con la civiltà indigena e una certa mollezza che si respirava nell'aria di Massaua avevano trasformato buoni militari in mezzi avventurieri a stipendio fisso, che campavano alla giornata trascinandosi da un caffè all'altro. Molti erano ospiti abituali delle case di tolleranza gestite da *maîtresse* italiane, ma i più temerari non si facevano problemi a frequentare i miseri bordelli indigeni, sfidando sifilide, blenorragia e il terribile lezzo del burro rancido, usato dalle ragazze locali per imbellettarsi.

Ricordo di aver riso come un matto, una volta, vedendo Barbagallo che arringava con il suo vocione da baritono le reclute appena arrivate dall'Italia.

«Quando andate in libera uscita», tuonava il maresciallo, «dovete sempre avere in tasca una confezione di preservativi. Se vi becco senza, vi rispedisco in caserma a calci nel sedere.»

Ai novellini sbarcati da poco in Africa, oltre a un agile manualetto sulle «Norme pratiche di profilassi anticeltica», veniva pure consegnata una speciale dotazione contro le malattie veneree. Piccoli astucci in cartone, prodotti dalla ditta Hatù di Bologna, che recavano stampigliati nomi evocativi: Perla d'Argento, Velo, Seta, Cupido. L'importante è che sul retro si potesse leggere la dicitura: «Vendibile al pubblico anche in climi tropicali». Cioè resistenti alle temperature elevate. In caso contrario, si sarebbero rischiati brutti scherzi, al momento dell'impiego.

Altri militari, seguendo una tendenza piuttosto in voga nelle colonie, si erano invece presi in casa una donna eritrea, che trattavano da concubina. Il «madamato», com'era definita questa forma di convivenza, era tollerato dalle autorità perché veniva considerata un'alternativa più sana alla prostituzione locale.

Parlavo spesso con Ragazzoni di quest'atmosfera un po' torbida e rilassata che si era venuta a creare nelle colonie africane. E pure con Furio Morandi, un professore di lettere bolognese che insegnava nella scuola media cittadina. Pur essendo più giovane di una decina d'anni, me la intendevo bene con Furio ed era divertente ritrovarsi tutti e tre insieme, al ristorante o al caffè, in quelle che l'ufficiale medico aveva ribattezzato «le veglie del triumvirato». Veglie perché, fra una chiacchiera e l'altra, era diventato normale tirare le ore piccole, incuranti della sveglia che sarebbe suonata di lì a poco. Ci si vedeva in media due o tre volte al mese, perché Furio non avrebbe avuto il coraggio di sfidare più spesso le occhiatacce della moglie, quando rincasava a notte fonda, magari un po' brillo. Melania era una bravissima ragazza, maestra alla scuola elementare, innamoratissima del marito. Ma come tutte le consorti del mondo non vedeva tanto di buon occhio che il suo uomo facesse l'alba in compagnia di amici. Anche se il professore, bisogna riconoscerglielo, era uno sposo esemplare: più d'una volta, dopo aver fatto bisboccia con noi, ci aveva accompagnato fino alla soglia della casa di tolleranza di madame Chantal per poi tornarsene a casa.

Ma quella non era una serata da triumviri. Anche se Ragazzoni non aveva perso il suo proverbiale appetito e si gustava le tagliatelle preparate dal cuoco marchigiano, io avevo poca fame e ancor meno voglia di parlare. Non riuscivo a cancellare dagli occhi lo spettacolo di quella mattina, con la testa di Puricelli infissa sulla cancellata e il cadavere circondato da mosche e insetti.

Mi ritornò in mente il caso di una ragazzina di quattordici anni che ritrovammo morta sulle colline di Firenze nell'estate del 1929, dopo una misteriosa scomparsa durata tre giorni. Era stata seviziata a lungo, poi strangolata. L'assassino l'aveva nascosta dietro un cespuglio, nuda, adagiata su un letto di aghi di pino. Quando arrivammo la faccia era nera, tutta coperta dalle formiche, mentre grossi mosconi volavano lenti intorno al corpicino, come inebetiti. Altre formiche, in fila indiana, le entravano e uscivano dalla vagina.

«Si abbuffano di liquidi organici», aveva spiegato senza ironia un medico legale che non avevo mai visto prima.

Il giovane brigadiere che mi accompagnava aveva vomitato a due metri di distanza dal corpo, mentre io ero riuscito a trovare il tempo e il buon gusto di ripararmi dietro a un altro cespuglio. L'immagine della ragazzina stuprata e uccisa mi perseguitò per mesi, quasi ogni notte. Soprattutto perché non riuscivamo a mettere le mani sulla bestia che l'aveva ridotta in quel modo. Non ci riuscimmo mai, a dire il vero. Ma a poco a poco gli incubi si diradarono e quel piccolo cadavere ricoperto di insetti venne archiviato in un cassetto della memoria, dal quale saltava fuori solo ogni tanto. Nel corso degli anni, altri ricordi di morti ammazzati si erano sovrapposti a quello della piccola contadina fiorentina, ma nessuno è mai rimasto così vivido come il suo, quasi impresso nella mia retina come una lastra fotografica.

Chiusi gli occhi, trascurando definitivamente il piatto di tagliatelle ormai fredde, e dopo sei anni riprese forma davanti a me quella figura con il volto annerito dagli insetti, i capelli pieni di aghi di pino e le formiche che entravano e uscivano dal suo ventre. La visione era così nitida che riuscii a ricostruire senza fatica persino le fattezze di quel giovane brigadiere, un siciliano con i baffetti sottili e i capelli impomatati di cui non ricordavo neanche più il nome.

«Uè, Aldo, ti senti male?»

Fu il vocione di Ragazzoni a richiamarmi dall'abisso dei ricordi in cui ero sprofondato per alcuni istanti. Il capitano medico mi guardava con aria preoccupata, con il tovagliolo appeso al colletto della camicia ormai inzaccherato di sugo al pomodoro.

«C'è qualcosa che non va?» ripeté. «Non hai toccato cibo e all'improvviso sei diventato ancora più pallido.»

«No, sto bene, non ti preoccupare. È solo che non ho appetito ed è stata una giornata piuttosto faticosa.»

«È per quel cadavere di stamattina, eh? Non ci pensare, Aldo. Dài, bevici sopra un bicchiere e cerca di mangiare almeno la scaloppina che abbiamo ordinato per secondo.»

Afferrò il fiasco e prima che l'attendente indigeno si precipitasse per servire il vino, mi riempì il bicchiere di Chianti. Poi fece lo stesso con il suo e lo vuotò d'un fiato.

«Ascoltami bene, maggiore: come medico ti dico che se ne bevi un paio non ti farà certo male alla salute. Come amico, invece, ti consiglio di vuotarne almeno mezzo fiasco. Funziona, sai? Scaccia i cattivi pensieri.»

«Non posso, Claudio. Domattina presto devo partire per Assab e sarà meglio affrontare il viaggio in buone condizioni, fisiche e mentali, perché non sarà una passeggiata.»

«Dài, *vecio*, un bicchio di quello buono non ha mai fatto male a nessuno...»

«E poi esco subito dopo cena, devo vedere una persona.»

«Ahi, ahi, ahi... quando un uomo dice 'una persona' è chiaro che si tratta di una donna. E pure di una donna che gli interessa, non di certo una delle ragazze di madame Chantal.»

«Cavolo, Ragazzoni, sei pettegolo come una portinaia! Però non ti si può nascondere nulla, eh?»

«Eh, son mica un *bocia* venuto giù dai tremila! Scommetto che devi vedere una di quelle ballerine arrivate ieri con il piroscafo.»

«Sei anche peggio di una portinaia. Io invece scommetto che hai fatto due chiacchiere con quell'altro linguacciuto del maresciallo Barbagallo.»

«Lascia stare il povero Barbagallo, te la prendi sempre con lui. Guarda che c'ero anch'io ieri mattina all'arrivo del *Genova*, perché aspettavo un carico di medicinali per l'infermeria. E ti ho visto parlare con quella bella bruna della compagnia di Lanzafame: sembravi uno scolaretto, con il cappello in mano e l'aria emozionata.»

«*Dutùr*, sai come si dice dalle mie parti? Ma va' in mona, va'!»

Masticai l'ultimo boccone di carne, buttai giù un bicchiere di Chianti e, dopo avergli dato una pacca sulla spalla, uscii dal palazzo del comando, avviandomi verso il Grande Albergo. Forse Ragazzoni non aveva tutti i torti. Non capii se fosse per il vino, ma mi sentivo già più sollevato.

VII
In Dancalia

L'impresa più ostica fu lasciare Massaua dopo il breve saluto a Virginia. Per quanto cercassi di ricacciarla in fondo ai miei pensieri, mi stavo arrendendo all'illusione di poter usare i pochi giorni del suo soggiorno in città per riavvicinarla. Magari riconquistarla. Il bacio della notte prima era stato quasi casto, però mi era parso di cogliere una promessa. Uno scintillio inconsueto degli occhi, che lì per lì avevo preferito attribuire alla luce della luna, quasi avessi paura di ammettere che riaverla era il mio desiderio più grande.

Insomma, anche se mi rifiutavo di confessarlo a me stesso, ero consapevole che mi stavo di nuovo facendo del male. Dopo aver lasciato il capitano Ragazzoni, ero passato a salutarla al Grande Albergo, dove alloggiava la compagnia di Pippo Lanzafame. Mi scusai con l'attore per la partenza improvvisa, che non mi avrebbe permesso di assistere alla rappresentazione del varietà, ma soprattutto riuscii ad appartarmi per pochi minuti con Virginia, sulla grande terrazza dove meno di ventiquattr'ore prima avevo parlato con il povero Puricelli. Non fu un incontro molto romantico, almeno all'inizio.

Era chiaramente infastidita dalla mia missione ad Assab. Le spiegai che si trattava di un incarico che purtroppo non potevo affidare a nessun altro e mi dilungai sull'importanza delle indagini che stavamo conducendo, alla luce del grave fatto di sangue che aveva funestato l'intera popolazione di Massaua. Stavo prendendo tempo. Non sapevo come accomiatarmi, perché temevo di aver equivocato il bacio della sera precedente. Quindi tentennavo, combattuto fra il desiderio di baciarla di nuovo e il timore di espormi a una possibile figuraccia. Allungai le dita e le sfiorai la gota. Avvertivo nell'aria tiepida lo stesso profumo di violetta che usava dieci anni prima, a Firenze. Lei inclinò il capo con delicatezza, stringendomi la mano fra la spalla e la sua guancia. Negli occhi un riflesso strano, questa volta la promessa era certezza. Il bacio fu profondo, anche se rapido. Mi disse poche parole, facendosi promettere che se per caso non fossi tornato in tempo l'avrei raggiunta ad Asmara o a Cheren.

All'alba eravamo già diretti verso Assab. Il maresciallo Barbagallo alla guida della camionetta FIAT 508, detta «la 1100 militare», e lo scium-basci Tesfaghì seduto dietro con il moschetto automatico perennemente imbracciato. A quell'ora l'aria era tiepida, ma l'effetto vento causato dalla velocità dell'automezzo mi procurava qualche brivido, così decisi di avvolgermi nel *burnùs*, il mantello in dotazione al Regio Esercito nelle colonie, e di alzare il cappuccio sulla testa. Barbagallo borbottava, come al solito, mentre il graduato indigeno taceva e scrutava con occhi immobili l'orizzonte.

«Certo che sarà una bella sfacchinata», brontolava il sottufficiale con una pesante cadenza piemontese. «Più di cinquecento chilometri su una pista che andrebbe bene soltanto per le capre. O al massimo, visto che siamo in Africa, per i dromedari. Senza contare che domani sera ci sarà il primo spettacolo della compagnia di Lanzafame. E noi invece saremo a romperci la schiena cercando di dormire sulle pietre del deserto. Bella fortuna ha avuto De Sio, che se n'è rimasto tranquillo in caserma.»

«Senti, Barbagallo, siamo appena usciti da Massaua. Se inverti il senso di marcia, facciamo ancora in tempo a ritornare al comando e ti faccio sostituire da De Sio, che oltretutto non è neppure sposato. Così te ne puoi tornare a casa da tua moglie e domani sera andrai a vederti il varietà.»

Era una chiara provocazione, che il pover'uomo, così a freddo, non si aspettava.

«Signor maggiore, ma cosa dite! In primo luogo sono un soldato ed eseguo gli ordini, e poi sapete benissimo che dove andate voi vengo anch'io, non penserete mica che vi lasci solo. Quanto a mia moglie, be'... voi la conoscete, è una santa donna, ma l'idea di starmene qualche giorno lontano da casa non è che mi dispiaccia poi tanto. Dicevo tanto per dire.»

Sogghignai sotto il cappuccio e osservai Tesfaghì con la coda dell'occhio: continuava imperterrito a guardare il paesaggio di fronte a sé. Gli otto chilometri di strada asfaltata finirono ben presto e ad Archìco fummo costretti a imboccare la pista per Zula, una camionabile in discrete condizioni lunga una cinquantina di chilometri. Il peggio sarebbe arrivato dopo, in prossimità di Aràfali: la strada terminava e a quel punto c'erano solo due alternative. Affrontare una quarantina di chilometri orribili e ricongiungersi, a Bardali, a una pista costiera più accettabile; oppure buttarsi nell'interno della Dancalia lungo il Piano del Sale, una vasta area inospitale e pericolosa al di sotto del livello del mare, dove cinquant'anni prima avevano trovato la morte i componenti della spedizione italiana Giulietti-Biglieri, trucidati da una banda di predoni. Il maresciallo, che era stato ad Assab anni prima con una colonna militare, suggeriva di passare lungo la costa.

«È un inferno, caro signor maggiore, perché non auguro neppure al mio peggiore nemico di sciropparsi quella specie di mulattiera tra Aràfali e Bardali. Tuttavia è una pista più sicura e battuta, se non altro non si corre il rischio di finire nelle grinfie di qualche tribù di selvaggi.»

Viaggiavamo da ore attraversando una pianura arida, solcata da torrenti asciutti e puntinata da radi boschetti di acacie. Dopo aver guadato un rigagnolo, ci imbattemmo in alcune rovine in riva al mare. Ci fermammo per sgranchirci le gambe e curiosare fra le antiche pietre.

«Sono resti di antica città di Adùli», spiegò lo scium-basci, rompendo il silenzio in cui era sprofondato sin dalla partenza, «una volta grande porto, molto importante per l'impero abissino. Poi venne grande onda e distruggere tutto. Città mai tornò a essere come prima.»

Diedi un'occhiata alla guida del Touring sulle colonie italiane, che mi portavo sempre dietro, e scoprii che gli scavi archeologici di inizio secolo avevano permesso di far tornare alla luce la città precristiana, i resti della successiva urbanizzazione cristiana, i ruderi del villaggetto sorto nell'VIII secolo dopo l'inondazione e persino un buon numero di tombe musulmane. Il ricordò andò subito al vecchio zio Mario, il fratello di mamma, appassionato di archeologia e civiltà egizia. Raccolsi da terra un pugno di vecchie monete etiopiche di bronzo e le misi nella bisaccia, con il proposito di portarle allo zio alla prima licenza che mi avrebbe permesso di ritornare a casa per qualche settimana.

Dopo esserci lasciati dietro Zula e il delta del torrente Asfât, nel primo pomeriggio arrivammo ad Aràfali, la cittadina ai piedi del vulcano spento Dòla. Ci rifocillammo presso la guarnigione locale, dove ci accolse un paio di connazionali stupiti di vedere un maggiore, sia pure sporco e coperto di polvere, in quel piccolo centro dimenticato da Dio. Feci due passi lungo la baia, cercando di mettere ordine alle idee, mentre il sottufficiale e lo scium-basci si occupavano di reintegrare le scorte di acqua e carburante. Mi imbattei nel mercatino indigeno, una ventina di banchetti disordinati che vendevano frutta, verdura, alimenti e cianfrusaglie d'ogni tipo. A dir la verità, le bancarelle in legno erano appena un paio, gli altri venditori si accontentavano di stendere sulla polvere una pezza di stoffa variopinta e di affastellarvi sopra la loro mercanzia. Una donna dai lineamenti sottili e l'aria altera sorvegliava in silenzio un paio di grossi catini in terracotta pieni di carne tagliata a pezzi, pecora o capra con tutta probabilità. Di tanto in tanto sventolava un rametto di palma per scacciare mosche e zanzare, che camminavano pacifiche sui tranci di coscia e sulle costolette d'agnello.

Quel brulichio mi fece tornare in mente la testa mozzata di Puricelli e la ragazzina di Firenze, così mi allontanai dall'improvvisata macelleria e mi dedicai a osservare la strana frutta colorata che campeggiava su un altro paio di bancarelle poco più in là. Ormai avevo una certa dimestichezza con prodotti tropicali quali il mango, l'anona, la papaia, il cocco, i fichi d'india e le piccole e dolcissime banane della costa del Mar Rosso, per non parlare della gran varietà di spezie. Ma ogni volta – anche nei mercatini più miserabili – rimanevo affascinato da quell'insieme di colori sgargianti e odori inebrianti. Uno dei ricordi più vividi del mio arrivo in Africa Orientale era proprio la prima visita al mercato di Massaua, dove le fragranze più intense di caffè, agrumi, cumino, rafano, zenzero e coriandolo si mischiavano agli odori, per noi nauseabondi, del pesce essiccato, della carne imputridita dal caldo e della frutta fermentata.

In due anni mi era capitato di girare quasi l'intera Eritrea, avevo conosciuto il fresco degli altopiani verso Asmara e il calore torrido della costa. Mi ero imbattuto in popolazioni e costumi d'ogni genere, dai fieri tigrini alle tribù negroidi dei Cunàma, e avevo conosciuto le antiche religioni pagane, dove stregoni dall'aspetto spaventoso veneravano strane divinità, celate dietro alberi e feticci. Ero rimasto conquistato dal panorama della baia di Gurgussum, incendiata dal rosso del tramonto, e dalla violenza degli acquazzoni sul passo Hancar, dove l'acqua veniva giù a secchiate e in pochi minuti trasformava in impetuosi torrenti i miseri rigagnoli che scendevano dalle pendici della montagna.

Eppure, se chiudevo gli occhi e cercavo di immaginare la «mia» Africa, la memoria mi riportava inevitabilmente a quei contrasti, che avevano segnato in modo indelebile i miei sensi. L'afa opprimente della prima notte a Massaua, che rendeva inutile persino strapparsi di dosso gli ultimi indumenti e ti lasciava a boccheggiare sotto le pale del ventilatore. E poi i suoni, gli odori e i colori della Città Vecchia. Le grida incomprensibili dei venditori ambulanti, le invocazioni del *muezzin* dall'alto del minareto, i volti scuri e le tuniche candide dei mercanti arabi, il sorriso aperto dei bambini vestiti di cenci. E gli odori. In certi casi, la puzza. Insopportabile per narici europee non ancora abbastanza allenate. Puzza di pesce marcio, fetore di rifiuti imputriditi dai quaranta gradi del sole eritreo. Tanfo di escrementi animali e afrore di scarsa igiene e povertà.

Sprofondato nei miei pensieri, ero andato avanti e indietro per il mercato un paio di volte, sordo ai richiami dei venditori che cercavano di affibbiarmi ogni sorta di mercanzia. Alla fine gettai una manciata di centesimi a un vecchio con la barba bianca e presi un casco di banane da mangiare per merenda. Mi avvicinai al mare, maledicendo la mia solita tendenza a distrarmi dalle cose concrete, e cercai di far mente locale sul misterioso omicidio che mi era capitato addosso.

Solo due giorni prima Goffredo Puricelli, imprenditore facoltoso nonché esponente fra i più in vista della buona società in Eritrea, mi aveva chiesto di fissare un appuntamento. Era preoccupato, anche se non aveva voluto spiegarmi per quale motivo avesse paura né da chi si sentisse minacciato. Poche ore dopo era stato trucidato nel giardino di casa, addirittura gli avevano tagliato la testa e l'avevano infilata sulla cancellata. A quanto pare Puricelli conosceva il suo assassino, perché nessuno aveva sentito grida o invocazioni di aiuto e non c'erano tracce di fuga o colluttazione. L'unico indizio in nostro possesso era un frammento di vite proveniente dall'impugnatura di una daga, con tutta probabilità yemenita, importata da un mercante arabo di Assab.

La vedova di Puricelli aveva escluso che il marito avesse nemici e che negli ultimi tempi fosse preoccupato. Il commendatore era un personaggio in vista, amico intimo del segretario del PNF, ma non c'era nulla che lasciasse pensare a un delitto politico e tanto meno a una rapina. In tasca aveva ancora il portafogli con un bel po' di banconote. E poi la testa infilzata sulla cancellata... È chiaro che non era opera di un delinquente da strapazzo. Escludendo per esperienza l'ipotesi accademica di un pazzo sanguinario che andava in giro per la città a decapitare cristiani, il mio intuito suggeriva che i moventi potessero essere solo due: donne o soldi. Un bel rebus.

L'assassino doveva odiare profondamente Puricelli, per infierire così sul suo cadavere. Oppure voleva lanciare un avvertimento ad altre persone, in qualche modo legate all'imprenditore. Sempre che non gli avesse tagliato la testa per confondere le acque e depistare le indagini, indirizzandole magari verso gli indigeni, considerati «selvaggi» e quindi in grado di compiere simili mostruosità. Anche ragionandoci con calma, il delitto rimaneva un grosso punto interrogativo.

Da lontano la figura di Barbagallo vicino alla FIAT 508 mi faceva segno di avvicinarmi.

«Signor maggiore, l'automezzo è pronto per ripartire», mi accolse il sottufficiale, «ma il brigadiere Scolamiero mi ha sconsigliato di metterci in marcia a quest'ora del pomeriggio. Fra tre ore e mezzo, massimo quattro, sarà buio e lassù sarà difficile trovare un ricovero dignitoso per passare la notte.»

Per «lassù» intendeva le pendici delle bocche spente di vulcano che formavano la dorsale dei monti Saho, Urài Dagà e Ià-luà, dove s'inerpicava la mulattiera. Percorso obbligato per superare la catena montuosa e raggiungere la depressione della Dancalia.

Guardai Barbagallo con un sorriso beffardo.

«Maresciallo, ti ricordo che siamo in missione, non in vacanza. Assab è ancora lontanissima e tre ore di cammino serviranno per accorciare la nostra marcia e avvicinarci un po' alla meta.»

Erano le tre e mezzo del pomeriggio quando lasciammo Aràfali e ci avviammo. Le rocce laviche, i piccoli coni delle antiche bocche di fuoco e l'assenza quasi totale di vegetazione mi facevano venire i brividi. Le montagne nere che ci sovrastavano avevano un aspetto lugubre e inospitale. Avanzavamo lenti, in silenzio, avvolti dall'angoscia.

VIII
Il lago nero

Barbagallo aveva lasciato il volante allo scium-basci, cercando invano di riposarsi sul sedile posteriore della 1100 militare. Ogni volta che stava per assopirsi, un sobbalzo lungo la mulattiera lo faceva ridestare di colpo, strappandogli buffe imprecazioni in dialetto. Conoscevo un po' di piemontese sin dai tempi dell'accademia a Torino, ma gli accidenti del maresciallo erano così articolati e coloriti che la mia comprensione non andava al di là di qualche *Boia fauss!* o *Contacc!* Tesfaghì, al contrario, guidava silenzioso con gli occhi fissi alla pista, per individuare nelle prime ombre della sera qualsiasi asperità si presentasse davanti agli pneumatici del nostro mezzo.

Da ore non s'incontrava anima viva. Solo capre, qualche serpente, rari stormi di uccelli simili a grossi corvi che scrutavano la terra arida in cerca di preda. Non avevo sottomano un termometro, ma stando anche alle indicazioni della mia preziosa guida in Dancalia non era insolito che la colonnina di mercurio, durante il giorno, raggiungesse i 45-50 gradi. Me li sentivo tutti addosso, anche se la brezza provocata dall'andatura della camionetta mitigava il calore soffocante. Nonostante la canicola, indossavo casco coloniale, guanti e talvolta persino il *burnùs*, per evitare che i raggi del sole arrostissero la mia pelle, troppo chiara per quelle latitudini.

Mezz'ora dopo il tramonto decisi di far fermare lo scium-basci, che andava avanti incurante dell'oscurità, e feci allestire un piccolo campo per passare la notte. Non c'era tempo di montare la tenda e ci accontentammo di un semplice bivacco protetto dalla parete inclinata di una grossa roccia lavica. Mentre Tesfaghì si procurava qualche arbusto per accendere il fuoco e Barbagallo riscaldava il rancio in scatola, mi dedicai a studiare la cartina della zona e a rileggere gli appunti sui primi due giorni d'indagine. Dopo un pasto frugale, una razione di carne in scatola e due gallette, il sottufficiale indigeno preparò il *ciai*, il tradizionale tè eritreo dolcissimo e speziato. Vuotai la mia tazza tutta d'un fiato e il sapore forte di cannella, chiodi di garofano e zenzero mi fece venire in mente il *vin brulé* che si beveva d'inverno in Piemonte e Valle d'Aosta, al rientro dalle escursioni in montagna.

Mio padre faceva uno strappo alla regola e, benché fossi appena un ragazzino, mi permetteva di bere il vino caldo. Afferravo il tazzone bollente con entrambe le mani, per riscaldarle, e quasi d'un fiato, anche a costo di ustionarmi la lingua, mandavo giù quel liquido scuro e profumato. Sentivo il calore che pian piano si propagava nello stomaco e dopo pochi istanti l'alcol faceva effetto, annebbiando dolcemente i sensi già inebriati dall'odore della cannella e dei chiodi di garofano.

Con il *ciai* non c'era pericolo di ubriacarsi. Guardai il cielo sopra di me. In alto, nel buio più totale, brillavano migliaia di stelle. La notte era silenziosa, eppure mi sentivo salire dentro un'ansia sconosciuta. Non mi fu di nessun sollievo neppure il pensiero di Virginia, che avevo abbracciato soltanto ventiquattr'ore prima, così mi arrotolai nel mantello cercando di dormire, mentre Tesfaghì si preparava a compiere il primo turno di guardia.

Prima dell'alba eravamo di nuovo in viaggio, per approfittare delle ore più fresche della giornata. Ci lasciammo dietro l'infame mulattiera, raggiungemmo Mèrsa Fàtma senza ulteriori intoppi e imboccammo la camionabile costiera che ci avrebbe condotto, dopo poche centinaia di chilometri, alla baia di Assab. Barbagallo aveva riacquistato il proverbiale buon umore e conduceva con brio la 508, godendosi la brezza marina che spirava dal Mar Rosso.

«Di questo passo fra un'ora saremo a Thiò», esclamò il maresciallo abbordando una curva a tutta velocità, «e lì vedrete, signor maggiore, che ci rifaremo con una buona pastasciutta e un bicchiere di Chianti come piace a voi.»

Il piccolo porto ci apparve con le sue casupole bianche al fondo della baia di Anfilé. Una decina di imbarcazioni di pescatori erano ancorate lungo il molo. Mentre mi toglievo la polvere di dosso nei bagni della Residenza, la sede locale del governo coloniale, Barbagallo mi si avvicinò con la faccia rabbuiata.

«Lo sapevo che in questo maledetto Paese non si può mai stare tranquilli. Brutte notizie. Il maresciallo Solari, comandante della guarnigione di Thiò, mi ha appena informato che la camionabile è franata poco prima di Edd, a ottanta chilometri da qui. Si potrebbe aggirare la città passando per le piste carovaniere, ma è sconsigliato per la presenza di alcune bande di predoni, rese più baldanzose dall'isolamento dell'area. I nostri uomini non possono pattugliare la zona e i ladroni hanno già assaltato quattro spedizioni di mercanti locali.»

Di solito i briganti dancali si tenevano alla larga dai militari italiani, ma una camionetta con soli tre uomini poteva diventare un bersaglio appetibile per una banda numerosa. Soprattutto per via delle nostre armi, merce rara in quelle lande desolate. L'alternativa non era meno spaventosa: piegare verso l'interno e affrontare il Piano del Sale, la depressione desertica al di sotto del livello del mare, costeggiare il lago Giulietti, aggirare il massiccio dell'Afrerà, a oltre duemila metri di altitudine, e risalire verso Assab lungo le piste carovaniere di Uaddi e Gaarre. Uno scherzetto che ci avrebbe fatto perdere almeno un giorno.

«Mi spiace, ma dobbiamo rinunciare alla pastasciutta e al Chianti. Fatti preparare dei panini imbottiti, rifornisci le taniche d'acqua e benzina e partiamo subito per il Piano del Sale. Abbiamo ancora cinque ore di sole e le voglio sfruttare tutte.»

Il voluminoso sottufficiale mi guardò con occhi rassegnati e chiamò lo scium-basci per preparare subito la partenza. Un meccanico stava controllando lo stato del nostro automezzo, mentre il cuoco eritreo della caserma ci preparava i viveri. Approfittai dei pochi minuti che restavano per telegrafare a Massaua. Mandai un messaggio al tenente Calderoni, chiedendo che mi tenesse informato sull'andamento delle indagini al mio arrivo ad Assab. Poi avvertii il comando della compagnia di Assab, informandoli della variazione di percorso. Infine scrissi un breve telegramma a Virginia. Solo tre parole: «Ti penso sempre». Mi sentivo un po' a disagio, ma il marconista fece finta di niente. Mezz'ora più tardi superavamo già le dune di sabbia vicino ai pozzi abbandonati di Ássa Ela, incamminandoci in una pianura salmastra costellata da bassi cespugli verde oliva.

La temperatura aumentava man mano che ci s'inoltrava nella pianura, zigzagando tra formazioni rocciose di origine lavica, boscaglie di acacie spelacchiate e torrentelli quasi asciutti. Alla nostra sinistra s'intravedeva in lontananza la sagoma scura del monte Ròda, con i suoi 1600 metri una delle cime più alte delle Alpi Dancale. Dopo un paio d'ore raggiungemmo il lago di Afrerà, ribattezzato Giulietti in onore del capo della prima spedizione europea che a fine Ottocento aveva attraversato la Dancalia meridionale.

«Questo lago fa venire i brividi», commentò Barbagallo osservando la superficie plumbea dello specchio d'acqua, «e sapere che qui vicino hanno scannato il povero Giulietti e gli altri della colonna italiana non mette certo allegria.»

Arrestammo la camionetta su una spiaggia color cenere, avviandoci a piedi verso l'acqua salmastra. Il caldo era insopportabile, anche se un filo di vento increspava il lago. Sullo sfondo il cono del vulcano Afrerà si ergeva su una colata di massi basaltici neri.

«Qui luogo che porta sfortuna, signor maggiore», disse lo scium-basci, interrompendo il suo abituale silenzio. «Sarebbe meglio andare via presto.»

«Calma, Tesfaghì, siamo tutti molto stanchi e anche la macchina ha bisogno di un po' di riposo. Anzi, il maresciallo sta già controllando il motore per verificare che non ci siano guasti. Sono d'accordo con te, questo lago è angosciante. Fra mezz'ora ce ne andiamo.»

Controllata la pressione delle gomme e il livello dell'acqua nel radiatore, Barbagallo si rimise al volante invitandoci a ripartire. In lontananza si vedeva passare qualche nube isolata, ma in quella conca 140 metri al di sotto del mare il calore rimaneva insopportabile. Dopo alcuni chilometri ci imbattemmo in un gruppo di tumuli in pietra, forse antiche tombe di tribù nomadi, e pochi metri più in là avvistammo una specie di cippo con una lapide. Ordinai al sottufficiale di fermare la camionetta e mi avvicinai alla roccia con il cuore in gola. Lessi ad alta voce: «Qui perì la spedizione Giulietti – 14 italiani furono barbaramente trucidati – Cristiani scopritevi – Musulmani fermatevi a salutare».

Barbagallo e io ci togliemmo il casco, mentre lo scium-basci s'irrigidiva sull'attenti. Con la mano tolsi la polvere che si era depositata sulle ultime righe, leggendo le altre parole scolpite sulla lapide: «Spedizione Franchetti, 24 maggio 1929». Il più commosso era proprio il maresciallo astigiano, già in servizio quando, sei anni prima, i poveri resti dei nostri connazionali vennero riportati a Massaua e salutati con gli onori militari dalle autorità della colonia. Chiesi a Tesfaghì di ripulire la lapide e andai a cercare nello zaino una piccola coccarda tricolore, che portavo sempre con me. La assicurammo al cippo, incastrandola in una fenditura della roccia, poi ordinai ai miei uomini il presentat-arm. Una scena irreale, se mai qualcuno avesse potuto vederci. Tre uomini immobili davanti a un cumulo di pietre, nel bel mezzo del niente. Eppure a quel tempo sentivo ancora l'emozione per la parola «patria» e per chi, a migliaia di chilometri da casa, era caduto in nome dell'Italia. Il silenzio del deserto era rotto soltanto dal gracchiare di un paio di avvoltoi.

Riprendemmo la marcia senza parlare. Il nostro unico desiderio era frapporre più chilometri possibile fra noi e quel posto così lugubre e inospitale. Avvistammo una catena di basse colline rocciose, dove la mappa segnalava un pozzo poco salmastro e un piccolo bosco di acacie in cui cercare rami secchi da bruciare.

All'improvviso, da un grande masso alla nostra destra, sbucò un manipolo d'indigeni urlanti, armati di spade e zagaglie. Una corta lancia mi sibilò davanti al volto, e mentre Barbagallo si curvava sul volante udii il grido strozzato di Tesfaghì: «Attenti, è un'imboscata!»

IX

L'agguato

Si concluse tutto in pochi minuti. Gridai al maresciallo di dare gas alla camionetta e mi abbassai per ripararmi dal lancio di zagaglie, mentre Tesfaghì aveva già cominciato a far fuoco con il moschetto automatico. Gli assalitori, una dozzina, saltavano fuori dalle rocce urlando come ossessi e agitando con rabbia lance e scudi. Non avevano armi da fuoco, tranne un anziano che si teneva indietro e brandiva una vecchia carabina a mo' di randello. Forse non la sapeva usare, o più probabilmente il fucile era scarico. Il vecchio aveva un turbante in testa, il mento incorniciato da una lunga barbetta grigia e gridava ordini in una lingua incomprensibile.

La 508 procedeva con fatica sul terreno sabbioso, non riusciva ad andare più veloce per colpa delle buche e del pietrisco. In quei momenti non si ha tempo per pensare a nulla. Ricordo come un'immagine rallentata di aver estratto dalla fondina la Beretta per aiutare lo scium-basci, che aveva già lasciato nella polvere un paio di predoni. Senza quasi prendere la mira sparai a un giovane magrissimo a pochi metri da noi, che stava per scagliare una lancia: lo vidi inginocchiarsi, il volto deformato dal dolore, mentre una chiazza rossastra si allargava sulla tunica bianca, all'altezza dello stomaco.

Udii un grido, mi voltai. Tesfaghì stava lottando corpo a corpo con un brigante sul sedile posteriore dell'auto. Il dancalo si era issato a bordo mentre il graduato eritreo stava ricaricando il moschetto e ora i due erano avvinghiati in una stretta mortale. L'aggressore era armato di una corta scimitarra, ma già lo scium-basci aveva impugnato il *billao*, il coltello a doppia lama che teneva alla cintola. Esitai prima di sparare, temevo di colpire il fedele ascari. Il mio intervento non fu necessario. Con una mossa rapidissima Tesfaghì conficcò il coltello nel fianco del dancalo e lo fece volare giù dalla camionetta.

Barbagallo ingranò la quarta grazie a un tratto di pista meno sconnesso e riuscì a guadagnare velocità. Gli assalitori rimasero indietro, visibilmente scossi dalle perdite che eravamo riusciti a infliggergli. Gridavano come indiavolati e continuavano a tirarci dietro le zagaglie, ma ormai eravamo fuori dalla loro portata.

«Non ti fermare, Barbagallo», intimai al maresciallo, che faceva del suo meglio per condurre la camionetta fuori dalle colline rocciose, «se ci raggiungono siamo spacciati.»

Chiesi allo scium-basci se stava bene. Mi fece un rapido cenno di assenso, aveva già ricaricato il moschetto ed era pronto a respingere nuovi attacchi. Grazie al cielo non ce ne fu bisogno. Osservammo i predoni, sempre più lontani, che si fermavano, lanciando al nostro indirizzo imprecazioni e maledizioni d'ogni sorta.

Il sole stava calando dietro le dune lontane, ma fermarsi sarebbe stato un suicidio. I dancali erano ancora troppo vicini, senza contare che nei paraggi avremmo potuto imbatterci in un'altra banda. Diedi il cambio al maresciallo, esausto, e strizzando gli occhi mi sforzai d'individuare la pista nella penombra. Ci fermammo solo un'ora più tardi, quando per l'oscurità fu impossibile proseguire la marcia. Mi sentivo rabbrividire e non per il freddo.

Su consiglio di Tesfaghì trovammo rifugio sulla sommità di una collinetta, da cui si poteva sorvegliare a 360 gradi il territorio circostante. Un accorgimento più che altro formale: mezz'ora dopo sembrava di essere immersi in un mare di pece e con quel buio i dancali avrebbero potuto avvicinarsi senza grandi difficoltà e tagliarci la gola prima che potessimo abbozzare una qualsiasi difesa. Non restava che tenere gli occhi aperti e affidarci al buon Dio.

Fu una notte orribile. Attendemmo l'alba avvolti nei *burnùs*, con le armi in mano e la baionetta innestata sulla canna del moschetto. Non potendo accendere il fuoco, fummo costretti a mandar giù una razione di carne in scatola accompagnata da un paio di gallette e benedicemmo la fiaschetta di cordiale che Barbagallo portava sempre con sé durante le missioni. Solo lo scium-basci, da buon musulmano, rifiutò il liquore. Per motivi di sicurezza dovetti rinunciare pure alle mie sigarette. Non chiudemmo occhio. Di tanto in tanto qualcuno faceva l'appello sottovoce, per accertare che gli altri non si fossero assopiti. Non appena iniziò ad albeggiare, con il binocolo scrutai verso nordovest, là dov'era avvenuta l'imboscata. La pista era deserta. Passai l'apparecchio a Barbagallo, che dopo aver girato su se stesso per centottanta gradi scosse la testa.

«Non c'è nessuno, maggiore. Probabilmente hanno rinunciato a inseguirci. Staranno in qualche lurido *tucùl* a leccarsi le ferite, quei maledetti!»

Anche Tesfaghì, taciturno come al solito, mi dimostrò con un largo sorriso che non c'era traccia dei nemici e la strada era sgombra anche verso est, in direzione di Assab. Rinfrancati, ci preparammo a ripartire. L'eritreo si dedicò ad accendere un focherello per il caffè, mentre il maresciallo dava una controllatina alla 508, rabboccando sia il serbatoio del carburante sia il radiatore. La tanica dell'acqua era ormai semivuota, ma il peggio era decisamente passato. Di lì a poco avremmo incrociato la pista carovaniera che da Macallè ed Enda Corcòs porta verso il mare, ed entro sera saremmo arrivati ad Assab.

Gli ultimi chilometri furono quasi una gita. A Uaddi imboccammo un'ampia camionabile che attraversava la pianura e gli incontri – questa volta non sgraditi – si fecero più frequenti. Carovane di dromedari in cammino verso il Mar Rosso, autocarri di imprese nazionali che effettuavano trasporti di merci e materiali, persino una piccola colonna militare diretta al confine con l'Abissinia. Ci fermammo a salutare i commilitoni, e il comandante della squadra, un capitano originario di Cremona, offrendomi un carcadè mi spiegò che le frizioni con gli uomini del Negus non accennavano a diminuire, perciò bisognava rafforzare le guarnigioni di frontiera.

A Beilùl finalmente rivedemmo il mare. Rispetto a prima ora la strada sembrava un circuito da corsa e Barbagallo poté lanciare la camionetta. Attraversammo colline brulle alternate a piccole conche rigogliose di acacie, fino ad arrivare all'aeroporto di Assab. Al fondo della baia scorgemmo il faro di Ras Bùia e le casette bianche della città vecchia, sovrastate dal bizzarro minareto della moschea. Ce l'avevamo fatta.

La doccia d'acqua tiepida mi restituì dieci anni di vita e la camera spartana, che mi era stata messa a disposizione nella caserma dell'Arma, mi sembrava meglio di una suite all'Excelsior di Rapallo. Indossai l'uniforme di riserva, stropicciata per il lungo viaggio, e scesi a colloquio con il capitano Blasi, il comandante della guarnigione di Assab. Prima però passai all'ufficio del telegrafo, per controllare se fossero arrivate notizie da Massaua.

I telegrammi erano ben due, uno spedito dal tenente Calderoni e l'altro a firma della signorina Mariani. Incurante degli obblighi militari, aprii subito quello di Virginia. Mi diedi di nuovo del bischero, consapevole del motivo per cui il cuore aveva preso a battere più veloce. Virginia mi annunciava che la sera precedente, a

Massaua, la rivista era andata in scena con grande successo. La replica era fissata per l'indomani, mentre il giorno successivo la compagnia Lanzafame si sarebbe trasferita a Cheren e di lì all'Asmara. Il telegramma si concludeva con la frase che più avrei desiderato leggere: «Ti penso anch'io, sempre».

Mi sentivo euforico e leggero e stavo considerando di concedermi un vermut ghiacciato prima d'incontrare Blasi, che mi aveva invitato a cena nel miglior ristorante della città. Poi mi ricordai di avere in tasca la missiva di Calderoni e aprii subito la busta. Le parole mi gelarono il sangue: «Urge vostro ritorno prima possibile. Stop. Trovato morto rag. Bianchini Luigi. Stop. Decapitato. Stop. F.to: ten. Calderoni».

X

Un cadavere in più

Quella sera mangiai senza appetito. Dopo due giorni di rancio da deserto non vedevo l'ora di mettere sotto i denti qualcosa di buono e le pietanze servite dal ristorante «Alla Moschea» erano ottime, ma non riuscivo a pensare ad altro che al nuovo omicidio. Lo *zighinì* di manzo era uno dei migliori che avessi mai assaggiato e il *berberé*, gustoso senza essere troppo piccante, era appetitoso. Eppure mangiai quasi controvoglia. Il povero Blasi sembrava mortificato.

«Non ti senti bene, Aldo? Oppure non ti piace la cucina di Assab?»

«Scusami, Riccardo. È tutto a posto, ma non riesco a togliermi dalla mente le parole del tenente Calderoni. Ti confesso che non mi aspettavo un altro delitto: a Massaua, lo sai, non succede mai nulla. E adesso ci troviamo tra le mani addirittura due omicidi, con tutta probabilità eseguiti dallo stesso assassino.»

«Non riesco a capire se siete davanti a un folle oppure se questo macabro rituale della decapitazione ha una spiegazione logica, rientra in qualche strano disegno criminale.»

«Giuro che non ne ho la minima idea. All'inizio, dopo l'uccisione di Puricelli, ho pensato a una vendetta personale. Un uomo, o forse più uomini, che avevano un tale risentimento nei suoi confronti da volerlo ammazzare in modo così orribile e, diciamo pure, anche scenografico. Per mostrare a tutti il disprezzo verso il suo cadavere. Ora, però, ho le idee più confuse di prima.»

«C'era qualche legame tra Puricelli e l'uomo che è stato ucciso la notte scorsa?»

«Calderoni e il maresciallo De Sio stanno cercando di appurarlo. A prima vista non sembra che Bianchini frequentasse gli stessi ambienti di Puricelli, anche se è certo che si conoscessero. Ma solo a livello superficiale, tipo 'buongiorno-buonasera'. Del resto, in una città piccola come Massaua è inevitabile che tutti gli italiani si conoscano, magari anche solo di vista.»

Prima di cena ero riuscito a mettermi in contatto telefonico con Calderoni. La linea era molto disturbata, ma il tenente fu comunque in grado di raccontarmi in estrema sintesi quel che era successo la notte precedente, poche ore dopo la fine della rappresentazione del varietà di Pippo Lanzafame. Pare che il ragionier Bianchini, impiegato del Banco di Roma di corso Umberto I, si fosse recato allo spettacolo in compagnia di un collega. I due bancari avevano deciso di proseguire la serata di bisboccia, così prima avevano fatto tappa al caffè Ghedèm e poi avevano puntato diritto al bordello di madame Vittoria, una modesta casa di tolleranza in periferia, non lontano dai quartieri musulmani sulla terraferma. Usciti di là, i due amici si erano separati per far ritorno alle rispettive abitazioni. Erano circa le due. Tre ore più tardi il corpo di Bianchini era stato trovato vicino all'idroscalo di Abd el Cadér dal custode notturno degli stabilimenti della pescheria. La testa era appoggiata pochi metri più in là, su una bitta del piccolo molo.

Il ragionier Bianchini aveva trentanove anni, era celibe, lavorava al Banco di Roma da una decina d'anni e da quattro si era trasferito alla filiale eritrea dell'istituto di credito. Non aveva precedenti penali e veniva descritto da colleghi e superiori come un buon impiegato, anche se qualcuno aveva confessato al maresciallo De Sio che l'uomo un paio di vizi ce li aveva. Alzava un po' il gomito, tanto da aver subito un paio di richiami formali da parte del direttore, e talvolta giocava a carte, senza troppa fortuna. Infine aveva un debole per le donne. Specie le ragazzine eritree. Se non fosse stato per il particolare della testa mozzata, si sarebbe anche potuto pensare alla vendetta per un debito di gioco. Oppure alla reazione violenta del padre di una fanciulla sedotta e abbandonata.

Ma le uccisioni di Puricelli e Bianchini non avevano nulla del delitto d'impeto, dell'esplosione improvvisa di collera. Al contrario, mi sembravano omicidi messi a segno da un sicario freddo e calcolatore, che aveva studiato a tavolino sia le modalità dell'assassinio sia la messinscena del cadavere decapitato. Avvertii un senso di frustrazione per essermi fatto trovare così lontano da Massaua in un momento tanto delicato. Calderoni era bravo, certo. Ma dentro di me sapevo benissimo di aver raccontato una balla colossale al colonnello Frangipane: il tenente non era ancora pronto per seguire un'indagine di questo tipo.

Era necessario scavare più a fondo nella vita privata delle due vittime; intuivo che ci doveva per forza essere qualche punto di contatto fra i due. Il commendatore e l'impiegato erano stati fatti fuori nello stesso modo, nel giro di quarantott'ore e a pochi chilometri di distanza l'uno dall'altro. Non poteva essere solo casualità. Dovevo rientrare a Massaua il più presto possibile, e fu il buon Blasi a trovare la soluzione. L'indomani avremmo fatto una visita lampo a Ibrahim ben Rafat, il mercante d'armi yemenita segnalato da al Marsaoui, poi nel pomeriggio avrei approfittato del passaggio di un velivolo R01 della Regia Aeronautica.

«C'è una squadriglia di ricognitori che dovrà decollare dal nostro piccolo aeroporto per compiere una perlustrazione verso i confini con l'Etiopia», mi disse il capitano

Blasi. «Poi continuerà fino a Massaua. Giungerai a destinazione prima di sera e farai pure in tempo a interrogare qualche testimone.»

Barbagallo e Tesfaghì sarebbero rientrati in auto qualche giorno dopo. Mi dispiaceva privarmi della loro collaborazione, sapevo per certo che mi sarebbero stati molto più utili a Massaua, ma non potevamo neppure abbandonare la FIAT 508 ad Assab. Il colonnello ci avrebbe rispedito a riprenderla a nuoto.

La notte era umida e afosa anche lì ad Assab. Nonostante la stanchezza per l'intensa giornata di viaggio, non riuscivo a prendere sonno. Mi venne in mente di leggere alcune pagine del libro che mi aveva prestato Furio Morandi. Era di Seneca, autore che il mio amico adorava e che io, invece, conoscevo appena grazie ai ricordi dei tempi del liceo. Il titolo non era dei più allegri: *De brevitate vitae*. Lo sfogliai e notai con sollievo che a fronte del testo latino c'era la traduzione italiana. La mia conoscenza della lingua di Cicerone scontava anni di ruggine e non mi avrebbe permesso di comprendere quel testo, che Furio mi aveva descritto come «fondamentale».

Le prime pagine, in effetti, erano folgoranti.

> La maggior parte dei mortali, o Paolino, si lagna per la cattiveria della natura, perché siamo messi al mondo per un esiguo periodo di tempo, perché questi periodi di tempo a noi concessi trascorrono così velocemente, così in fretta che, tranne pochissimi, la vita abbandona gli altri nello stesso sorgere della vita.

Già, riflettei, chi non ha mai avuto la sensazione che i giorni ci stiano scivolando via come una manciata di sabbia dalle dita? A me succedeva, ogni tanto. E da quando mi trovavo nella colonia sempre più spesso. Ma probabilmente non era colpa di Massaua, dell'Eritrea, dell'Africa. Forse era solo il tempo che passava, inesorabile. Andai avanti con Seneca.

> La vita è lunga, se sai farne uso. C'è chi è preso da insaziabile avidità, chi dalle vuote occupazioni di una frenetica attività. Uno è fradicio di vino, un altro languisce nell'inerzia; uno è logorato da un'ambizione sempre dipendente dai giudizi altrui, un altro è sballottato per tutte le terre da un'avventata bramosia del commercio, per tutti i mari dal miraggio del guadagno. Alcuni tortura la smania della guerra, vogliosi di creare pericoli agli altri o preoccupati dei propri; vi sono altri che logora l'ingrato servilismo dei potenti in una volontaria schiavitù; molti sono prigionieri della brama dell'altrui bellezza o della cura della propria. La maggior parte, che non ha riferimenti stabili, viene sospinta a mutar parere da una leggerezza volubile e instabile e scontenta di sé.

Chiusi il libro e guardai l'ora. Erano da poco passate le due e finalmente dalla finestra spalancata entrava un filo di brezza marina. Mi lasciai scivolare nel sonno cullato da pensieri malinconici, ricordi d'infanzia e volti che ormai non c'erano più.

Barbagallo venne a svegliarmi prima delle otto, quando il sole era già alto e la frescura della notte aveva lasciato posto alla solita afa. Le lenzuola erano ammonticchiate al fondo del letto e la federa del cuscino bagnata di sudore. Mi rinfrescai e mi feci la barba ripensando alle parole del filosofo stoico: è curioso come un uomo vissuto quasi duemila anni prima potesse aver descritto emozioni e sensazioni così moderne. E universali.

Il sole abbacinante di Assab e la consueta confusione delle stradine ingombre di gente, animali e mercanzie mi allontanarono da quelle cupe meditazioni. Non c'è niente di meglio di un po' di azione per anestetizzare i ragionamenti scomodi e ricacciarli nel fondo della propria coscienza.

La bottega del cugino di al Marsaoui era situata in una viuzza del quartiere arabo, a sinistra si scorgeva il palmeto di Assab, mentre a destra il mare faceva capolino tra gli edifici della Regia Dogana. Ibrahim ben Rafat era un uomo anziano, gli occhi mobili e vivaci, il volto incorniciato da una lunga barba bianca. Dopo i convenevoli di rito, Blasi spiegò al mercante il motivo della mia visita e il nome del suo lontano parente di Massaua fugò qualsiasi dubbio. Capimmo che avrebbe collaborato.

Esaminò con attenzione la rondella spezzata, la confrontò con un paio di scimitarre appese ai muri del negozio, infine diede un'occhiata a una cesta zeppa di viti, intarsi, manici di daghe e coltelli. Prese una specie di bullone sottile e lo accostò al reperto che mi ero portato dietro, scuotendo la testa. Poi lo mise a confronto con un'altra rondella, soppesandole e accertandone lo spessore. Ripeté l'operazione per quattro o cinque volte, infine si girò verso di noi con un largo sorriso. Ci mostrò una vite con duplice capocchia, di certo usata per innestare la lama nell'elsa di una spada, e la mise di fianco allo spezzone trovato vicino al cadavere di Puricelli. A esser sincero non notai una così grande somiglianza, ma ben Rafat ci spiegò che si trattava dello stesso oggetto, o quantomeno molto simile, trattandosi di un manufatto artigianale e non industriale.

«Fidatevi, signor maggiore. Sono sicuro che due viti forgiate da stessa mano e in stesso periodo, circa una quindicina d'anni fa. Provengono da bottega di artigiano di Aden, lavora per armaiolo che io conosce molto bene, forse è migliore dell'intero Yemen meridionale.»

«D'accordo, Ibrahim. Ma c'è modo di sapere come le scimitarre di quell'armaiolo arrivino in Eritrea? E soprattutto, chi possa averle acquistate?»

«Sono l'unico mercante d'armi che commercia prodotti di Ali Chakri, spada che cercate dev'essere sicuro passata in mio negozio. Il problema è capire a chi vendere, passati molti anni...»

Blasi mi guardò e fece cenno di lasciare a lui la parola.

«Signor Refat, se non ricordo male vi è stata inflitta una contravvenzione piuttosto salata per quella cassa di tappeti che il mese scorso avete fatto arrivare di straforo dall'Arabia Saudita, non è vero?»

«Ah, signor capitano, voi non dite nulla a Ibrahim. Uno equivoco sfortunato, ma signor dirigente di Dogana pensa che io volevo far entrare merce in Eritrea senza pagar dazio.»

«Via, Ibrahim, non sarebbe la prima volta che prendete... diciamo una scorciatoia, per far giungere le vostre merci.»

«Capitano Blasi, malelingue sono tante, più numerose di datteri di palmeto di Assab, ma per fortuna giustizia italiana non tiene conto di chiacchiere, solo di fatti concreti. È prima volta che mi viene contestato comportamento illegale.»

«Ascoltate. In virtù della vostra lealtà e collaborazione con le autorità coloniali posso chiedere al doganiere di sospendervi la contravvenzione, però dovete aiutare il maggiore Morosini a rintracciare il proprietario di quella stramaledetta scimitarra. E niente scherzi, altrimenti vi denuncio per intralcio alla giustizia.»

Il mercante mi guardò fisso negli occhi. Si capiva benissimo che la proposta di Blasi lo allettava, ma da buon arabo sperava di tirare sul prezzo. Gli lanciai uno sguardo gelido e capì che non avrebbe potuto spuntare di più.

«L'uomo che voi cercare è italiano o indigeno?»

«Per voi che differenza fa?»

«Se italiano, è più facile che io annotare suo nome in miei registri, in particolare se merce spedita all'Asmara, Massaua o altre città del Nord.»

«È probabile che sia italiano. Fatemi avere i nomi di chi ha comprato quelle armi.»

Trafficò nel retrobottega per un quarto d'ora, poi se ne arrivò con un paio di libroni rilegati in pelle. Li sfogliò a lungo e annotò alcuni nomi su un foglio di carta con grafia incerta. Aspettò che l'inchiostro si asciugasse e me lo consegnò con un gesto solenne.

«Signor maggiore, se Allah aiuta, in lista voi trovare nome di uomo che voi cercare tanto.»

XI
Sorvolando Dessiè

L'aereo virò sulla sinistra, planando verso una distesa di colline brulle e prive di vegetazione. C'eravamo lasciati alle spalle i duemila metri del monte Mussa-ali e ora volavamo in direzione di Addis Abeba, costeggiando la frontiera invisibile con la Somalia francese. Il pilota scese di quota, sfiorando i picchi più elevati, e diresse il ricognitore verso la cittadina di Hadelé Gubò, dove erano stati segnalati movimenti di truppe abissine.

«Non ti preoccupare, Aldo», mi aveva rassicurato Aldegani con il suo tipico accento emiliano, «in questa zona i *moru* non hanno mica contraerea e tanto meno apparecchi da caccia. Basta stare alla giusta distanza dalle mitragliatrici e siamo a cavallo.»

Non è che la sua frase mi avesse lasciato del tutto tranquillo. Da profano mi sembrava che l'Ro1 sorvolasse il territorio nemico un po' troppo a bassa quota, tanto che un valido cecchino del Negus non avrebbe avuto grosse difficoltà a ficcarci una pallottola nella carlinga, se non addirittura in testa. Giacomo Aldegani era un simpatico capitano della Regia Aeronautica appena trentenne, già considerato un veterano d'Africa dai camerati dello squadrone in servizio fra Assab e Massaua. C'eravamo incontrati svariate volte ai tavoli del caffè Savoia e nei salottini della casa di madame Chantal, quindi si era dimostrato entusiasta all'idea di darmi un passaggio aereo fino all'aeroporto di Massaua.

«Basta che ti adatti a fare due giretti sulle zucche dei ras di Hailé Selassié», aveva scherzato, buttando sul ridere quella che invece era una vera e propria missione militare, neppure delle più semplici.

Partimmo in formazione con altri due ricognitori, poi il tenente Francesco Gard puntò verso nordovest in direzione di Macallè, mentre il tenente Luciano Seregni seguì la nostra scia sino ad Hadelé Gubò e virò a sud alla volta di Harar. Sotto di noi il paesaggio si andava facendo man mano più verdeggiante, solcato di frequente da rii e torrenti che calavano dalle colline come serpenti d'argento. In lontananza si stagliavano maestose le montagne del Uollo dietro le quali, incastonata in una valle rigogliosa, sorgeva Addis Abeba. Non saremo arrivati alla capitale. La contraerea abissina lì ci avrebbe creato guai seri, senza contare che i pochi aerei in dotazione all'esercito del Negus incrociavano proprio dalle parti della città imperiale.

Le consegne di Aldegani erano rigidissime: effettuare un volo di ricognizione per valutare gli eventuali movimenti di truppe, ma evitare in maniera categorica qualsiasi scontro con gli abissini. Il Duce non poteva ancora ammettere, davanti alla Società delle Nazioni, l'esistenza di sconfinamenti italiani in terra etiopica. Ancora non lo potevo sapere, ma sia pure in volo fui il primo ufficiale della futura PAI, Polizia dell'Africa Italiana, a posare lo sguardo su quella che per un pugno d'anni sarebbe stata la perla dell'impero mussoliniano.

In quel momento le glorie di Roma erano lontanissime dai miei pensieri. Ero intento a combattere la nausea che mi assaliva a ogni brusca virata di quel canchero di Aldegani e la sottile inquietudine che mi prendeva ogni volta che mettevo piede su un apparecchio aereo. Non era un caso che prima di allora avessi volato solo tre volte. L'aviatore emiliano, invece, sembrava a suo agio come sul lungomare di Riccione. Fischiettava un motivetto alla moda e ogni tanto inforcava un binocolo per scrutare le montagne che sfrecciavano sotto di noi.

«Stai ben tranquillo, Morosini. Adesso diamo un'occhiata anche dalle parti di Dessiè e poi puntiamo dritti a nord: prossimo scalo, Massaua.»

«Non ti preoccupare, va tutto bene. Ma ogni volta che volo giuro a me stesso che sarà l'ultima.»

«Ma dài, un maggiore dei Carabinieri che ha paura di andare in apparecchio! Guarda che siamo più sicuri qui a bordo che su quel trabiccolo di camionetta che ti ha portato fino ad Assab. Infatti l'altro giorno hai rischiato la pelle, mentre adesso tutto fila liscio come l'olio.»

Non sono mai stato superstizioso, però, mentre ancora mi risuonavano nelle orecchie le parole tranquillizzanti del pilota, avvistammo una guarnigione fortificata sulla pista per Dessiè. Aldegani si abbassò per osservare meglio, ma da una torretta saettarono alcune lingue di fuoco.

«Mitragliatrici...» fece appena in tempo a esclamare, virando verso destra per schivare il fortino.

Ci salvammo solo perché i mitraglieri abissini sparavano come coscritti. La raffica di proiettili passò lontano dalla carlinga, ma al mio amico capitano era passata la voglia di scherzare, perciò riprese quota e si diresse senza indugi verso la Dancalia. Il viaggio si concluse senza ulteriori emozioni.

Approfittai dell'ultima mezz'ora di volo per dare un'occhiata alla lista che mi aveva fornito Ibrahim ben Refat: fino a quel momento, causa fifa, non avevo ancora avuto occasione di tirarla fuori dalla giberna. Cercando di concentrarmi sul foglietto e di resistere ai sussulti dell'aeroplano, diedi una scorsa alla ventina di nomi vergati dal mercante yemenita. Tre o quattro mi sembrava di conoscerli, c'erano un paio di maggiorenti di Massaua, un dirigente locale del PNF e persino un ufficiale del Regio Esercito. Tutta gente al di sopra d'ogni sospetto, in apparenza. Lessi e rilessi l'elenco, sforzandomi di trovare in qualche anfratto della memoria un piccolo collegamento con quelle combinazioni di vocali e consonanti che mi suonavano assolutamente ignote: Roberto Castrilli, Mario D'Agostino, Raulle Cervignani, Nicola Zambruno, Franco Lupo, Annibale Salvini, Francesco La Rosa e un'altra decina di nomi e cognomi che per me non avevano nessun significato. Aldegani mi fece un cenno, distogliendomi dai pensieri che mi avevano del tutto assorbito per una manciata di minuti. Indicò giù in basso la pista di atterraggio del piccolo aeroporto di Massaua e con la mano fece segno che in tre minuti saremmo atterrati.

Era primo pomeriggio; accolto dal solito caldo soffocante, saltai giù dal ricognitore e, dopo aver abbracciato il mio amico pilota, mi avviai verso l'auto, che aspettava fuori dell'aeroporto. Mezz'ora più tardi mi trovavo già nel mio ufficio e tenevo a rapporto Calderoni e il maresciallo De Sio. Venni messo al corrente di dettagli che il tenente non mi aveva potuto raccontare nella breve conversazione telefonica con il comando di Assab.

Il povero Bianchini era stato ammazzato a poche centinaia di metri dalla pescheria di Abd el Cadér, poi il corpo era stato portato davanti allo stabilimento e abbandonato lì, con il capo reciso appoggiato su una grossa bitta dove di solito ormeggiano i pescherecci. Anche questa volta, come nel caso di Puricelli, l'assassino o gli assassini avevano fatto in modo che il cadavere venisse scoperto nel giro di poche ore. Se non l'avesse trovato il custode della fabbrica, l'avrebbero visto pochi minuti più tardi i marinai che tornavano dalla pesca.

Fin qui i punti di contatto con l'omicidio dell'imprenditore. Ma c'erano anche particolari che divergevano. Il dottor Ragazzoni aveva escluso che il ragioniere fosse morto per decapitazione: dall'esame del corpo risultava che l'uomo era stato prima pugnalato alle spalle e poi strangolato con una cordicella. Solo in un secondo tempo, quando il contabile era già morto, il sicario si era accanito con una grossa spada, tagliandogli la testa.

«Ho fatto setacciare la zona della pescheria palmo a palmo», mi assicurò Calderoni, «ma questa volta non abbiamo trovato tracce significative, né dell'arma né dell'assassino.»

«Avete sequestrato gli oggetti trovati nella zona, come vi avevo raccomandato?»

«Certo, maggiore. A prima vista non c'è nulla di interessante, ma se li volete vedere sono custoditi in un sacco in fureria.»

Calderoni diede una voce al *buluc-basci* Nasser Issa, il suo più stretto collaboratore indigeno, equivalente a un brigadiere, e si fece portare il grosso involucro di juta. Liberai la scrivania e stendemmo lì sopra i reperti rinvenuti il giorno prima. Il graduato eritreo li aveva suddivisi in diversi sacchetti, ma la maggior parte degli oggetti sequestrati non aveva alcuna utilità per la nostra indagine.

Dopo averli esaminati con attenzione, scartai un paio di bulloni di ferro e un tubo semiarrugginito, che di sicuro stavano lì da troppo tempo per essere in qualche modo collegati al delitto. Poi misi da parte un sandalo rotto, del modello usato dalle donne eritree, e una rete da pesca visibilmente rattoppata. Alla fine mi concentrai su due mozziconi di sigarette scoperti vicino al luogo dove Bianchini era stato ucciso, una sbarra di ferro trovata poco più in là e una piccola stecca d'osso, levigata e un poco appuntita.

«Questa da dove arriva?» chiesi indicando la scheggia.

«È stata trovata a un metro dal cadavere», rispose il tenente, «ma non abbiamo ancora capito che cosa sia.»

Diedi ordine di riporre gli oggetti nei sacchetti di juta e di riportarli nel magazzino della fureria, affidandoli personalmente alla sorveglianza dell'appuntato Caruso. Congedai Calderoni e De Sio e mi dedicai alla lettura dei verbali d'interrogatorio redatti dal maresciallo. Presi quello che riguardava il collega di Bianchini, l'ultimo ad averlo visto in vita quella notte.

Il sottoscritto Bracaloni Vincenzo, fu Leonardo, nato a Pisa il 17 settembre 1897, di professione impiegato presso la Banca di Roma di Massaua, ivi residente presso la pensione 'Mar Rosso', in via Minniti numero civico 5, dichiara quanto segue:

ADR: Conoscevo il Bianchini Luigi da circa due anni, da quando mi sono trasferito in Eritrea per lavorare in banca.

ADR: Con lui ci si frequentava spesso anche fuori dall'ufficio perché siamo entrambi celibi e senza obblighi coniugali. Inoltre avevamo più o meno la stessa età.

ADR: La notte scorsa abbiamo cenato ognuno in casa propria, poi ci siamo incontrati davanti al Grande Albergo per assistere allo spettacolo del varietà. Quando lo spettacolo è terminato ci siamo recati al caffè Ghedém, dove abbiamo consumato un vermut.

ADR: Mi correggo, abbiamo consumato alcuni vermut, forse tre o quattro.

ADR: Il Bianchini era solito bere parecchio, ma quella sera appariva strano. Forse era preoccupato, mi ha dato l'impressione di uno che volesse ubriacarsi, per dimenticare qualcosa.

ADR: Verso le ore undici e mezzo il Bianchini mi propose di recarci a far visita alla casa di tolleranza della signora Vittoria e io accettai.

ADR: Frequento sovente la suddetta casa di tolleranza, sia perché è alla portata delle mie finanze, sia perché spesso vi incontro amici e colleghi, compreso Bianchini.

Sorvolai sulla parte centrale del verbale, dove si dava conto delle abitudini sessuali del defunto ragioniere e dei suoi vizi di gioco. Il tenente Calderoni era stato più che efficace nella sua sintesi telefonica. Mi soffermai invece laddove il maresciallo De Sio aveva rivolto a Bracaloni domande specifiche sulla situazione patrimoniale dell'amico. La risposta del testimone m'incuriosì.

ADR: Per quanto a mia conoscenza Bianchini guadagnava il mio stesso stipendio, ma aveva un tenore di vita decisamente superiore.
ADR: Sì, mi risulta che avesse contratto debiti di gioco, somme anche ingenti che però riusciva sempre a restituire in tempo utile per evitare ritorsioni.
ADR: Da sue stesse ammissioni sono venuto a sapere che utilizzava lo stipendio della banca per pagare l'affitto di casa, il vitto e le spese correnti. Inoltre mi risulta inviasse ogni mese un quarto del salario alla madre rimasta in Italia. I divertimenti e il giuoco d'azzardo li pagava con guadagni extra.
ADR: Non mi ha mai parlato della loro entità, posso aggiungere che le somme gli arrivavano con regolarità all'inizio di ogni mese. Infatti le prime settimane del mese erano quelle in cui era solito condurre una vita più dispendiosa.
ADR: Non mi risulta che gli arrivassero dall'Italia per mezzo di vaglia postale o altro tipo di controvalori.
ADR: Sono arrivato a questa conclusione perché un paio di volte il Bianchini mi annunciò che andava a incassare il suo «secondo stipendio», come lo

chiamava, e invece di dirigersi verso l'edificio delle poste e telegrafi lo vedevo incamminarsi verso Taulud e la terraferma.

Posai il foglio sulla scrivania, mi affacciai alla finestra e guardai verso il porto e la penisola di Gherar. Ma certo, come avevo fatto a non pensarci prima! Sulla terraferma, ad Abd el Cadér, c'era la villa di Puricelli. E poco prima, dalle parti delle ghiacciaie di Gherar, si trovavano gli uffici della ditta commerciale di sua proprietà. Luigi Bianchini andava a intascare il suo «secondo stipendio» in quella zona della città e guarda caso era stato ammazzato lì, a poche centinaia di metri dall'abitazione di Puricelli. Troppe coincidenze.

XII
L'amante segreto

Girai intorno alla sedia con aria assorta, le mani intrecciate dietro la schiena. Arrivai fino alla finestra e da lì osservai di nuovo, con studiata noncuranza, il panorama del porto di Massaua. Questa volta Matilde Sansoni, vedova Puricelli, era stata formalmente convocata al comando di compagnia. Dopo una buona oretta di attesa, tanto per renderla un po' più malleabile, l'avevo fatta entrare e il maresciallo De Sio era seduto alla scrivania per verbalizzare l'interrogatorio. Volevo fosse chiaro che non era più tempo di colloqui amichevoli e interrogativi serviti su un vassoio d'argento. Questa volta avremmo fatto sul serio. Forse la vedova si sarebbe poi lamentata con il segretario del PNF, ma c'erano ormai due cadaveri di mezzo e non era il caso di farsi troppi scrupoli. Feci un cenno al maresciallo e partii con le domande.

«Signora Puricelli, avete mai visto vostro marito insieme con quest'uomo?» chiesi spingendo verso di lei una fotografia di Luigi Bianchini.

«È un volto che non sembra nuovo, ma sono certa di non averlo mai visto in compagnia di Goffredo.»

«Intendete dire che non si sono mai incontrati a casa vostra?»

«Lo escludo nella maniera più assoluta. E neppure nei locali che mio marito e io frequentavamo in città.»

«Escludete anche che si siano visti nell'ufficio del commendator Puricelli, a Gherar?»

«Questo non ve lo posso assicurare, maggiore; mi recavo di rado a fargli visita sul luogo di lavoro. Dovreste chiedere alla signora Agnese, la segretaria di mio marito. Era lei che gli fissava tutti gli appuntamenti ed era a conoscenza della sua attività nel corso della giornata.»

«Lo faremo senz'altro, grazie. Il commendatore non vi ha mai riferito di qualche motivo di preoccupazione, negli ultimi tempi? Lo so, ve l'ho già chiesto il giorno dell'omicidio, ma ci terrei che faceste uno sforzo di memoria: anche il più piccolo particolare ci può essere utile per scoprire gli assassini.»

«No... non ricordo nulla di particolare. Accadeva spesso che Goffredo si rabbuiasse, avesse dei giorni difficili, immagino per ragioni di lavoro. Ma con me non ne parlava mai. Solo una volta, nel suo studio, lo vidi infuriarsi senza motivo: scagliò un libro contro la parete e lo sentii gridare 'Basta, questa storia deve finire!' Accorsi per chiedergli se si sentisse bene e lui fece di tutto per tranquillizzarmi. Mi disse che aveva perso le staffe a causa di certe difficoltà nel trasporto di merci attraverso il canale di Suez, ma non aggiunse altro.»

«Vi ricordate a quando risale quest'episodio?»

«Credo un paio di mesi fa... Sì, all'inizio di febbraio, il 2 o il 3. Ne sono certa perché in quei giorni arrivò una lettera di mia sorella Maria Cristina.»

«Non avete mai avuto il dubbio che vostro marito potesse essere ricattato?»

«Ricattato? E perché mai? Goffredo non ha mai avuto nulla da nascondere, aveva un'attività florida, conoscenze altolocate. Chi avrebbe potuto ricattarlo?»

Le parole della signora Puricelli non mi avevano del tutto convinto. Conclusi l'interrogatorio con altre due o tre domande poco importanti, poi dissi al maresciallo di accompagnare la signora all'uscita. Mi ronzava in testa il suo tono sopra le righe e avevo il sospetto che non fosse stata sincera. Ma era solo un'impressione, non avevo uno straccio di prova.

Il caso volle che non dovessi aspettare a lungo per avere la certezza di essere stato preso in giro. Mezz'ora più tardi Calderoni si precipitò trafelato in ufficio, tenendo per un braccio il buluc-basci Nasser Issa. Lì per lì pensai che l'eritreo l'avesse combinata grossa, perché aveva gli occhi impauriti e sembrava aspettarsi un'imminente punizione.

«Maggiore, Nasser ha scoperto una cosa che potrebbe rivelarsi molto importante: Bianchini e la vedova Puricelli si conoscevano. E anche piuttosto bene.»

Restai a bocca aperta. Avevo intuito che la donna non ce la raccontava giusta, ma non avrei mai pensato a un simile colpo di scena. A rivelare questo particolare era stata la cugina della moglie di Issa, impiegata come cameriera a villa Puricelli, ma il buluc-basci tentennava, temendo che la confidenza le potesse far perdere il posto di lavoro. Per scioglierli la lingua dovetti promettere solennemente che il nome della donna non sarebbe mai saltato fuori.

Nasser Issa parlò. Depurati di un paio di complicate circonlocuzioni dell'indigeno, i fatti erano questi. La donna di servizio era sicura che Luigi Bianchini si fosse incontrato più d'una volta con la signora Puricelli nell'abitazione di Abd el Cadér. Incalzata da Nasser Issa, la cameriera aveva spiegato di aver visto di persona, almeno due volte, il bancario entrare dall'ingresso posteriore della villa e appartarsi nella camera da letto della signora. Era accaduto in occasione di viaggi di lavoro del commendatore, verso sera, quando il resto del personale aveva già lasciato la proprietà. In casa restavano soltanto la cuoca e lei, la cugina del buluc-basci. Non sapeva per quanto tempo Bianchini si fosse trattenuto in casa, con tutta probabilità solo poche ore, perché quando le due donne di servizio si erano svegliate, all'alba, dell'ignoto visitatore non c'era più traccia. La cameriera eritrea non aveva idea di come si chiamasse l'amante delle signora Matilde, ma quando aveva visto la riproduzione della fotografia nelle mani di Nasser l'aveva riconosciuto senza esitazioni.

«Se le cose stanno davvero così», azzardò il tenente, «ce n'è a sufficienza per pensare a un delitto di gelosia.»

«Può darsi», risposi, ancora perplesso per ciò che avevo appena sentito. «Ma c'è qualcosa che non torna. Di solito è il marito a far fuori l'amante della moglie, non il contrario. A meno che non si sia trattato di un piano più sofisticato, anzi, diabolico. D'accordo con Matilde, Bianchini ha ammazzato Puricelli, ma poi la vedova inconsolabile ha deciso di non dividere l'eredità con nessuno e ha fatto togliere di mezzo pure l'amante, diventato un testimone troppo scomodo.»

Raccontata così, la storia aveva l'aspetto di un romanzo d'appendice d'infimo livello. Un banale *feuilleton*, scritto a cottimo da un garzone di giornale per arrotondare lo stipendio. Non mi convinse. È vero, spesso la realtà supera la fantasia. Ma in più di vent'anni di servizio avevo sperimentato di persona che la maggior parte dei delitti nasce da pulsioni miserabili e segue intrecci elementari, talora quasi puerili. Il più delle volte i moventi di un omicidio si possono contare sulle dita di una mano: soldi. E poi soldi e ancora soldi. In casi più rari si uccide per odio o per amore, che sono poi due facce della stessa medaglia. Oppure per debolezza, perché ci si lascia sopraffare dall'ira.

Ammettendo che l'obiettivo del sicario fosse mettere le mani sul denaro del povero commendatore, saremmo rientrati nella norma: un omicidio classico, dettato da abbiette motivazioni economiche. Le modalità del crimine, però, mi lasciavano perplesso. Non riuscivo a immaginare un personaggio come Bianchini, noto più che altro come seduttore di ragazzine indigene, tessere una tela così sofisticata. E poi che senso aveva la messinscena della testa tagliata? Non sarebbe stato meglio simulare un incidente? Oppure gettare il cadavere in mare e affidarsi ai pesci per far sparire le prove del delitto?

Era chiaro che l'assassino voleva mandare un messaggio. Il macabro rituale della decapitazione era un evidente segno di disprezzo nei confronti della vittima, ma pure una minaccia per qualcun altro che sapeva. E per il momento restava nell'ombra. E forse anche Bianchini sapeva. Il collega aveva riferito che la sera prima di essere ucciso gli era parso molto nervoso, tanto da stordirsi con qualche aperitivo di troppo e da cercare rifugio nelle braccia di una signorina del bordello. È probabile che si sentisse nel mirino, ma a differenza di Puricelli non era andato a invocare la protezione dell'autorità. Magari non immaginava che il pericolo fosse così imminente, oppure il segreto da nascondere era più grande della sua paura.

Aprii la finestra e mi affacciai al balcone del palazzo del Commissariato del Bassopiano Orientale. Il sole si era già abbassato verso le montagne e di lì a poco l'aria sarebbe stata resa più respirabile dalla brezza che spirava dal mare. Radio Asmara trasmetteva il solito programma di canzonette e ascoltai distratto il presentatore mentre annunciava un brano nuovissimo, appena giunto dalla madrepatria.

«Ed ecco a voi», declamò con tono stentoreo, «la voce vellutata di Meme Bianchi che interpreta magistralmente *Un giorno ti dirò*, di Bertini-Kramer, edizioni Melodi.»

Era una specie di tango, con tanto di fisarmonica, che a quelle latitudini mi suonava così inconsueto.

Baci, carezze, smarrimenti,
sospiri e giuramenti
non cerco da te,
ma tu mi senti tremar

in questa notte sul mar.
Vola sull'onda profumata
la dolce serenata
che scende nel cuor
come le frasi dell'amor
che non conosci tu.
Un giorno ti dirò:
«Amore! Amore!...»
Per te io canterò
con il mio cuore.
Ti parlerà di me
la mia canzone
che ti dirà così
«Amore! Amore!...»

La voce della Bianchi risuonò per qualche minuto nell'aria ancora afosa della sera, mentre osservavo le barche da pesca che lasciavano il porto e prendevano il largo. Accesi una sigaretta e pensai che la seconda ricostruzione plausibile del romanzetto d'appendice avrebbe però escluso la vedova dalla rosa dei sospetti. O, quanto meno, l'avrebbe messa ai margini. Rimaneva però da decifrare lo strano triangolo Matilde-Puricelli-Bianchini. Ci trovavamo di fronte a una banale storia di corna o c'era sotto qualcos'altro?

Mandai Calderoni e De Sio a casa della segretaria di Puricelli, la signora Agnese, per accertare se conoscesse Bianchini e se l'avesse mai visto incontrarsi con il commendatore. Poi mi ritirai mezz'ora per darmi una rinfrescata. Ero stanco, nervoso e sudato. E anche leggermente emozionato: quella sera avrei rivisto Virginia prima della sua partenza per Cheren.

XIII

Piacere, signor Rossi!

Mi girai lentamente, cercando di sfilare con delicatezza il braccio immobilizzato sotto la testa di Virginia. La sentivo respirare con regolarità. Il profumo dei suoi capelli mi riempiva le narici e mi venne naturale pensare a quanto tempo era passato dall'ultima volta che mi ero addormentato così, cullato da delicate fragranze femminili.

Le ragazze della casa di madame Chantal, dove ogni tanto mi capitava di trascorrere la serata, usavano profumi dozzinali che, mischiati a sudore e saponi a buon mercato, davano vita al tipico odore dolciastro dei bordelli. Ma era molto raro che mi assopissi in uno di quei letti sfatti, teatro delle evoluzioni erotiche di mezza Massaua. Il più delle volte mi alzavo nel cuor della notte e uscivo per strada. Dalla casa di tolleranza raggiungevo il lungomare della città vecchia, camminavo piano di fianco alle navi ormeggiate alla Banchina, scendevo i gradini del molo e mi buttavo in faccia un po' d'acqua salata per scacciare quegli aromi dolciastri.

Adesso era diverso. Di lì a poche ore Virginia sarebbe partita con il resto della compagnia per Cheren e avrei voluto conservare il suo profumo sulla pelle per un'intera settimana. Passai con delicatezza la mano nei suoi capelli, poi sulla schiena nuda, sui fianchi, cercando di riempire ogni mio poro di quell'inconfondibile essenza di donna. Mi sporsi, scostandole la chioma e le passai le labbra sul collo. Scesi di qualche centimetro, sfiorandola con la lingua in mezzo alle scapole, e percepii il brivido che le attraversava la schiena. Fingeva di dormire e mi lasciò arrivare fino al solco delle natiche. Poi fu lei a venirmi a cercare.

Mi ero introdotto furtivamente nella sua camera poche ore prima, dopo aver cenato insieme al ristorante Savoia. Mi aveva raccontato dello spettacolo, che aveva entusiasmato il pubblico e raccolto critiche positive anche sui giornali. Virginia era felice, rideva come una bambina e spesso mi afferrava la mano. Quando le avevo detto dell'agguato dei predoni dancali avevo notato sul suo volto un moto di preoccupazione, ma poi si era appassionata al resoconto delle indagini e aveva voluto sapere tutto, fin nei più piccoli particolari. Preso dall'emozione di trovarmi in sua compagnia e con in corpo qualche bicchiere di vino di troppo, le avevo rivelato più di quanto un ufficiale prudente avrebbe dovuto lasciarsi scappare.

«Quella donna non mi convince», aveva commentato Virginia, tutta seria. «Per me è stata lei a far uccidere marito e amante e adesso si godrà l'eredità di Puricelli in compagnia di un altro.»

Avevamo discusso a lungo, scherzando sulle più svariate ipotesi del duplice omicidio. Dopo una romantica passeggiata sul lungomare, illuminato da una luna quasi piena, e un paio di tentativi respinti di prendermi in anticipo ciò che speravo mi attendesse più tardi, Virginia aveva finto di capitolare. È chiaro che aveva già deciso da giorni che cosa e quando sarebbe accaduto. Mi aveva detto di lasciarla di fronte al Grande Albergo e di raggiungerla di nascosto mezz'ora più tardi, in camera. In attesa di intrufolarmi fino al suo piano, come un qualsiasi topo d'albergo, avevo fatto due passi lì intorno, superando la Casa dell'Operaio, la scuola italo-araba e la stazione ferroviaria.

Prima di uscire per la cena, il tenente Calderoni mi aveva ragguagliato sull'interrogatorio della segretaria di Puricelli. La signora Agnese, una donna di mezz'età che lavorava da più di vent'anni con il commendatore, aveva confermato di aver già visto più volte il ragionier Bianchini negli uffici della ditta.

«A lei si era sempre presentato come il signor Rossi», spiegò Calderoni. «Originale, vero? Dice che si faceva vivo almeno una volta al mese, senza appuntamento. Qualsiasi cosa stesse facendo, il commendatore trovava sempre il modo di riceverlo.»

«Vi ha detto se gli incontri duravano a lungo?»

«No, di solito il signor Rossi, cioè Bianchini, si fermava non più di una decina di minuti. Dopo di che usciva sorridente dall'ufficio di Puricelli, salutava Agnese e le altre impiegate e si allontanava fischiettando.»

«Da quanto tempo andava avanti 'sta manfrina?»

«La segretaria non è in grado di dirlo con precisione. Da almeno tre anni, forse tre anni e mezzo. Agnese sostiene di aver provato alcune volte a far cenno al 'signor Rossi', ma il suo padrone diventava evasivo e cambiava discorso.»

A questo punto la strana triangolazione tra Puricelli, la consorte e Bianchini era chiusa. L'unico particolare che ancora mi sfuggiva era se l'imprenditore fosse a conoscenza della relazione tra l'impiegato e Matilde. Di certo gli dava dei soldi, ogni mese. Il famoso «secondo stipendio» del quale aveva parlato l'amico di Bianchini nel corso dell'interrogatorio. Forse il bancario si era guadagnato il «vitalizio» di Puricelli facendogli un grosso favore, probabilmente non troppo pulito. Oppure il commendatore era ricattato e quel denaro serviva per comprare il silenzio di Bianchini.

L'indomani avrei di nuovo messo sotto torchio la vedova. Si era già meritata un'accusa per falsa testimonianza e a costo di sbatterla in galera intendevo sapere che cosa diavolo c'era sotto quello strano rapporto fra Puricelli e il suo amante. Il colonnello Frangipane non sarebbe stato per nulla contento e già immaginavo la telefonata del federale, ma ero stanco di farmi prendere per i fondelli da quella sciacquetta. Era chiaro come il sole che della morte del marito non le importava un fico secco e che in quella storia sarebbe stata l'unica a guadagnarci. Anche se il mio istinto mi diceva che con gli omicidi Matilde c'entrava poco, da un punto di vista formale avevo tutti gli elementi per inserirla in cima alla lista dei sospetti. E per metterle un po' di paura addosso, costringendola a raccontarla giusta.

Ero sgattaiolato fin su, in camera di Virginia, fingendo di andare a bere qualcosa al caffè dell'albergo. Una volta sfuggito alla vista del portiere, ero salito al secondo piano e camminando rasente ai muri del corridoio mi ero infilato nella stanza 25. Lei mi aspettava in terrazza, fumando una sigaretta al mentolo e sorseggiando un carcadè freddo. I raggi della luna le facevano brillare gli occhi.

Cinque ore più tardi ero ancora nel suo letto. Virginia si era riaddormentata. Io invece non avevo sonno. L'euforia per la notte d'amore si andava ad aggiungere all'eccitazione per le indagini sul duplice omicidio, che non mi abbandonava da giorni. Nella mia mente si alternavano le sensazioni dell'amplesso con quella donna stupenda e i pensieri più cupi legati all'uccisione di Puricelli e di Bianchini. Le immagini quasi si mischiavano nel dormiveglia, al punto che mi parve di vedere davanti agli occhi un'immagine del corpo nudo di Virginia senza testa. Mi alzai di soprassalto, strappando un gemito alla mia compagna. Nel buio la intravidi girarsi dall'altra parte, con il capo ben incollato al busto. Sospirai sollevato.

Stavo per chiudere gli occhi e cercare un po' di riposo, quando udii bussare alla porta. Rimasi in silenzio. Virginia non aveva sentito nulla, continuava a dormire. Dopo qualche istante le nocche tornarono a battere sul legno, questa volta più forte. Si svegliò e mi guardò con aria interrogativa.

«Forse è una collega della compagnia che ha bisogno di te», azzardai sottovoce. «Ti conviene andare a vedere cosa vuole.»

Virginia balzò giù dal letto, infilò una vestaglia quasi trasparente e si avvicinò alla porta.

«Chi è?» domandò, mentre apriva uno spiraglio.

Riconobbi la voce.

«Perdonatemi, signorina Mariani. Sono il maresciallo De Sio, dei Carabinieri. Ho urgente necessità di parlare con il signor maggiore Morosini. Forse voi sapete dirmi dove posso trovarlo.»

Mi avvicinai con un lenzuolo indosso e dovevo sembrare una specie di fantasma.

«De Sio, aspettami di sotto. Fra cinque minuti sono da te.»

«Agli ordini signor maggiore, scusate se mi sono permesso di disturbarvi, ma è una cosa della massima importanza.»

Quando De Sio si fu allontanato, Virginia e io ci guardammo negli occhi. Poi scoppiammo a ridere, provocando due o tre colpi sul muro dalla stanza vicina.

Scesi nell'androne dell'albergo con l'uniforme spiegazzata e il copricapo in mano. Il maresciallo mi aspettava con gli occhi bassi e l'aria vergognosa. Allargò le braccia in segno di resa.

«Vi prego di perdonarmi, il tenente mi ha detto che forse vi avrei trovato qui, e siccome si tratta di una questione delicatissima...»

«De Sio, smettila di comportarti come un ragazzino. Un ufficiale dell'Arma è in servizio ventiquattr'ore su ventiquattro e non devi scusarti di nulla. Siamo fra uomini, quindi non è il caso di farla tanto lunga.»

«Certo signor maggiore, scusatemi se mi sono scusato... Voglio dire, non intendevo mancarvi di rispetto, ecco tutto.»

«Va bene, maresciallo. Adesso mi vuoi dire che cosa c'è di tanto importante da venirmi a cercare nel cuor della notte nella camera di una signora?»

«Giù al porto hanno fermato la vedova Puricelli mentre stava per imbarcarsi su un mercantile diretto in Egitto. Ha con sé una valigia piena di soldi e gioielli.»

XIV
La confessione

Matilde Sansoni, fresca vedova Puricelli, era seduta davanti alla scrivania nell'ufficio delle Dogane. A poche centinaia di metri dall'imbarcazione che avrebbe dovuto portarla in salvo in Egitto. Il mercantile era sotto sequestro e il comandante, un greco già sospettato di traffici poco puliti, si trovava in un'altra stanza. Ripeteva di non aver fatto nulla di male. La sera prima la donna l'aveva avvicinato in una bettola del porto e gli aveva offerto soldi per darle ospitalità sulla nave, diretta verso Suez. Si sarebbe accontentata di una piccola cabina con due cuccette, per lei e per la servetta eritrea che l'accompagnava.

«Mica sapevo che era ricercata», piagnucolava il capitano.

Anche Matilde aveva pianto. Lo notai da una sottilissima striscia di trucco che le colava dagli occhi arrossati. Se ne stava impettita sulla sedia scomoda stringendo la borsetta fra le mani, ma non diceva una parola. Un funzionario della Dogana e il tenente Calderoni cercavano invano di farle spiegare perché se la stava svignando da Massaua, all'alba e su un piccolo mercantile greco. Chiesi al doganiere di lasciarci soli e giocai a carte scoperte.

«Signora Sansoni, adesso basta. Sappiamo tutto della vostra relazione con Bianchini. Vi conviene parlare e subito. Altrimenti finite in carcere con l'accusa di aver ucciso vostro marito e pure il vostro amante. Vi assicuro che le vostre conoscenze altolocate non vi salveranno, anche perché si tratta di amici di vostro marito: non apprezzeranno che l'abbiate fatto fuori dopo averlo tradito con uno spiantato seduttore da strapazzo.»

Sollevò lo sguardo. Gli occhi erano pieni d'odio. O forse era solo smarrimento. Ricominciò a piangere, lasciandosi cadere sulla scrivania. Questa volta singhiozzava come un bambino messo in castigo e non accennava a smettere. Feci portare un fazzoletto e una brocca d'acqua. La vedova Puricelli impiegò dieci minuti per riprendere un contegno appena decente. Il trucco le si era sciolto sull'intero viso, dandole l'aspetto di una maschera da tragedia greca. Cercò di pulirsi alla bell'e meglio con il fazzoletto, tirandosi via il fondotinta e il rossetto. Ora sembrava molto più vecchia di quando l'avevo incontrata la prima volta, dopo la morte del marito, e persino il fisico prorompente, che quel giorno mi aveva turbato, appariva come prosciugato, schiacciato sotto il peso delle circostanze. Era una donna intelligente. Capì che non aveva più nulla da perdere.

«Vi dirò tutto, maggiore Morosini. Mi dovete credere, non ho nulla a che fare con la morte di Goffredo e tanto meno con quella di Luigi. Lo so che quel biglietto vi fa pensare il contrario, ma erano solo fantasie sciocche di una donna innamorata, non abbiamo mai pensato di ucciderlo sul serio.»

Annuii, facendo finta di conoscere il testo di quel misterioso messaggio. In realtà ero rimasto senza fiato. Non avevo la minima idea di cosa stesse dicendo Matilde, ma capivo che c'eravamo lasciati sfuggire un indizio fondamentale. Decisi di giocare d'azzardo. E di andare giù pesante.

«Signora, voi capite che con una prova di quel genere potremmo farvi condannare all'ergastolo, se non addirittura alla pena capitale. Allora, nel vostro interesse, raccontatemi ogni cosa, senza trascurare neppure il più piccolo e insignificante particolare.»

Sentendo nominare il boia la donna scoppiò di nuovo in lacrime; ma ormai era chiaro che aveva ceduto. Era solo questione di tempo, stavolta mi avrebbe detto la verità. Approfittai della crisi di pianto per appartarmi un momento con il tenente.

«Ma che razza di perquisizione avete fatto in casa di Bianchini? A quanto pare c'è una lettera in cui si parla di ammazzare Puricelli e voi non l'avete trovata! Se quella sciagurata non se lo fosse fatto scappare, saremmo di nuovo al punto di partenza. Chi è andato a controllare la pensione dove abitava l'impiegato?»

«Credo sia andato il maresciallo De Sio, io stavo coordinando i primi accertamenti dopo il ritrovamento del cadavere.»

«De Sio mi sentirà. Ma in mia assenza siete voi a comandare le operazioni, perciò vi considero direttamente responsabile di questa negligenza. Ora prendete un paio di uomini e andate a mettere sottosopra quella maledetta camera e se non trovate nulla controllate pure l'ufficio di Bianchini, alla banca. Scommetto che lì non è andato nessuno, vero?»

Il silenzio imbarazzato del povero Calderoni confermò che avevo visto giusto. Gli feci cenno di andare e tornai nell'ufficio del doganiere. Non mi piaceva fare quel tipo di sfuriate, tanto più a un ragazzo serio e responsabile come il tenente. Ma stavolta aveva sbagliato.

La vedova Puricelli non piangeva più, ma aveva un aspetto orribile. Era pallida, respirava a fatica e guardava davanti a sé come se fosse in catalessi. Le offrii un altro bicchiere d'acqua e decisi che dopo il bastone era il momento di adoperare la carota.

«Vi assicuro che se ciò che dite è vero non avete nulla da temere. Non è un reato lasciarsi andare alla fantasia in una lettera privata, però dovete aiutarmi a provarlo.

Dovete aiutarmi a dimostrare che voi non c'entrate nulla con l'uccisione del commendatore e neanche con quella di Bianchini, comprendete? Se riusciremo ad acciuffare il vero assassino, voi ne uscirete pulita, di quel biglietto non resterà nemmeno traccia. Vi prego, ditemi la verità.»

Matilde tirò su con il naso, bevve un altro sorso d'acqua e iniziò a raccontare. Un fiume in piena. Dovetti chiamare De Sio, che aspettava fuori dalla porta, per mettere a verbale la lunga deposizione.

La vedova si dilungò per una buona mezz'ora sulle miserie del suo matrimonio. È chiaro che stava cercando un alibi morale con se stessa, per accettare l'accaduto senza farsi troppo schifo. Raccontò di un marito molto più vecchio, senza passione, forse impotente. Comunque troppo preso dal suo lavoro per occuparsi della bella moglie. Descrisse le lunghe giornate da sola nella villa di Abd el Cadér, a leggere, ad ascoltare il grammofono, a sognare una vita diversa. E parlò anche dell'incontro con Luigi Bianchini, il seduttore di minorenni. Ma questo è un particolare che Matilde non conosceva. Lì per lì le era sembrato una specie di principe azzurro. Giovane, simpatico, brillante.

«Lo vidi la prima volta a un ballo per fine anno. Mio marito mi aveva accompagnato al salone delle feste ma poi, come al solito, si era messo a parlare di lavoro con qualcuno. Era persino uscito dalla sala perché lì c'era troppo rumore. Luigi cominciò a girarmi intorno, mi fece ballare e mi fece divertire come non accadeva da tempo. Forse avevo bevuto troppo spumante, ma quando mi baciò in un angolo buio non mi tirai indietro.»

Accadeva poco più di un anno prima. Da allora Matilde era scivolata nelle braccia di Bianchini come una sfera lungo un piano inclinato. Si vedevano in luoghi appartati ai margini della città, oppure nei punti più nascosti del lussureggiante giardino di villa Puricelli, non appena il commendatore usciva per andare in ditta. Dopo qualche mese, accantonata ogni prudenza, Luigi la raggiungeva di notte in camera quando il marito si allontanava per questioni di lavoro. Un paio di volte persino mentre il commendatore si trovava in casa, chiuso nel suo studio fino a tarda notte per controllare i bilanci.

Fu in quei momenti, dopo amplessi necessariamente fugaci e silenziosi, che prese corpo l'idea di eliminare il commendatore dalla loro vita.

«Ve l'assicuro, maggiore, è stata soltanto una fantasia, uno stupido gioco fra me e Luigi. Si pensava: come sarebbe la nostra vita se lui non ci fosse? Se morisse all'improvviso domani? E via a immaginare ciò che avremmo potuto fare con il denaro e le proprietà che avrei ereditato da Goffredo. Ne parlavamo, ma Gigi mi disse che non se la sarebbe mai sentita.»

La confessione di Matilde Sansoni venne interrotta dal tenente Calderoni, che bussò alla porta tenendo alcuni fogli in mano. Lasciai la donna sotto la custodia del maresciallo e lo raggiunsi nel corridoio.

«Avevate ragione, queste lettere erano nascoste in un cassetto della scrivania di Bianchini, alla banca. Il furbone le aveva infilate in una busta incollata sotto un cassetto, abbiamo dovuto smontare quasi tutto per trovarle.»

Afferrai la prima busta e la aprii con impazienza. Il testo non lasciava molto spazio all'immaginazione, altro che fantasia!

> Amore immenso, ti penso in ogni istante di queste inutili giornate, che devo trascorrere al fianco di un uomo che mi ripugna. Quando verrai a liberarmi da questo incubo? Quando schiaccerai il serpente che mi soffoca avvolgendomi nelle sue spire? Quando mozzerai le teste dell'Idra che avvelenano il mio respiro?

Il riferimento alle teste mi fece sobbalzare. Solo una coincidenza?

Aprii la seconda lettera. Anche in questo caso, dopo banali frasi d'amore copiate da romanzi d'appendice, c'erano alcune righe che mi lasciarono senza parole. E che una Corte d'Assise avrebbe anche potuto considerare più che sufficienti per una condanna a vita.

> Quando rientra a casa tardi si fa sempre lasciare dall'autista al cancello principale, perché gli piace camminare nel buio lungo il viottolo che attraversa il giardino. L'autista deve compiere tutto il giro intorno alla villa, aprire l'entrata posteriore e parcheggiare la vettura sul retro. Poi va a dormire nella casa della servitù, dall'altro lato del parco. È il momento migliore per agire, ma devi essere molto rapido e silenzioso.

Quei pezzi di carta valevano più di una confessione. Non potevo capacitarmi che Matilde e Bianchini fossero stati così ingenui. Folli, doppiamente folli. A mettere certe cose nero su bianco e a conservare lettere tanto compromettenti anche dopo la morte di Puricelli. Non avevo scelta. Entrai nella stanza e diedi ordine al maresciallo De Sio di arrestare la signora Sansoni.

«Non siamo stati noi, non siamo stati noi…» continuava a ripetere la donna, come in una litania, mentre il sottufficiale e due zaptié la portavano verso il comando di compagnia.

XV
Littorina per l'Asmara

Il colonnello Frangipane rilesse la corrispondenza sequestrata nell'ufficio di Bianchini. Sbuffando e scuotendo la testa. Alla notizia dell'arresto della vedova Puricelli mi aveva fatto un urlaccio dall'altro capo del telefono, ma ora sembrava rasserenato. Aveva già mandato un fonogramma al comando di Asmara e fatto recapitare un messaggio a sua eccellenza Alessandro Tripodi, segretario del PNF di Massaua. Le carte che aveva sotto gli occhi gli apparivano prove più che sufficienti per incastrare quella che aveva già ribattezzato «la vedova nera».

«Bravo Morosini, stavolta devo farvi i miei complimenti. Queste lettere non lasciano spazio a dubbi: la Sansoni e Bianchini hanno fatto fuori il commendatore per godersi la sua eredità, ma poi qualcosa è andato storto e la vedovella ha deciso di non dividere il malloppo. Se non l'avessimo bloccata, la signora avrebbe preso il largo e fatto perdere le sue tracce.»

Annuii con l'aria poco convinta. Frangipane ormai mi conosceva bene, perciò capì subito che la ricostruzione mi lasciava perplesso.

«Andiamo, maggiore, che c'è che non va? Si vede benissimo che qualcosa vi rode dentro, quindi sputate il rospo oppure andate a farvi un giro e toglietevi dalla mia vista!»

«Il fatto è che non sono per nulla sicuro che a uccidere Puricelli sia stata la moglie. E tanto meno a decapitare Luigi Bianchini.»

«Voi siete pazzo! Queste lettere sono una confessione, ora si tratta solo di torchiare per bene Matilde Sansoni e di farle sputare la verità. È probabile che per sbarazzarsi del suo amante abbia avuto un complice, magari un farabutto del porto oppure un indigeno. Dobbiamo farci spiegare ogni cosa, per filo e per segno. Ma non temete, già sin d'ora l'accusa di omicidio è in grado di reggere di fronte a qualsiasi Corte d'Assise.»

«Colonnello, il problema non è se l'accusa regge o non regge. Il problema è scoprire la verità. E vi posso assicurare, in tutta coscienza, che non me la sento di sbattere quella donna davanti a un tribunale distratto per farla condannare all'ergastolo, se non al plotone d'esecuzione.»

«Ho capito. Anche stavolta volete tener fede alla vostra fama di 'bastian contrario'. Il maggiore Morosini risolve brillantemente un caso di duplice omicidio, assicura la colpevole alla giustizia, ma non si può limitare a compiere, una volta tanto, solo il proprio dovere. No, deve fare di testa sua, rendersi ancora una volta protagonista. Altrimenti sarebbe troppo banale. Sapete qual è il vostro difetto più grande, maggiore? Non avete il senso della gerarchia e del rispetto degli ordini. E per un militare, ne converrete, non è lacuna da poco.»

«Avete ragione. Ma per un militare, un carabiniere in servizio di polizia giudiziaria, è anche importante il senso della giustizia. È nostro dovere arrestare 'il' colpevole, non 'un' colpevole, tanto per tacitare le autorità e la cittadinanza. Spero che anche voi ne converrete.»

Il colonnello sbuffò, irritato, e sollevò gli occhi al cielo. Nonostante tutto, era un brav'uomo e un comandante scrupoloso.

«Sia chiaro, la donna resta dentro con l'accusa di omicidio. Ma se voi ritenete di proseguire le indagini per trovare ulteriori conferme oppure per scoprire nuove piste, vi autorizzo a farlo. Siete un pessimo subordinato, ma anche un ottimo ufficiale. Se insistete tanto, vuol dire che c'è qualcosa che non torna e non sarò certo io a farvi commettere un atto d'ingiustizia. Ora andate, che avrò già i miei bei problemi a gestire la situazione con le autorità e con i corrispondenti dei giornali. Ne sono arrivati un bel po' dall'Italia per le scaramucce con il Negus.»

Corsi alla stazione ferroviaria per salutare Virginia, in partenza per Asmara. Di lì, sempre in treno, la compagnia avrebbe poi raggiunto Cheren. Percorsi a piedi le poche centinaia di metri che separavano il comando dalla stazione, sulla penisola di Taulud, e arrivai mentre i passeggeri si stavano già apprestando a salire sulla littorina per la capitale. Dovevo avere un'aria orribile, con i capelli spettinati, le occhiaie e la divisa sgualcita, perché un paio di «stelline» mi fissarono con uno sguardo vagamente disgustato.

In compenso Virginia era bellissima. Il termometro era già vicino ai 35 gradi, ma sembrava appena uscita da un bagno ristoratore. Proteggendosi dai raggi solari con un ombrellino color cachi, stava chiacchierando con il vecchio capocomico. Indossava un semplice completo di taglio coloniale con giacchetta sahariana. Non appena mi vide da lontano, arruffato e affannato per la corsa, si mise a sorridere facendo un cenno a Pippo Lanzafame. Ebbi l'impressione che avrei potuto tranquillamente risparmiarmi il furtivo ingresso della sera prima nella sua camera d'albergo. Da come venivo guardato, era chiaro che tutti sapevano. E non per colpa della linguaccia di De Sio.

Cercai di darmi un contegno, mentre la baciavo sulle guance. Lanzafame mi fece l'occhiolino e subito chiese informazioni sulla ferrovia per Asmara, «sublime opera d'ingegno italiano» in quella terra tanto lontano dalla madrepatria. Poco più in là, intenti a cercare i posti prenotati sul convoglio, vidi anche gli altri attori della compagnia: la biondina che avevo notato all'arrivo del piroscafo *Genova*, sempre allegra ed elettrizzata; la più stagionata compagna di Lanzafame, una maggiorata quarantenne che tentava di arginare i danni del tempo facendo ricorso a trucchi e belletti; e l'ometto rubicondo che faceva da spalla alle scenette comiche. Faceva il galante con l'amica di Lanzafame e con un'altra ballerina, che però non lo degnava di uno sguardo.

C'era anche il bel tenebroso con i baffetti sottili e i capelli impomatati, intento anche in quel frangente a fumare una lunga sigaretta con il bocchino. Dal giornale spiegazzato che teneva sotto il braccio spuntava un titolone: «Nuovi scontri alla frontiera con l'Abissinia. Il Duce prepara la rappresaglia». Era vestito con un raffinato abito bianco di ottima fattura e di tanto in tanto estraeva dalla giacca un minuscolo pettinino per lisciarsi i mustacchi. Virginia mi aveva detto che si chiamava Massimo Riccardis: Lanzafame non ne apprezzava troppo le doti artistiche, ma poiché aveva il *physique du rôle* per interpretare il ruolo del gagà e dello scettico blu, un paio d'anni prima l'aveva scritturato.

«Non è il classico sciupafemmine», mi aveva spiegato Virginia, nel letto d'albergo, «è un tipo taciturno e discreto. Però ha un gran successo con le donne. Tempo fa mi ha fatto un po' di corte, poi quando ha capito che non ero disponibile ha ripiegato su Tiziana, la biondina.»

Sottilmente perfida, come ogni donna che si rispetti, Virginia aveva messo l'accento su quel verbo, *ripiegare*, che era già tutto un programma.

La giovane ballerina gli stava attaccata come una calamita al ferro, ma si capiva che a Riccardis quella relazione andava stretta. Da come guardava le fanciulle eritree, che passavano lungo i binari con i loro abitini sgargianti incollati al corpo ed enormi ceste sulla testa, colme di frutta e verdura, era facile intuire che avesse una gran voglia di approfondire la conoscenza con la popolazione locale. Impresa difficile, a meno di scrollarsi di dosso quella specie di secondino in gonnella.

Mi fissai anche su un giovane quasi efebico, vestito con un elegante completo di lino. Trascinava con fatica una grossa valigia in pelle, finché un uomo di mezz'età dall'aria risoluta gli venne in soccorso, aiutandolo a sollevare il bagaglio. Il ragazzo gli sorrise, riconoscente. Ma l'uomo sembrava in imbarazzo. Altri componenti della compagnia, abbigliati con indumenti semplici, ridacchiando si diedero di gomito, fino a quando la loro attenzione non venne attirata dalle forme rotonde di una giovinetta eritrea che cercava di vendere ananassi e piccole banane.

Risuonò il fischio del capostazione. Abbracciai Virginia, in piedi sul predellino, e salutai con calore Lanzafame, che era già salito sul treno e si era affacciato dal finestrino.

«Fa' buon viaggio», le dissi baciandole le labbra. «Fra tre ore e mezzo sarete all'Asmara e di lì inizierà la parte più faticosa del tragitto: Cheren è un po' lontana e ci vorranno quasi sei ore. Arriverete a notte inoltrata.»

«Non ti preoccupare, la littorina sembra comoda. E poi io stamattina sono tornata a letto e ho dormito altre due ore. Tu invece hai un aspetto terribile, lo sai?»

«Non ho avuto tempo di guardarmi allo specchio, ma lo immagino. Quando sono arrivato, alcune tue compagne, vedendomi, hanno storto il naso.»

«Oh, quelle ochette! Non sanno neanche com'è fatto un vero uomo. Perdono il loro tempo tra figli di papà e commendatori panciuti... cosa vuoi che ne capiscano. A me piaci anche così, spettinato e con la barba lunga.»

Mi diede un bacio e un minuto più tardi osservai il treno che usciva dalla stazione, diretto verso le montagne a ovest di Massaua. Se non altro, salendo ai 2400 metri dell'altopiano, non avrebbero più patito la canicola della costa, che aveva già trasformato la mia camicia in uno straccio bagnato di sudore.

Mentre mi avviavo a piedi verso il comando venni affiancato da una vettura coperta di polvere. Barbagallo, al volante, abbozzò un buffo saluto militare, subito imitato da un Tesfaghì che aveva i capelli crespi imbiancati dalla terra del deserto.

«Comandi, signor maggiore, missione compiuta. Siamo riusciti a riportare indietro la FIAT 508 sana e salva e, se permettete, anche la nostra pellaccia integra.»

«Maresciallo, che piacere rivederti! Niente brutti incontri questa volta?»

«Signornò. La strada costiera era agibile e i predoni si sono tenuti alla larga. Tesfaghì, mettiti lì dietro così possiamo dare un passaggio al maggiore Morosini».

Mi accomodai sul sedile passeggeri, coperto di polvere. Ma tanto anch'io avevo bisogno di un bagno e la mia uniforme di un bel bucato. Mi stravaccai e diedi una pacca sulla spalla del maresciallo.

«Caro Barbagallo, sono felice di rivedere te e Tesfaghì, mi siete mancati e qui sono successe un sacco di cose importanti. Più tardi ti racconterò.»

Stavo per aprire la portiera della camionetta, ormai di fronte alla scalinata del comando, quando vidi scendere la figura inconfondibile del capitano Ragazzoni, con la valigetta da medico in mano.

«Ciao, Claudio, che ci fai qui? Il colonnello s'è beccato il raffreddore, con 'sto freddo?»

«Altro che raffreddore, *vecio*. La prigioniera ha tentato il suicidio.»

XVI

La terza pista

Nell'ufficio del colonnello regnava la penombra. Matilde era adagiata su un divano, pallida come un cencio. Le labbra secche e screpolate avevano assunto un color grigio sporco, mentre i capelli le scendevano disordinati sulle tempie, appiccicati di sudore. Sotto la camicetta semisbottonata il petto ansimava ed entrambi i polsi erano fasciati da una vistosa garza bianca, imbrattata di sangue. Frangipane agitava un giornale spiegazzato per farle aria, mentre un'infermiera tentava di ripulirle il viso e il collo dagli schizzi scarlatti.

Avevo fatto le scale tre gradini alla volta, in preda all'agitazione, ma spalancando la porta il primo pensiero che mi venne in mente fu a dir poco stupido: il colonnello aveva un aspetto davvero buffo, mentre sventagliava quella copia del *Corriere della Sera*, con gli occhi strabuzzati e la pancia prominente che spuntava dalla giacca aperta sul davanti. Mi guardò con occhi torvi, come se fossi in qualche modo responsabile del gesto della donna, ma prima che potesse partire con una delle sue proverbiali sfuriate intervenne il dottor Ragazzoni, che era rientrato per accompagnarmi.

«Non è in pericolo di vita. Ha perso sangue ed è molto debole, ma ce la farà. Non ti preoccupare, Aldo, a minuti la portano in ospedale per darle i punti e proseguire le cure.»

«Ma come ha fatto?» chiesi.

Mi rispose Frangipane, che aveva ceduto il giornale a un attendente indigeno e stava lottando contro le asole troppo strette per riabbottonare la giubba.

«Vetro. Le hanno portato la colazione nella camera dov'era piantonata, in attesa di essere trasferita in carcere. Il caporale fuori dalla porta ha sentito un rumore strano, qualcosa che andava in frantumi: è subito entrato e l'ha vista per terra, tutta insanguinata. Si è tagliata le vene con un frammento della brocca dell'acqua.»

L'ambulanza era arrivata e due robusti portantini stavano adagiando Matilde su una barella, facendo attenzione a scuoterla il meno possibile. Mi avvicinai alla vedova Puricelli che non sembrava neanche guardarmi, gli occhi spenti e appena socchiusi.

«Perché avete fatto una simile sciocchezza, Matilde? Vi ho assicurato che vi credo e che faremo il possibile per scoprire il vero assassino.»

«Non voglio andare in prigione, maggiore, non ho fatto niente di male. Lo so, non sono stata una buona moglie. Ma non l'ho ucciso, non l'avrei mai fatto...»

«Dovete avere pazienza. Per ora tutto è contro di voi, ma sono sicuro che riusciremo a trovare il vero colpevole. Cercate di riguardarvi, andrete in ospedale e non in carcere, quindi non vi dovete preoccupare. Promettetemi che non farete più pazzie. Ho bisogno di voi, i vostri ricordi su abitudini e conoscenze del commendatore sono fondamentali per capire chi l'ha ucciso.»

La donna mi parve rinfrancata. Pure il colonnello annuiva vistosamente alle mie parole di conforto. Matilde mi regalò un mezzo sorriso, poi chiuse gli occhi e si lasciò trasportare verso l'ambulanza. Mi sorrise anche Ragazzoni: «Ce la farà, vecio. *Sta' tranquil...*»

Frangipane mi aggredì non appena gli infermieri si furono allontanati.

«Bravo, Morosini, mi avete messo in un bel pasticcio. Innocente o colpevole, adesso la gente penserà che l'abbiamo spinta al suicidio, con i nostri metodi sbirreschi.

È pur sempre la vedova del commendator Puricelli, che diamine! Noi sappiamo che lo cornificava peggio di un cervo, ma l'intera popolazione di Massaua è convinta che abbiamo arrestato la vedova di un irreprensibile cittadino, patriota e fascista, molto importante per la comunità nazionale. Se quella s'ammazza, rimaniamo senza colpevole e faremo la figura dei cioccolatai.»

«Non credo che ci riproverà. A scanso di equivoci eviterei di mandarla in carcere, quando si sarà rimessa. Possiamo lasciarla piantonata in ospedale oppure mandarla a casa, agli arresti domiciliari, tenendola sempre d'occhio. Abbiamo il suo passaporto e non cercherà più di scappare.»

«Sono d'accordo, bisogna evitare scandali e fare in modo che a Roma e ad Asmara non arrivino strane voci sul nostro conto. Dato il momento storico, gli occhi della nazione sono puntati su questa nostra piccola colonia, compresi quelli del Duce. Sarà meglio non fare passi falsi: ci siamo intesi, Morosini?»

«Alla perfezione, colonnello. Vi chiedo di pazientare ancora qualche giorno, confido di essere sulla buona strada per risolvere questo rompicapo.»

Mentire non sarà nobile, ma fa sempre la sua bella impressione. Del resto, Frangipane voleva sentirsi dire proprio quello, che ormai eravamo vicini a una soluzione. Per tranquillizzarsi, certo, ma anche per affibbiarmi la colpa di un eventuale fallimento. Non c'era da indignarsi più di tanto: anche nell'Arma regnava incontrastata l'antica e italica pratica dello scaricabarile e, pur di avere libertà di movimento, ero ben lieto di servirgli su un piatto d'argento un perfetto capro espiatorio. Cioè il sottoscritto. Altri superiori avrebbero comunque tirato a fregarmi. Se non altro, Frangipane aveva il buon gusto di lasciarmi carta bianca senza starmi ogni giorno con il fiato sul collo. Non era il miglior comandante che potessi trovare sulla faccia della Terra, ma neppure il più carogna.

Convocai Calderoni, De Sio e Barbagallo, che era appena stato messo al corrente degli sviluppi investigativi dal collega maresciallo. Mi sembrava giusto ascoltare anche il loro parere: otto occhi vedono più lontano di due, e quattro cervelli pensano meglio di uno. I due marescialli lavoravano con me da anni e sapevo di avere a che fare con carabinieri coi fiocchi. Calderoni era arrivato da pochi mesi e, nonostante qualche ingenuità, era già riuscito a dimostrarmi di che stoffa era fatto. Li guardai in faccia, camminando a passi lenti intorno al tavolo.

«Le indagini ci hanno portato a ritenere che i due omicidi siano stati compiuti o commissionati da Matilde Sansoni, ma vi invito a osservare la situazione da un'altra prospettiva. Partiamo dal presupposto che la vedova sia innocente, che non c'entri nulla. In quale direzione inizieresta a scavare?»

Si guardarono con aria interrogativa. Barbagallo giocava con una penna stilografica, tracciando ghirigori su un foglio di carta, e De Sio tamburellava con le nocche sul tavolo.

«Tenente?» dissi, invitando Calderoni a parlare per primo.

«Forse Puricelli e Bianchini sono rimasti vittima di una banda terroristica agli ordini di Addis Abeba. O magari c'entrano gli inglesi, che hanno interesse a soffiare sul fuoco del conflitto con gli abissini per paura dell'espansione italiana in Africa Orientale. In fin dei conti, sono stati eliminati un importante impresario commerciale e un impiegato del principale istituto bancario italiano.»

«È una teoria interessante, un po' fantasiosa, ma interessante. Vale la pena approfondirla, per cui vi invito a seguire questa pista: prendetevi gli uomini che ritenete necessari e battete la città a tappeto. Dovete affidarvi ai migliori zaptié di cui disponiamo, gente che conosca bene la popolazione indigena e sappia anche usare la testa. Vi suggerisco lo scium-basci Tesfaghì, saprà indicarvi altri soldati necessari per l'operazione.»

«Agli ordini, signor maggiore. Altre indicazioni?»

«Vi consiglio d'infiltrare qualcuno nei luoghi di lavoro degli indigeni. Se ci sono in giro spie abissine, è probabile che si nascondano lì, per non dare nell'occhio. Date ordine di effettuare le ricerche anche nei bordelli più infimi, le prostitute possono essere ottime alleate quando si tratta d'individuare stranieri sospetti.»

«Signorsì, ci avevo pensato anch'io.»

«Benissimo, tenente. Ma ora prendiamo in considerazione la possibilità che la vostra teoria sia sbagliata: quale altra ipotesi investigativa possiamo avanzare?»

«E se i due delitti non fossero collegati fra loro?» buttò lì il maresciallo De Sio.

«Tutto è possibile», replicai. «Ma, se così fosse, saremmo di fronte a un ben curioso gioco del destino, non credi? Ricordiamoci che abbiamo a che fare con due uomini che si conoscono, si frequentano in modo misterioso, sono marito e amante della stessa donna, vengono uccisi a distanza di pochi giorni e per di più nello stesso modo: decapitati. Insomma, se mi dimostri che non si tratta di omicidi collegati, sono disposto a ritornare ad Assab a piedi.»

Barbagallo si mise a ridacchiare con il suo vocione da baritono, mentre De Sio abbozzava e Calderoni annuiva. Ci facemmo portare del carcadé fresco e, dopo aver bevuto, accesi una sigaretta, subito imitato dal tenente.

«Nessun altro ha qualche idea nuova sui due delitti?» domandai mentre spegnevo il mozzicone nel portacenere.

Barbagallo sollevò le spalle e De Sio guardò in aria. Calderoni si accese nervoso un'altra Macedonia. Il maresciallone piemontese fece per aprire bocca, poi sembrò pentirsene.

«Parla pure, Barbagallo. Stiamo ragionando in libertà, sono ammesse anche le sciocchezze.»

«Ecco, signor maggiore. Al mio paese si dice che è il denaro che muove il mondo. Ho l'impressione che lì sotto ci sia qualche vicenda strana di soldi.»

«Bravo maresciallo! Ci ho pensato anch'io, finora abbiamo ipotizzato omicidi passionali oppure intrighi politici, ma abbiamo trascurato la possibilità che la mano dell'assassino sia stata mossa dall'interesse economico.»

«Gli affari di Puricelli potrebbero non essere così limpidi come sembra», azzardò il tenente Calderoni.

«È quello che cercheremo di appurare. Dobbiamo approfondire le indagini sull'impresa commerciale e scavare più a fondo nella vita privata del commendatore e di Bianchini. Sono convinto che la chiave del mistero stia nella strana relazione tra Puricelli e il bancario: bisogna capire perché ogni mese il commendatore si sentiva in dovere di 'stipendiare' Bianchini.»

«Non sarà che gli portava delle donne?» buttò lì Barbagallo. «In fin dei conti, il ragioniere aveva una certa dimestichezza con gli amori mercenari.»

«Faremo in modo di chiarire anche questo, ma ricordati che dalle testimonianze raccolte non sembra che il commendatore fosse granché interessato alle femmine. Tu e De Sio prendete una mezza dozzina di uomini e andate a setacciare gli uffici di Gherar. Voglio che controlliate ogni cassetto, ogni armadio, ogni schedario. Io farò lo stesso con la villa di Puricelli. Forse ci è sfuggito qualcosa di importante.»

«Se permettete, maggiore, suggerirei di mandare con De Sio un paio di funzionari delle Dogane», azzardò Barbagallo, «se c'è da controllare le scartoffie, quelli ne sanno di certo più di me.»

«Buona idea. De Sio, fatti mandare qualcuno sveglio dall'ufficio doganale e assicurati che spulci bene fra i conti della ditta commerciale, tu intanto interroga di nuovo il personale. Voi tenente andrete avanti con le indagini su eventuali infiltrazioni abissine. Barbagallo, prendi quattro militari e andiamo a fare un giretto a casa Puricelli: voglio rivoltare quell'abitazione come un calzino!»

XVII
Fantasmi dal passato

Gabrù Ahmedè, Omar Aranduai, Mussa Adum e Sale Idris non erano abituati a muoversi all'interno di una ricca villa coloniale. Apparivano intimoriti dall'eleganza degli arredi e dalla raffinatezza dei soprammobili e, pur essendo cresciuti in tribù dai costumi poco pacifici, dove si fa prima a mozzarti una mano che a chiederti «Come ti chiami?», sembravano un gruppo di chierichetti davanti al vescovo. Fui costretto a intervenire per spiegare agli zaptié che non era il caso di andare troppo per il sottile.

«Maresciallo, di' agli uomini che non siamo in una moschea. Stiamo cercando indizi per scoprire i colpevoli di un duplice omicidio e abbiamo maledettamente fretta: che ci mettano più impegno, a costo di spaccare qualche cristallo. Rivoltate la casa da cima a fondo.»

«Agli ordini, signor maggiore. Ora controllo di persona che facciano un lavoretto a opera d'arte.»

Mi ero portato dietro anche l'appuntato Anselmo Girardello, con il quale mi misi d'impegno a smontare pezzo per pezzo lo studio del commendatore. Rovistammo nei cassetti della grande scrivania in mogano, aprimmo uno per uno le centinaia di libri sistemati negli scaffali, controllammo dietro i quadri e sotto i tappeti, svuotammo un paio d'armadietti ricolmi di vecchi registri contabili. Un paio d'ore più tardi non era ancora saltato fuori nulla d'interessante e avevano fatto cilecca pure il maresciallo e gli zaptié, occupati in camera da letto, nella sala e nelle altre stanze del primo piano. Girardello mi chiamò. Stava osservando con sguardo perplesso la scrivania di Puricelli, tamburellando con le nocche sui montanti del mobile.

«*Sior* maggiore, sapete che provengo da una famiglia di mobilieri. Non faccio per vantarmi, ma a Bassano siamo molto conosciuti. Almeno da tre generazioni.»

«Cosa stai cercando di dirmi? Non penserai che in questo momento mi interessi la storia della tua famiglia.»

«No, certo, scusate, *sior* maggiore. È che un po' me ne intendo e questa scrivania mi sembra un tantino stramba. Per prima cosa c'ha un suono fesso, sentite? E poi i cassetti sono troppo corti e anche un po' stretti. *Per mi*, quel falegname che l'ha fatta era un *can*, oppure c'è qualche sportelletto segreto: bisognerebbe dare un'occhiata un po' approfondita.»

«Girardello, ti autorizzo anche a farla a pezzi.»

Il graduato veneto aveva visto giusto. Nel giro di mezz'ora smontò il mobile in stile britannico appartenuto a Goffredo Puricelli, scovando un paio di sportellini clandestini dietro ai cassetti e altre piccole cavità mascherate fra le pareti. Era chiaro che il commendatore li aveva commissionati per custodirci qualcosa di molto importante. Importante e segreto, altrimenti l'avrebbe lasciato nella cassaforte, che faceva bella mostra di sé nell'angolo dello studio. Barbagallo l'aveva già aperta in precedenza, ma a parte una discreta somma in contanti, mezza dozzina di lettere commerciali, documenti e ricevute di vaglia postali, non aveva trovato nulla.

Dalle macerie del mobile, ormai dissezionato, spuntarono invece un taccuino foderato in pelle nera e una busta color carta da zucchero, che conteneva una decina di fotografie. Girardello mi consegnò anche un anello maschile con l'effigie di un drago, un tagliacarte in argento e una tabacchiera di legno istoriata in oro con della polvere bianca, forse cocaina. Feci mettere tutto in un tascapane e chiamai Barbagallo. Gli ordinai di proseguire la perquisizione della casa, ma ero convinto di aver già messo le mani su ciò che stavamo cercando.

Era il tramonto e rientrando al comando sulla camionetta guidata dall'appuntato mi abbandonai per qualche minuto al piacere fisico della brezza fresca che soffiava dal golfo di Gherar e mi asciugava la camicia zuppa di sudore. Erano trascorse poche ore dalla partenza di Virginia, ma l'immagine della littorina che usciva dalla stazione di Massaua mi sembrava vecchia di settimane. La frenesia di un'altra giornata d'indagine aveva scacciato dalla mia mente ogni altro pensiero e ora mi sentivo stanco, svuotato. C'erano ragioni da vendere: la notte prima non avevo dormito e tanto per cambiare mi era toccato saltare il pranzo. Mi trovai ad ammettere che ormai non ero più un ragazzino; era come se gli anni passati in Eritrea contassero doppio, o triplo, per quel clima afoso che martellava dodici mesi su dodici.

Decisi di far rotta sui miei alloggiamenti per rinfrescarmi, cambiarmi e riposare una mezz'oretta prima di mettermi al lavoro. Verso le nove di sera mi feci portare dall'attendente uno spuntino in ufficio e, sorseggiando una birra gelata, iniziai a esaminare i reperti trovati a casa di Puricelli.

Partii dal taccuino nero. Lo sfogliai lentamente, prendendo appunti su un quadernetto. C'erano pagine occupate da numeri e date, forse una contabilità segreta, ma ogni tanto il commendatore aveva riempito alcune righe con annotazioni e promemoria. Ci misi un bel po' a interpretare la grafia di Puricelli, temendo che avesse usato un linguaggio cifrato. Invece era solo una zampa di gallina: quando presi dimestichezza con gli sgorbi che utilizzava al posto di vocali e consonanti, interpretai gli appunti senza grandi problemi.

Le date nelle prime pagine risalivano al mese di gennaio dell'anno precedente. Il povero commendatore sarà stato anche un genio degli affari, ma in quanto a fantasia lasciava piuttosto a desiderare. Ogni giorno 5 del mese era indicata la sigla «L.B.» con a fianco l'entità dell'esborso, sempre la stessa cifra, 1500 lire. Il famoso «secondo» stipendio di Luigi Bianchini. Ma a quanto pare il bancario non era l'unico a libro paga di Puricelli. A ogni giorno 10 del mese l'imprenditore annotava l'uscita di 700 lire a vantaggio di tal «R.C.» e intorno al giorno 20 la stessa somma per tal «N.Z.». Nel taccuino comparivano anche altre cifre, ma si trattava di voci di spesa relative all'acquisto di merci, forse di contrabbando. Anche le annotazioni in calce indicavano solo un'attività di compravendita al di fuori delle regole: «Tessuto di scarsa qualità, non ricomprarlo», oppure «H.M. è un imbroglione», o ancora «Ottimo affare!».

Mi concentrai sugli appunti che riguardavano il defunto Bianchini e i misteriosi «R.C.» e «N.Z.». I commenti di Puricelli sull'amante della moglie non erano dei più lusinghieri. Trovai annotate più volte le parole «sanguisuga», «bastardo», «miserabile» e pure un «figlio di puttana» sottolineato tre volte: quel giorno al povero commendatore erano davvero girate le scatole. Di fianco alle altre due sigle, invece, le note avevano sempre un tono abbastanza generico. Nomi di donna, località italiane, divinità antiche: con tutta probabilità navi che attraccavano e salpavano dal porto di Massaua.

Mi sorse il sospetto che Puricelli corrompesse funzionari delle dogane o della capitaneria di porto per imbarcare o sbarcare merci di contrabbando, oppure per ottenere agevolazioni in altri traffici illeciti. Mi segnai un appunto da consegnare all'indomani al maresciallo Barbagallo: «Accertare immediatamente se esistano dipendenti dell'amministrazione pubblica, delle dogane e delle forze armate le cui generalità inizino con le lettere 'R.C.' e 'N.Z.', indi svolgere approfonditi accertamenti, anche bancari e patrimoniali, sugli eventuali sospetti». Una volta individuati i fantomatici «R.C.» e «N.Z.» avrei sottoposto le loro fotografie alla segretaria del commendatore, per verificare se anche loro bazzicassero di tanto in tanto i locali della società commerciale. Immaginavo che torchiandoli in un'indagine su un duplice omicidio non si sarebbero fatti troppo pregare per vuotare il sacco sugli affari con Puricelli.

Sfogliai le ultime pagine dell'agendina. La mia attenzione fu attirata da quella che recava la data del 12 dicembre, circa tre mesi prima dell'omicidio. Il commendatore aveva annotato un cognome: Saragnese. E, per rimarcarne l'importanza, l'aveva sottolineato due volte. Poi aveva scritto un appunto, poche righe evidentemente dettate dall'ira: «Brutte notizie da Aden. Questa volta ha passato il segno. Farlo fuori prima che lui faccia fuori me! Telefonare a Marconcini». Un nome che mi era sconosciuto, come quel Saragnese, del resto.

Dalle poche righe non si capiva la natura della relazione fra Puricelli e i due uomini, ma certo il linguaggio usato era molto forte: farlo fuori prima che lui faccia fuori me. Chiunque fosse, il signor Saragnese non doveva essere un amico. Tutt'altro. Sarebbe stato necessario saperne di più, su entrambi. Mi appuntai i nomi e mi ripromisi di incaricare De Sio e Barbagallo di far luce su quei due individui.

Mi concentrai infine sulla busta con le fotografie. Erano nove. Un paio ritraevano l'ingresso in porto di due navi per il trasporto merci, un'altra raffigurava lo stesso commendatore sorridente davanti ai cancelli della sede della compagnia di trasporti. Girai l'istantanea: c'era scritto «Goffredo Puricelli, Massaua 22 agosto 1931, IX E.F.» Osservai poi la foto di una donna, che non era la signora

Puricelli. La dedica diceva: «A Goffredo con infinito amore», firmato «Ada. Genova, 15 settembre 1919».

Disposi le quattro immagini sul mio tavolo, una di fianco all'altra. Poi estrassi dalla busta le ultime cinque fotografie. Una ritraeva la famiglia Puricelli in villeggiatura, ai primi del Novecento: il padre con i baffoni a manubrio che si usavano all'epoca, la madre con cappellino e veletta, i figli maschi Goffredo e Aurelio con il vestito da marinaretto. Altre due erano cartoline con scorci di Firenze, città natale del commendatore, spedite entrambe all'indirizzo della ditta commerciale di Massaua, con generici auguri di buon anno inviati da una parente di Puricelli. La penultima foto ritraeva un'altra donna. Questa volta era Matilde Sansoni. Nuda. Completamente nuda. Adagiata su un letto a baldacchino, le gambe appena accavallate e le labbra dischiuse in un sorrisetto malizioso. Mi sembrò di riconoscere la tappezzeria della camera da letto di villa Puricelli, ma sul retro non vi era data né dedica. Chissà se dietro l'obiettivo c'era l'occhio del marito o quello di Luigi Bianchini?

Poggiai il ritratto di Matilde Sansoni di fianco alle altre sette foto e mi concentrai sull'ultima rimasta nella busta. Mi accorsi dall'abbigliamento dei cinque personaggi che si trattava di uno scatto di molti anni prima. Guardai il retro e vidi solo una data: 17 febbraio 1920. Erano in posa sulla banchina di un porto che avrebbe benissimo potuto essere Massaua, anche se mancavano riferimenti precisi. Dietro di loro s'intravedeva un viavai di facchini e scaricatori di porto, quasi tutti negri e con le fattezze tipiche degli eritrei. Sullo sfondo un bastimento ormeggiato al molo, che batteva bandiera italiana. Strizzai gli occhi, ma non riuscii a leggerne il nome.

In primo piano, seduti su una cassa di legno, due uomini di mezz'età sorridevano orgogliosi all'obiettivo del fotografo, con il volto seminascosto dall'ombra del casco coloniale. Uno aveva il pizzetto da alpino e gli occhiali cerchiati in metallo, l'altro i baffetti sottili e un gran naso adunco, che gli dava l'aspetto di un rapace in cerca di preda. Erano vestiti con eleganza, sia pure alla moda coloniale, con grandi giacche sahariane e foulard al collo. L'«alpino» teneva in mano un bastone da passeggio con un grosso pomo di metallo.

Alle loro spalle, abbigliati in modo molto più semplice, stavano un uomo dall'aspetto giovanile e due ragazzi poco più che ventenni, che guardavano verso la macchina fotografica con occhi un po' intimiditi. L'uomo avrà avuto una trentina d'anni, indossava un berretto da meccanico, sigaretta in bocca e l'aria spavalda. Era molto più magro e con un gran ciuffo di capelli che gli spuntava dal copricapo, ma non faticai a riconoscere l'espressione inconfondibile di Goffredo Puricelli.

Alzai gli occhi dalle fotografie sparse sul tavolo, buttando giù l'ultima sorsata di birra ormai quasi calda. Dalla finestra scorsi la chioma delle palme che ondeggiavano per la brezza notturna e mi tornarono in mente le parole di Puricelli, quando mi aveva avvicinato poche ore prima di morire. Ricordai come parlava di Massaua: «Io l'ho vista la prima volta quindici anni fa, prima ancora che il terremoto distruggesse mezza Città Vecchia, e me ne sono subito innamorato. Anch'io di sera passo intere ore a guardare il mare dalla mia terrazza di casa, seguendo il volo degli uccelli marini sulla baia di Gurgussum fino all'isola di Scec Saìd...»

La sua avventura in Eritrea era cominciata allora, magari proprio in compagnia di quelle quattro persone nella foto scattata al porto. A prima vista dava l'idea di un'istantanea ufficiale, che ritraeva il personale di una società commerciale o industriale: i proprietari, il direttore e i manovali.

Con tutta probabilità le maestranze indigene non figuravano nella fotografia della compagnia. Aiutandomi con una lente d'ingrandimento osservai con più attenzione i due giovani operai, mentre un lampo mi attraversava la mente. Presi d'impulso il fascicolo sull'assassinio di Bianchini dal cassetto della scrivania e sfogliai l'incartamento in cerca di una foto. Quando l'ebbi fra le mani non potei fare a meno di sorridere e di accendermi una Macedonia Extra. Me l'ero meritata.

XVIII
Mani sporche

Barbagallo entrò sbattendo la porta e senza chiedere permesso. Stavo per gridargliene quattro, ma capii dall'espressione concitata che voleva dirmi qualcosa d'importante. Sollevai gli occhi dal taccuino di Puricelli, che nel corso della mattinata avevo riletto per la quinta volta nella speranza di cogliere un particolare sfuggito alle precedenti quattro letture. Lo fissai con sguardo interrogativo.

«Signor maggiore, ci sono grosse novità. Avevate ragione a proposito di quelle iniziali annotate sul quadernetto del commendatore. O, meglio, avevate ragione a metà: ne abbiamo trovato uno solo. È giù nell'ufficio di De Sio che se la sta facendo addosso dalla paura.»

«Ottimo lavoro, maresciallo. Chi è che avete preso?»

«Si chiama Canestrari Rosario fu Giuseppe, di anni 28, originario di Catania, impiegato alle Regie Dogane dal 1929. È uno dei funzionari che controllano i carichi mercantili che arrivano e partono dal porto di Massaua. Nell'ufficio c'è un altro tizio che ha le stesse iniziali, ma lavora lì da appena sei mesi, non può essere il nostro uomo.»

«Bravo, Barbagallo, vedo che fai passi da gigante», canzonai il sottufficiale. Poi aggiunsi: «Qual è stata la reazione di Canestrari quando l'avete preso?»

«La tipica reazione di chi ha qualcosa da nascondere. E di bello grosso, anche. Quando gli ho comunicato che l'avremmo portato al comando per interrogarlo in relazione all'omicidio del commendator Puricelli, è impallidito, poi ha cominciato a balbettare che non ne sapeva niente e che stavamo sbagliando persona. S'è fatto tutto il tragitto sotto il sole tremando come un pulcino bagnato, mentre io e Girardello sudavamo come fontane.»

Quando entrai nell'ufficio del maresciallo De Sio, mi trovai di fronte a un giovane uomo in preda al panico. Rosario Canestrari era terreo, il ciuffo sudaticcio appiccicato alla fronte. Se ne stava accucciato sulla sedia davanti alla scrivania, tormentandosi le mani. Sarebbe stata sufficiente un'urlataccia per farlo crollare, perciò decisi di non usare il guanto di velluto. Misi su la faccia da cattivo e, fregandomene del protocollo, passai subito al tu.

«Rosario, non farci perdere tempo», sibilai con voce bassa e inespressiva, «sappiamo tutto dei tuoi rapporti con Goffredo Puricelli: se collabori il giudice ne terrà conto, magari invece del plotone d'esecuzione te la caverai con l'ergastolo o con trent'anni di carcere. Se hai qualcosa da dire, è meglio che tu lo faccia subito.»

Mi guardò con gli occhi gonfi di lacrime, umettandosi le labbra secche. E lanciò un'occhiata verso De Sio e Barbagallo, visibilmente intimidito dalla mole del sottufficiale piemontese. Provò a giocare d'azzardo, ma prima ancora di aprire bocca gli si leggeva in faccia la bugia.

«Non capisco perché mi avete portato qui, avrò visto il commendator Puricelli non più di due o tre volte in vita mia e non gli ho mai rivolto la parola. Non lo conoscevo.»

Il ruggito di Barbagallo lo fece zittire.

«Vuoi prendere in giro il signor maggiore? Credi forse di avere a che fare con una massa di idioti?»

Il maresciallo l'aveva sollevato di peso dalla sedia e lo teneva per il bavero a cinque centimetri dal suo faccione, urlandogli nelle orecchie. Il pover'uomo era atterrito.

«Canestrari, hai cinque minuti per dirci tutto ciò che sai», continuai con tono calmo, «in caso contrario ti sbatto in cella d'isolamento e ne riparliamo fra un paio di mesi, quando ti si sarà sciolta la lingua.»

Il doganiere si portò le mani sul volto e prese a piangere a dirotto. Non era un duro. E neppure un criminale. Si era già arreso e nel giro di qualche minuto ci avrebbe raccontato anche della sua prima fidanzata. Feci un cenno a De Sio, che nella messinscena di solito faceva la parte dello sbirro buono.

«Guaglio', beviti nu' bicchiere d'acqua e cerca di calmarti. Se sei innocente non hai nulla da temere, devi solo raccontarci tutto ciò che sai», gli disse il sottufficiale napoletano con tono comprensivo.

L'impiegato si asciugò le lacrime con il dorso della mano, bevve un sorso e parve rinfrancato. Ormai era nostro. Inventandosi un impegno qualsiasi, Barbagallo uscì dall'ufficio e ci lasciò soli con Canestrari. Il suo compito era finito. Due ore più tardi il maresciallo bussò alla porta del mio ufficio, mentre stavo addentando un tramezzino rinsecchito e rileggevo il verbale d'interrogatorio.

«Missione compiuta, signor maggiore?»

«Il povero Canestrari ha cantato come un canarino, dopo la tua sceneggiata. Ha messo a verbale ogni particolare, comprese le mazzette che prendeva da altri due impresari di commercio per chiudere un occhio, anzi, entrambi, quando scaricavano la merce giù al porto. Domani mattina De Sio li va a prendere e procediamo con l'incriminazione formale.»

«Sì, ma dell'omicidio Puricelli non ha detto nulla?»

«Non una parola. O, meglio, si è dichiarato del tutto estraneo e ci ha dato anche un alibi, che sta verificando l'appuntato Girardello. Sto aspettando il suo rapporto, ma è solo una formalità. Il doganiere non c'entra, caro Barbagallo. Gli appunti segreti del commendatore ci hanno consentito di smascherare un piccolo giro di corruzione, ma per ora non ci hanno fornito indizi utili per risolvere il delitto.»

«Dobbiamo assolutamente mettere le mani su quell'altro, N.Z. Con queste iniziali non c'è nessuno alla Dogana né in altri uffici pubblici di Massaua, potrebbe essere un cittadino comune, che ha avuto a che fare con Puricelli per altri motivi.»

«È per questo che domani ti prendi un paio di carabinieri svegli, vai all'anagrafe cittadina e mi controlli tutte le persone che hanno nome e cognome che iniziano con queste due lettere. Uomini e donne, non possiamo escludere nulla.»

«Grazie tante, maggiore. De Sio si va a divertire, ammanettando un paio di mariuoli, mentre io mi dovrò smazzare tutti quegli elenchi anagrafici: mi viene il mal di mare solo a pensarci.»

«Non fare il ragazzino. De Sio dovrà compilare un sacco di scartoffie, interrogare i due arrestati, preparare un rapporto per il magistrato. Tu invece nel pomeriggio sarai libero e potrai darmi una mano per svolgere altri accertamenti. A proposito, hai notizie delle indagini del tenente Calderoni?»

«Signorsì, sono a un punto morto. Tesfaghì e gli altri zaptié stanno setacciando i bassifondi della città e i quartieri indigeni, ma non hanno trovato neanche un ladro di galline.»

«Vedi che c'è chi sta peggio di te! Pensa al povero tenente, che entra ed esce da *tucùl* puzzolenti e passa le notti a interrogare *maîtresse* e prostitute da quattro soldi.»

«Se mi consentite, al tenente non farà male un po' di sana gavetta. È bravo, *neh*, niente da dire. Ma si vede che è al suo primo incarico operativo, ne deve ancora mangiare di pastasciutta...»

«Barbagallo, attento che ti becchi una punizione per insubordinazione. Lascia che sia io a fare questi commenti sul tenente», risposi sorridendo.

Non so se fosse per la soddisfazione di aver scoperto un giro di corruzione al porto oppure perché pochi minuti prima mi era stato recapitato un telegramma di Virginia, però mi sentivo sereno, quasi allegro. Uno stato d'animo con il quale non avevo avuto gran dimestichezza negli ultimi anni della mia vita. Salutai il maresciallo e mi ributtai a capofitto nella lettura degli appunti di Puricelli, convinto che prima o poi avrei scovato qualcosa di interessante.

Grazie alla fotografia avevo scoperto che il commendatore e Bianchini si erano conosciuti almeno quindici anni prima, proprio qui a Massaua, ed ero convinto che la chiave dell'orribile morte di entrambi fosse da cercare in quel passato oscuro, del quale non sapevo quasi nulla. Riguardai per la ventesima volta l'immagine ingiallita: i volti dei due uomini maturi che stavano al centro della scena, il pizzetto da alpino e il naso aquilino, gli occhi, il bastone con il pomo di metallo, il ghigno cialtronesco di Puricelli, lo sguardo furbo di Bianchini e quello smarrito dell'altro giovane.

Avrei mostrato l'immagine alla vedova del commendatore, sperando che il marito le avesse raccontato qualcosa di quel passato, dove forse affondavano le radici della sua più recente ricchezza. Non era un'idea particolarmente originale, ma ormai era notte fonda e la stanchezza non mi permise di pensare a nulla di più brillante.

XIX
Traffici umani

Matilde Sansoni si rigirò due o tre volte la fotografia tra le mani, cercando la luce che filtrava dalle imposte della finestra. Il volto aveva ripreso colore, anche se era ancora segnato da profonde occhiaie. Entrambi i polsi erano fasciati. Avevo chiesto alla suora di uscire per qualche minuto e al militare che la piantonava di andarsi a prendere un caffè allo spaccio dell'ospedale.

«Signora, il vostro aiuto è fondamentale. Forse l'uccisione di vostro marito e di Bianchini ha qualcosa a che fare con questa foto, cioè con l'attività che il commendatore svolgeva molti anni fa, al suo arrivo in Eritrea. Cercate di concentrarvi, l'avete mai vista prima d'ora?»

«No, ne sono certa. Dove l'avete trovata?»

«Era nascosta in un cassetto segreto della scrivania di vostro marito.»

«Ho l'impressione che Goffredo mi tenesse all'oscuro di molti aspetti della sua vita, soprattutto del passato. Mi dispiace, non posso esservi di nessun aiuto, temo.»

«Non è mai capitato che vi parlasse del suo arrivo a Massaua, del suo primo lavoro, di qualche vecchio amico?»

«Ve l'ho detto, Goffredo era un uomo di poche parole. Non amava rivangare il passato, raccontare aneddoti o storielle di tanti anni fa. In tutti questi anni mi ha solo detto che all'inizio, qui a Massaua, non aveva avuto vita facile. Aveva dovuto lavorare duro per emergere, per farsi una posizione.»

«E Bianchini? Forse lui si confidava un po' di più.»

Sospirò. Ci mise qualche istante prima di rispondere.

«Luigi e Goffredo erano uomini completamente diversi, tranne che su una cosa: non parlavano volentieri del loro passato. Sì, Bianchini mi ha confidato molte cose di sé, chiacchierava volentieri. Ma neppure lui amava dilungarsi su quel periodo degli anni Venti, quando conobbe Goffredo.»

«Pensateci bene: Luigi vi ha mai parlato di un amico, un conoscente, un vecchio collega che lavorasse con lui a quei tempi?»

«Adesso che me lo dite mi sembra di ricordare un particolare… forse è solo una sciocchezza, ma potrebbe anche essere importante. Alcuni mesi fa, non riesco a collocare esattamente il periodo, Luigi dovette andare per alcuni giorni ad Asmara, una questione di lavoro. Quando tornò mi disse di aver incontrato un vecchio amico che aveva lavorato con lui e Goffredo, mi ricordo che aveva un nome strano. Alfonso oppure Afranio… No, si chiamava Ascanio, ora ne sono sicura.»

«Vi raccontò altro di questo Ascanio? Cercate di sforzarvi.»

«Mi disse che non era cambiato, che dopo quindici anni era rimasto un poveraccio. Si figuri che dovette offrirgli il pranzo perché non aveva neanche una lira.»

«Per caso vi spiegò dove abitava, che lavoro faceva?»

«Mah, credo che abitasse ad Asmara o nei paraggi. Se non sbaglio raccontò a Luigi che faceva il camionista. Sì, sì: il camionista. Mi disse: ‘Povero cristo, alla sua età va ancora su e giù per quelle piste polverose rischiando pure di imbattersi nei predoni o nei guerriglieri abissini. Con Ascanio la vita è stata davvero avara’.»

«Non sapete dirmi se Ascanio è quest’altro giovane che si vede nella foto, proprio di fianco a Bianchini?»

«Non penso, dal discorso di Luigi mi è sembrato di capire che si trattava di una persona molto più vecchia di lui, dell’età di mio marito, se non di più.»

«Ancora una cosa: avete mai sentito parlare di un certo Saragnese?»

«No, mai. Chi sarebbe?»

«E il nome Marconcini, vi dice qualcosa?»

«È un collaboratore di mio marito. Per meglio dire, era un collaboratore. Fa l'intermediario con alcuni mercanti arabi dello Yemen e di Gibuti, se non sbaglio, è quasi sempre in viaggio. Ma perché mi chiedete di Filippo? Pensate che abbia a che fare con l'omicidio di Goffredo?»

«Non lo so, ho trovato il suo nome e quello di Saragnese nell'agendina di vostro marito, perciò vale la pena di approfondire e forse di interrogarli. Siete sicura che Saragnese non lavori per la ditta?»

«Non ho mai sentito questo nome. Ma forse è meglio se chiedete negli uffici della Gherar.»

«Lo farò senz'altro, per il momento vi ringrazio.»

Mezz'ora dopo avevo già chiesto a De Sio di verificare i due nomi misteriosi con la segretaria di Puricelli e a Barbagallo di telegrafare al comando di Asmara, per rintracciare tutti gli «Ascanio» residenti in città o nei dintorni. Gli dissi di fare ricerche anche presso le ditte di trasporti e di dare ordine allo scium-basci Tesfaghì di preparare subito l'auto per partire alla volta della capitale. Forse il camionista sfortunato e squattrinato descritto da Matilde Sansoni avrebbe potuto finalmente chiarirmi l'oscuro passato di Goffredo Puricelli e Luigi Bianchini.

Al mio rientro in ufficio mi attendeva una lettera, giunta in mattinata con il postale del Lloyd Triestino. Riconobbi subito la calligrafia di Elisa, mia sorella. Mi scriveva spesso, povera donna. E io le rispondevo sempre in ritardo, a volte solo con un cablogramma di poche parole, tanto per non farla preoccupare. Mi era successo più di una volta di mettermi di buzzo buono, in una giornata di riposo, con l'intenzione di scriverle una bella lettera, descrivendole la mia strana vita a tanti chilometri di distanza. Dopo le prime tre righe mi assaliva un senso di vuoto, un'incomprensibile ansia per il passato. Ripensavo a quei tempi lontani, in cui Elisa e io eravamo due ragazzini felici, che uscivano la domenica mattina a prendere il gelato in compagnia di mamma e papà e d'estate trascorrevano la villeggiatura dai nonni, nella campagna di Padova. Non so se fosse pudore, rimpianto o che altro. Alla fine non riuscivo ad andare al di là delle solite frasi di circostanza.

Aprii la busta e lessi d'un fiato le parole scritte con la sua mano semplice e aggraziata.

Padova, 28 febbraio 1935, XIII E.F.
Carissimo Aldo,
è da molto tempo che non abbiamo tue notizie. L'ultima lettera da Massaua è arrivata in occasione del Santo Natale e poi soltanto un cablogramma stringato all'inizio di questo mese. Non te ne voglio. So che sei sempre molto occupato e hai poco tempo per pensare alla tua famiglia lontana, ma ti prego, quando hai mezz'ora libera dammi tue notizie, anche solo poche righe per farmi sapere come stai e come vanno le cose laggiù, in Africa Orientale.
Siamo preoccupati perché i quotidiani e i cinegiornali parlano sempre più spesso di una guerra imminente con l'Abissinia e riferiscono di scontri di frontiera in Eritrea e Somalia. Il mio Renzo mi dice di non preoccuparmi, che Massaua è lontana dal confine, ma ogni volta che la radio diffonde simili notizie mi viene un tuffo al cuore e temo che possa esserti accaduto qualcosa.
Alla mamma non dico nulla, anche perché non capirebbe: non c'è quasi più con la testa. A volte scambia il piccolo Luigino per te, gli chiede come vanno gli studi in Accademia senza rendersi conto che è solo un

ragazzino di dodici anni. Ma i momenti peggiori sono quando si convince che papà sia ancora vivo. Ieri guardava la neve fuori dalla finestra e continuava a ripetere: «Chissà che freddo avrà il povero Gino, lassù sulle montagne del Carso. Ma perché non mi scrive più?»
Il dottor Furlan dice che purtroppo è normale, che la sua mente annebbiata non è più in grado di discernere il presente dal passato e che ha rimosso la scomparsa di papà perché ancora adesso non sarebbe in grado di reggere il dolore. Ti sembrerò una figlia degenere, ma preferisco vederla in questo stato di confusione mentale: nei rari momenti di lucidità non riesce a darsi pace per non avere neppure una tomba su cui piangere il marito ed è terrorizzata dall'idea che possa succedere lo stesso con te, il suo unico figlio maschio. Piange, si strappa i capelli. Per noi è un incubo.
Ma parliamo di cose più allegre. Luigino a scuola va abbastanza bene, anche se gli insegnanti mi dicono che è un po' scapestrato. A chi gli chiede cosa vuol diventare da grande, risponde che farà il militare come lo zio Aldo e andrà in Africa a combattere il Negus. Renzo non gradisce troppo questi suoi desideri, sogna di farlo studiare chimica per portarlo con sé in farmacia, ma in fin dei conti è ancora presto per decidere il suo futuro. Eleonora invece comincia ad avere i primi atteggiamenti da signorina e francamente non ne sono molto felice: è ancora troppo piccola per assumere quei modi da smorfiosetta, ma sai com'è suo padre, gliele lascia vinte tutte! Appena ieri ha speso un occhio della testa per comprarle un cappellino che aveva visto in vetrina in una boutique del centro. Io le ho detto di no e ho pure minacciato di dargliele se continuava a fare i capricci, ma alla sera Renzo gliel'ha portato a casa.
Aldo caro, non ti annoio più a lungo con queste facezie familiari. Abbi cura di te e facci sapere se almeno la prossima estate riuscirai a tornare per qualche

settimana in Italia. Sai che nella casa dei nonni la tua camera è sempre pronta e la zia Caterina sarebbe felice di prepararti le anguille in carpione che ti piacciono tanto. Mi raccomando, scrivimi. Anche solo due righe per tranquillizzare la tua vecchia sorellina.
Un bacio
Elisa

Avevo appena terminato di leggere che il tenente Calderoni bussò alla porta. Entrò tutto affannato, coperto di polvere e con la camicia slacciata sul petto.

«Signor maggiore, abbiamo fatto centro!»

«Calmatevi, tenente. Che è successo, a che centro alludete?»

«La pista abissina per i nostri due omicidi. Dopo quattro giorni di indagini, pedinamenti e appostamenti abbiamo arrestato due spie di Addis Abeba e indovinate cosa abbiamo trovato nella capanna dove si rifugiavano?»

«Calderoni, lasciate stare gli interrogativi. Avanti, sedetevi e spiegatemi tutto con tranquillità. Chi avete scoperto, quando li avete arrestati, che cosa avete trovato.»

«Scusate, è che sono ancora eccitato per i risultati che ho raggiunto con De Sio nelle ultime ore. Adesso vi racconto tutto.»

Ci mise parecchi minuti per relazionare sull'accaduto. Grazie ai confidenti di Tesfaghì e degli altri zaptié, avevano saputo che in un sobborgo si aggiravano da alcune settimane un paio di mercanti sospetti, con tutta probabilità abissini. Per un paio di giorni li avevano tenuti sotto controllo a distanza, accertando che si comportavano in modo abbastanza strano. Poi li avevano pescati mentre confabulavano in una zona isolata della città con un bianco, uno straniero. Calderoni e un paio di militari indigeni si erano messi alle calcagna del forestiero per scoprire chi diavolo fosse, mentre De Sio e altri zaptié si erano dati all'inseguimento dei due abissini e, dopo averli arrestati, avevano messo sottosopra la baracca.

«Volete sapere che cosa vi hanno trovato?»

«Calderoni, smettetela con questi indovinelli infantili!»

«Certo, maggiore. De Sio ha sequestrato un bel po' di soldi, circa mille lire, un po' troppo per quegli straccioni, no? E poi una pistola, coltelli e pure una scimitarra. Dello stesso tipo di quella con cui hanno ammazzato Puricelli e Bianchini.»

Osservai il volto del tenente. Era felice come un bambino alla prima comunione. Continuavo a rimanere dell'idea che quei due non c'entrassero nulla con il nostro duplice omicidio, ma dovetti ammettere che le scoperte di Calderoni e De Sio avevano impresso una svolta imprevista alle indagini.

«E lo straniero che avete pedinato?»

«Qui viene il bello! Alloggia al Grande Albergo, è arrivato due giorni fa da Gibuti. È francese, di Parigi, si chiama Philippe De Girardoux e ufficialmente risulta essere un commerciante che risiede nella loro colonia. Non sa nulla dell'arresto dei suoi complici, ho lasciato il brigadiere Lo Gatto e un paio di zaptié di guardia fuori dall'albergo: quando volete lo andiamo a prendere.»

«Bravo Calderoni! Avete fatto un ottimo lavoro. E i due abissini li avete già interrogati? Che dicono?»

«Se ne sta occupando De Sio, insieme con lo scium-basci. Finora non hanno cantato, dicono di non sapere nulla dei soldi e delle armi e tanto meno di spie al soldo di Addis Abeba. Credo che Tesfaghì e i suoi uomini sappiano come fargli sciogliere la lingua.»

Il sottufficiale eritreo era un pezzo di pane, nonché uno dei migliori soldati indigeni di cui disponevamo, ma sfortunatamente non conosceva la convenzione di

Ginevra e tanto meno le leggi del regno che proibiscono la tortura. Proveniva da un popolo dove l'incolumità di un prigioniero non è considerata un grande valore. Pensai con preoccupazione ai metodi che Tesfaghì avrebbe usato per far parlare i due sospettati e mi precipitai con Calderoni nelle camere di sicurezza della caserma. Arrivammo in tempo. Quasi in tempo. Lo scium-basci aveva già cominciato a lavorarsi uno degli abissini con il *billao* d'ordinanza e sul petto dell'uomo, steso su un tavolaccio con le mani legate dietro la schiena, stavano già colando un paio di rivoli di sangue. L'altro prigioniero, ammanettato qualche metro più in là e tenuto a bada con un moschetto da un altro zaptié, osservava in silenzio con gli occhi gonfi di paura.

«Tesfaghì, basta! Va' a prendere un po' d'acqua per questo disgraziato e chiama il maresciallo De Sio. Ma non ti allontanare, ci serve un interprete.»

Lo scium-basci mi lanciò uno sguardo stupito, convinto in buona fede di non aver fatto nulla di male. Ma non fiatò e andò a prendere l'acqua. L'abissino, con tutta probabilità di nazionalità amhara, aveva l'aria di un cane bastonato e teneva gli occhi bassi. Diedi ordine di slegarlo e quando si fu rifocillato gli parlai lentamente.

«Ora ti farò delle domande. Se dirai la verità e collaborerai con noi, ti prometto che non ti sarà fatto alcun male e sarai giudicato secondo giustizia. Ma se racconti balle ti lascio allo scium-basci, che a quanto pare ha poca simpatia per gli abissini.»

Mi accorsi che l'uomo capiva un po' d'italiano, ma nel dubbio dissi a Tesfaghì di tradurre. Era chiaro che le mie parole avevano colto nel segno: il prigioniero se la stava facendo sotto e anche il suo compare sembrava desideroso di vuotare il sacco. Non avevo l'impressione di trovarmi davanti a spie particolarmente pericolose.

Interrogati separatamente da me e dal maresciallo De Sio, i due uomini raccontarono di essere arrivati a Massaua per incontrare il francese, che da tempo «faceva affari» con il loro clan. Ogni loro parola era un duro colpo per il tenente Calderoni, che vedeva dissolversi il teorema sugli omicidi orchestrati da spie al soldo del Negus.

Quali fossero gli affari di *monsieur* De Girardoux fu ben presto chiarito. Era titolare di un paio di bordelli a Gibuti e la merce che trattava di solito con gli amhara e altre tribù del regno etiopico erano giovinette in età puberale, destinate ad allietare le notti dei marinai che ormeggiavano nel porto e dei legionari posti dalla République a difesa della colonia francese. I soldi trovati da De Sio nella capanna erano l'acconto per la fornitura di una mezza dozzina di fanciulle, le armi servivano ai due trafficanti di schiave per difendersi da eventuali agguati dei predoni sulla via del ritorno. Tesfaghì esaminò con cura la scimitarra confiscata e giunse alla conclusione che non si trattava di un'arma paragonabile a quella che aveva decapitato Puricelli e Bianchini: la lama era un ferraccio mezzo arrugginito che avrebbe avuto difficoltà a tagliare in due un panetto di burro.

Dopo essermi consultato con il colonnello Frangipane, andai di persona al Grande Albergo a prelevare De Girardoux, che stava cenando tranquillo sulla terrazza in compagnia di un'amichetta. Lo portammo al comando senza troppi complimenti, gli mettemmo un po' di paura con un interrogatorio incrociato e alla fine lo spedimmo a casa con un foglio di via quale persona non grata al regno d'Italia, intimandogli di non farsi mai più vedere in Eritrea. Personalmente l'avrei visto volentieri in galera per qualche mese, ma a malincuore dovetti convenire con il comandante che non era il caso di far scoppiare un incidente diplomatico con la Francia: negli ultimi tempi la politica estera italiana in Africa Orientale si era attirata già fin troppi grattacapi internazionali. Gli unici a finire in gattabuia furono i due abissini, come capita ai pesci piccoli.

Su mio suggerimento, Frangipane fece comunque pervenire al tenente Calderoni un encomio solenne per aver sgominato il traffico di giovinette da avviare alla prostituzione e, bontà sua, il comandante spedì a Roma pure un rapporto positivo sulle ultime «brillanti operazioni condotte dal reparto del maggiore Morosini, che hanno permesso di scoprire e reprimere gravi episodi di corruzione all'interno della regia amministrazione». Piccole soddisfazioni.

Ma era passata un'altra giornata e la soluzione del duplice omicidio era ancora lontana. L'unica speranza era rintracciare ad Asmara l'ignoto camionista incontrato da Bianchini poche settimane prima di essere assassinato.

XX
Di nuovo sulla strada

Asmara ci accolse con i suoi viali regolari e i suoi alberi fioriti. Per noi che venivamo dal clima umido e afoso di Massaua, l'arrivo nella capitale riservava le stesse emozioni di una gita sulle Dolomiti in una domenica di fine luglio, quando il caldo della pianura padana ti si appiccica addosso come un sudario. I centoventi chilometri di viaggio erano scivolati via senza difficoltà, anche se la carrozzabile che s'inerpica tortuosa lungo le pendici della montagna ci aveva obbligato a procedere con cautela. Ci avevamo impiegato più di tre ore, ma adesso Barbagallo, al volante della 1100 militare, fischiettava allegro, ritemprato dal fresco dell'altopiano. Lo scium-basci Tesfaghì se ne stava seduto dietro, silenzioso e imperscrutabile come sempre.

Mi ero goduto fino in fondo il tragitto fra pareti rocciose, boschi di tamarindi e sicomori e piccole conche attraversate dai torrenti, senza pensare agli interrogativi senza risposta che mi attanagliavano da troppi giorni. Al diavolo Puricelli e Bianchini e al diavolo pure il misterioso assassino! Quelle tre ore di viaggio furono una specie di vacanza mentale, in cui chiudendo gli occhi lasciavo riaffiorare le immagini della notte passata con Virginia, un ricordo ancora fresco che però gli eventi avevano catapultato in un limbo della memoria. Quando la 1100 attaccò i contrafforti della cima Arbaròba, a quasi duemila metri d'altitudine, mi avvolsi nel *burnùs* e mi accesi una sigaretta, assaporando con calma il gusto del tabacco.

Era giusto un anno che mancavo dall'Asmara e trovai la città molto cambiata. Ebbi l'impressione che, tornando fra altri dodici mesi, le trasformazioni sarebbero state ancor più radicali. La periferia era un enorme cantiere e alloggiamenti, magazzini, negozi, officine e laboratori erano spuntati come funghi per dare ospitalità a migliaia di connazionali trasferiti dall'Italia. Le costruzioni provvisorie, in legno o lamiera, poco alla volta venivano rimpiazzate da solidi edifici dalle linee moderne, che nel giro di un paio d'anni avrebbero proiettato Asmara nel ristretto novero delle capitali più belle e all'avanguardia dell'intera Africa. Si percepiva ovunque l'atmosfera operosa e febbrile di una città in crescita vorticosa, così diversa dal clima indolente e sonnacchioso di Massaua.

«Signor maggiore, dovremmo farci trasferire qui al comando dell'Altopiano», esclamò il maresciallo, osservando estasiato la vivacità delle strade, l'eleganza delle ville e i giardini rigogliosi di alberi e arbusti fioriti.

«Non sarebbe male, eh, Barbagallo?» lo canzonai.

«Voi scherzate, ma darei metà stipendio per poter finalmente dormire al fresco, senza più zanzariere, magari con una bella copertina di lana.»

«Puoi sempre provare a fare domanda al colonnello Frangipane. Se accetti di ridurti lo stipendio e di tornare appuntato, magari ti accontenta.»

«Avete sempre voglia di prendermi in giro. Ah, ecco, siamo arrivati.»

Da viale Cadorna, all'altezza dell'Ufficio delle Miniere, avevamo svoltato in viale Cavour e ora ci trovavamo in piazza Vittorio Emanuele III, sede del Commissariato dell'Hamasièn e del nostro comando. Il capitano Valente mi aspettava con una buona notizia.

«Sulla base delle nostre indagini, nell'intera provincia dell'Hamasièn ci sono soltanto due persone che si chiamano Ascanio. Il primo è un funzionario della Direzione

Strade del Genio Civile e ha trentaquattro anni, perciò non corrisponde al profilo che mi hai richiesto. Il secondo dovrebbe essere il tuo uomo, aspetta che prendo la scheda personale… ah, eccola qui: Pedron Ascanio fu Giuseppe, nato a Treviso nel 1880, celibe, operaio edile dipendente della ditta di costruzioni Raffaelli, residente nel quartiere operaio Arnaldo Mussolini.»

«È lui. Cercherò di interrogarlo oggi stesso, se riesco a trovarlo.»

«Ti accompagno subito negli uffici della ditta di costruzioni, non è distante, ci arriviamo in dieci minuti.»

Nonostante la solerzia del capitano Valente, la visita alla Raffaelli fu un mezzo buco nell'acqua. Il titolare ci spiegò che Ascanio Pedron era impegnato in un cantiere stradale nei pressi di Decamerè, a una cinquantina di chilometri dalla capitale.

«Sta lì da una settimana», ci spiegò Roberto Raffaelli, amministratore dell'azienda, «e i lavori non finiranno prima di un mese. Se avete urgenza di parlargli, temo che dovrete raggiungerlo laggiù.»

Valente mi confortò. La strada carrozzabile per Decamerè era stata risistemata pochi mesi prima ed era in ottime condizioni. In un'ora e mezza d'auto ci saremmo arrivati senza difficoltà. Era mezzogiorno passato. Prima di rimetterci in marcia accettai l'invito del capitano per un pranzo finalmente non troppo spartano al ristorante Vesuvio, sul centralissimo viale Mussolini.

«Alla mensa ufficiali non si mangia male», mi confidò Valente, che era di origini campane, «ma fanno sempre le solite cose. Quando voglio ritemprare un po' il palato vengo sempre qui, dove puoi trovare anche una pizza buona quasi come quella che fanno a Napoli.»

Alle tre del pomeriggio in punto, incuranti del sole infuocato che splendeva abbacinante sulle nostre teste, risalimmo sulla 1100 militare alla volta di Decamerè. Fu un viaggio breve e spensierato sulla carrozzabile bitumata di fresco, che faceva sembrare la pesante 1100 militare uno di quei bolidi rossi guidati da Nuvolari. Barbagallo era più scatenato del solito e, oltre a voler insegnare il piemontese a Tesfaghì, strombettava allegro ai camion e ai veicoli militari che giungevano in senso inverso, diretti verso l'Asmara. Così, mentre il povero scium-basci ancora si sforzava di pronunciare in maniera più o meno corretta il terribile scioglilingua astigiano «*Doi povròn bagnà ant'l'eulì*», entrammo nel villaggio di Decamerè, altra località dov'era in atto una grande trasformazione urbanistica.

Un carabiniere della locale stazione ci indicò la pista per raggiungere il cantiere della ditta Raffaelli, pochi chilometri a sud della cittadina, e verso l'imbrunire infine entrammo nell'accampamento, protetto da una torretta d'avvistamento e un quadrilatero di filo spinato che lo facevano somigliare a un campo di prigionia. Colpa dei predoni, spiegò il capomastro subito dopo il nostro arrivo, che di tanto in tanto si spingevano fin lì per cercare di rubacchiare viveri, taniche di benzina e persino le armi dei sorveglianti.

Senza dare troppe spiegazioni chiesi di poter vedere Ascanio Pedron e mi installai nell'ufficio del geometra del cantiere, in quel momento deserto. Tre minuti dopo entrò, timido, un omone grande e grosso, sporco di polvere e dall'aria piuttosto malandata. L'operaio aveva cinquantacinque anni, ma ne dimostrava una decina di più. Aveva ragione Luigi Bianchini: la vita non era stata generosa con lui. Decisi di non usare le maniere forti, a meno che il manovale veneto mi ci costringesse. Il maresciallo, seduto alla mia destra, era pronto a verbalizzare e Tesfaghì stava fuori dalla porta, con l'ordine tassativo di non far entrare nessuno. Quando Barbagallo terminò di appuntare le generalità, partii con le prime domande.

«Signor Pedron, mi risulta che alcuni mesi fa abbiate incontrato Luigi Bianchini, un vostro amico di tanti anni fa.»

«Sì, esatto, *sior* maggiore. L'ho visto ad Asmara un po' dopo Natale, ci siamo incontrati vicino alla stazione e allora Luigi mi ha invitato a pranzo. Se non ricordo male, siamo andati al ristorante della Vittoria.»

«Benissimo, vedo che avete buona memoria. Allora ditemi, di che cosa avete parlato quel giorno?»

«Eh, era un bel po' che non ci si vedeva. Anzi, non sapevo neppure che fosse tornato in Eritrea: parlammo dei vecchi tempi, del lavoro, degli amici che avevamo insieme quando stavamo giù a Massaua. Mi disse che lui se la cavava bene, che aveva un buon impiego in banca, non come me, che a cinquantacinque anni mi spacco ancora la schiena nei cantieri o mangio la polvere su 'ste maledette piste dell'Eritrea.»

«Vi ricordate da quanto tempo non vedevate Bianchini?»

«Mah, saranno stati dieci anni, forse undici. Da quando si è sciolta la società e lui è tornato in Italia. Sì, direi che era il '25, non ricordo se all'inizio o alla fine.»

La «società», ripetei tra me. Quale società? Pensai agli individui della fotografia, ritratti con Puricelli sul molo di Massaua. Forse avevo trovato l'uomo giusto per chiarire una volta per tutte il misterioso passato del commendatore.

«Conoscevate anche Goffredo Puricelli?»

«Sì, *sior* maggiore, era impiegato pure lui alla Croce del Sud.»

«Cos'è la Croce del Sud?»

«Era la ditta dove lavoravamo tutti noi, a quei tempi. Una società commerciale di importazione ed esportazione di prodotti alimentari e per l'edilizia. Aveva sede a Massaua, in corso Venezia.»

Tirai fuori dalla cartellina la foto trovata nel cassetto segreto della scrivania di Puricelli e gliela misi sotto il naso.

«Conoscete questi uomini, oltre a Bianchini e Puricelli?»

«Sicuro! Quello col pizzetto e gli occhialini è il cavalier De Sanctis e di fianco c'è il suo socio, Nicola Zambruno. Il ragazzo lì dietro, vicino a Bianchini, è Salvatore Perrone. Poveretto, morì qualche anno dopo in un incidente stradale sulla pista per Assab.»

«Ditemi qualcosa del cavalier De Sanctis.»

«Eh, cosa volete che vi dica, era un vero gentiluomo. Fin troppo buono per nuotare in un mare pieno di pescecani. Era lui il socio di maggioranza della Croce del Sud, aveva messo i capitali, ma poi aveva dovuto appoggiarsi a Zambruno perché l'azienda non era tanto in salute. Zambruno era il direttore generale, un uomo con un bel pelo sullo stomaco, usava metodi che il cavaliere non è che apprezzava più tanto, ma nel giro di un anno riportò tutti i conti della società in nero.»

«Come fate a sapere che De Sanctis non condivideva i metodi del direttore generale?»

«Me lo confessò lui stesso, un giorno che lo accompagnavo in treno fino ad Asmara. Il cavaliere non era il tipo da fare confidenze ai suoi dipendenti, ma quel giorno era così abbattuto che si lasciò andare. Mi disse: 'Caro Pedron, spero che almeno quel pirata del mio socio riesca a tenere in vita la Croce del Sud e salvi i vostri posti di lavoro. È l'unico pensiero che mi trattenga dal cacciarlo a pedate, lui e il suo cane da guardia'.»

«Cane da guardia?»

«Sì, intendeva Puricelli, che ormai era diventato l'uomo di fiducia di Zambruno. Goffredo non sa cos'è la riconoscenza, *sior* maggiore: il cavaliere l'ha preso dalla polvere, l'ha portato in Eritrea e gli ha insegnato un mestiere. E in cambio ne ha ricavato solo guai.»

«Sapete che fine abbia fatto il cavalier De Sanctis?»

«Non lo so, ormai sarà morto. Dopo quel pasticcio era stato ricoverato in un manicomio, in Italia...»

«Quale pasticcio? Pedron, cercate di essere più chiaro.»

«Scusate, *sior* maggiore, pensavo che lo sapevate anche voi. Piano piano Zambruno e Puricelli gli hanno sfilato la società dalle mani, approfittando anche del fatto che la sua salute peggiorava a vista d'occhio. Quando De Sanctis se n'è reso conto è uscito di senno: ha completamente perso la testa. È per questo che è stato rimpatriato e internato in una clinica per matti in Liguria, dove viveva la sua famiglia.»

Senza saperlo Pedron Ascanio fu Giuseppe aveva appena aperto uno squarcio di luce sul buio delle nostre indagini. E aveva inconsapevolmente usato una metafora che per me rappresentava qualcosa: dopo lo scippo dell'azienda, il cavalier De Sanctis «aveva perso la testa». E adesso l'avevano persa pure Puricelli e Bianchini. Inoltre mi aveva fornito pure la soluzione al rompicapo della lettera minatoria spedita a Puricelli il giorno della sua morte. Una croce e una «S» maiuscola: la Croce del Sud.

Licenziato il camionista, andai a spulciare i miei appunti sul taccuino. Sfogliai le pagine in preda all'agitazione. Uno dei nomi fatti da Pedron mi aveva acceso una piccola luce nel cervello. E infatti lo trovai, appuntato nell'elenco che mi era stato fornito dal mercante d'armi di Assab: Nicola Zambruno. Anni addietro il socio del cavalier De Sanctis aveva acquistato una delle pregiate scimitarre yemenite di Ibrahim ben Refat. Forse la stessa servita per decapitare Puricelli e Bianchini.

XXI
Strumenti della Provvidenza

Mi capita di rado di pensare a Dio. Alle prese con le miserie terrene e gli errori umani, viene difficile trovare il tempo, e soprattutto il coraggio, di farlo: di confrontarsi con l'infinito. Quando capita, è facile sentirsi nient'altro che un granello di polvere, una minuscola rotella nell'ingranaggio del Creato. Oppure una pedina insignificante sulla grande scacchiera dell'universo, mossa nel momento più propizio. Secondo logiche supreme, che non sempre riusciamo a capire.

A ripensarci adesso, a tanti anni di distanza, con i capelli bianchi e poca strada ancora da percorrere, sarei tentato di credere che fu solo una fortunata coincidenza. Uno di quegli scherzi del destino che, in barba a ogni calcolo delle probabilità, ti fa trovare nel posto giusto al momento giusto. Ma in quel giorno di fine marzo del 1935 fu proprio così che mi sentii: un'umile pedina stretta dalle mani forti e sicure del Signore.

Dopo aver trascorso la notte in una baracca del cantiere di Decamerè, di buon mattino avevamo fatto ritorno ad Asmara e, con l'aiuto del capitano Valente e dei suoi uomini, stavamo cercando una traccia di Nicola Zambruno, l'ex socio del cavalier De Sanctis. Negli uffici dell'anagrafe il nome non figurava e neppure gli archivi del corpo coloniale ci furono utili per scoprire dove diavolo fosse andato a finire quel tipo. Valente rintracciò in un armadio polveroso un sottile fascicolo intestato all'ex direttore generale della Croce del Sud, ma era un incartamento che risaliva ad almeno otto anni prima e non riportava altro che l'indirizzo della ditta a Massaua.

A dire il vero, c'era un'indicazione sulla residenza dell'imprenditore, ma un rapido controllo del tenente Calderoni, allertato via telefono, non sortì nessun effetto. La maggior parte degli inquilini di via Locatelli, 2, a Massaua, non aveva mai sentito parlare di Nicola Zambruno. Solo un impiegato delle Dogane, che stava lì da molti anni, riferì al tenente che l'uomo se n'era andato parecchio tempo prima. Ma non sapeva dire se fosse rientrato in Italia o si fosse piuttosto trasferito in un'altra località della colonia. L'uomo con il profilo aquilino, che compariva nella foto scattata quindici anni prima, era come sprofondato nella terra rossa d'Eritrea. Volato via come uno dei rapaci cui somigliava, senza lasciare traccia nei registri dell'amministrazione coloniale. Valente era incredulo, mentre Barbagallo, che aveva seguito con me tutte le inutili operazioni di ricerca, come al solito borbottava, imprecando alla sfortuna che ci metteva sempre lo zampino.

Ero troppo stanco e demoralizzato per accettare l'invito del capitano ad accompagnarlo, insieme con altri ufficiali, al ristorante Vesuvio; così me ne andai tutto solo al circolo ufficiali con l'idea di buttare giù qualcosa di leggero per poi ritirarmi a studiare ancora un po' le carte dell'indagine. Il salone era semideserto, molti colleghi preferivano cenare con la famiglia oppure andare a far baldoria nei locali del centro. Stavo per accomodarmi a un tavolino nell'angolo, quando mi sentii chiamare.

«Maggiore, vi prego, venite al mio tavolo. Odio mangiare da solo.»

Era il cappellano del comando di Asmara, un omone sui cinquant'anni con la barba sale e pepe e i gradi di tenente colonnello appuntati sul saio da cappuccino, che mi sorrideva con aria gioviale. Avrei anche fatto a meno della sua compagnia, ma non osai rifiutare e non solo per il grado, superiore al mio. Non ero mai stato molto religioso, ma fin da bambino frati, sacerdoti e monache m'incutevano un rispetto ancestrale, oltre a una sincera ammirazione: io non avrei mai scelto un tipo di vita così spartano e carico di rinunce. E poi il saio, il velo o la tonaca erano pur sempre una sorta di uniforme: li sentivo in spirito vicini a noi soldati, anche se avevano scelto di servire un monarca e un regno infinitamente più grandi del nostro. Ci presentammo e, complice un'ottima Barbera, che il cappellano buttava giù come gassosa, il dialogo non faticò a decollare. Padre Umberto Visetti era un ex ufficiale di fanteria: un pluridecorato della Grande Guerra che un bel giorno aveva deciso di buttare la divisa alle ortiche e di prendere i voti.

«Ma non riuscivo a stare lontano dall'ambiente che mi aveva accompagnato la vita intera», confessò, «e francamente non me la sentivo di finire i miei giorni in un piccolo convento di montagna. Così ho fatto richiesta di entrare nel corpo dei cappellani militari e mi hanno accontentato. Non vi dico la faccia di certi miei vecchi sottotenenti, che dopo anni mi hanno visto ricomparire con il saio e la barba lunga. E il bello è che continuo a essere loro superiore, perché le mostrine parlano chiaro: sono un tenente colonnello a tutti gli effetti.»

Mentre l'attendente portava in tavola il dolce, padre Visetti chiese mie notizie, voleva sapere che cosa ci facevo tutto solo all'Asmara pur essendo in servizio nel Bassopiano. Gli raccontai per sommi capi delle indagini sul duplice delitto e notai i suoi occhi sempre più attratti dalle mie parole. Quando arrivò il caffè, estrassi la foto dalla cartellina che portavo sempre con me e gliela mostrai.

«Vedete, padre, sono convinto che la chiave di questo enigma sia qui, in questa fotografia. Queste persone sono ormai tutte morte, tranne forse De Sanctis, che potrebbe essere ancora in manicomio, e Zambruno, che è scomparso senza lasciare dietro una sola traccia.»

«Fatemi guardare meglio», disse il cappellano, inforcando un paio di occhiali. «Buon Dio! Ma questo è padre Baldassarre!»

Rimasi con la tazzina del caffè a mezz'aria e la bocca aperta.

«Che cosa avete detto?»

«Sì, ne sono quasi sicuro. Certo, qui era molto più giovane, ma gli occhi sono i suoi e quel naso così adunco è inconfondibile, assolutamente inconfondibile...»

«Mi state dicendo che l'uomo che cerco, Nicola Zambruno, è in realtà un religioso? Ditemi dove lo posso trovare, vi scongiuro.»

«L'ultima volta che l'ho visto, mesi fa, era al seminario indigeno di Cheren, si occupava dell'orfanotrofio e insegnava alla Scuola Arti e Mestieri Salvago Raggi. Dovrebbe essere ancora lì, se non è morto.»

«Perché, era malato?»

«Anni fa, in Somalia, si buscò la malaria e non ne è mai guarito. È per questo che si è trasferito a Cheren, dove il clima è più fresco e asciutto.»

«Padre Visetti, ho bisogno di parlare il più presto possibile con lui. Sono convinto che potrà darmi informazioni utili alle indagini, senza contare che anche Zambruno, cioè padre Baldassarre, potrebbe essere in pericolo di vita. Sempre che non sia lui l'assassino.»

«Baldassarre un assassino? Si vede proprio che non lo conoscete, maggiore. Sarà anche un tipo strambo, ma c'è chi lo considera un mezzo santo. Quanto ai rischi che sta correndo, non credo che il mio confratello sia molto intimorito dall'idea di morire, caro Morosini. L'ho visto comportarsi come solo un uomo incosciente potrebbe fare.

Oppure un uomo che non ha più nessuna voglia di vivere. In Somalia era uno dei pochi sacerdoti che si avvicinava ai lebbrosi e agli appestati. Gli indigeni lo chiamavano 'il padre immortale', perché si comportava come se nulla o nessuno potessero fargli del male. Se anche gli andaste a raccontare che un pazzo omicida lo vuole uccidere, be', penso che si farebbe una bella risata.»

«C'è un assassino in circolazione, ha già ucciso due volte e potrebbe farlo ancora. Non credo che un buon cristiano si possa sottrarre all'obbligo di aiutare la giustizia, e sono sicuro che padre Baldassarre potrebbe darmi informazioni molto utili. Vi prego, accompagnatemi a Cheren e convincetelo a collaborare.»

Il cappellano si versò il poco vino rimasto sul fondo della bottiglia e guardò a lungo il liquido rossastro nel bicchiere. Intorno a noi non c'era più nessuno. Un paio di tenentini in servizio avevano mangiato in fretta ed erano tornati alle loro occupazioni nella guarnigione. L'attendente se ne stava in piedi vicino al bancone del bar, pensando agli affari suoi. Padre Visetti buttò giù l'ultimo sorso di barbera, poi mi guardò fisso negli occhi.

«Credo che abbiate ragione: bisogna provarci. Siamo tutti strumenti della Provvidenza, non è il caso di farsi troppe domande. Domani mattina, dopo la messa, partiremo per Cheren. Per non esservi d'impiccio chiederò al comandante di darmi un'automobile con autista, così dopo aver parlato con padre Baldassarre sarete libero di muovervi a vostro piacimento. Non è detto che ritorniate subito ad Asmara.»

Più tardi, solo nella mia stanza, mi trovai a riflettere sulle parole del cappellano. La scoperta del rifugio di Nicola Zambruno mi aveva messo addosso una strana euforia e cancellato di colpo qualsiasi segno di stanchezza. Mi sentivo sempre più vicino alla soluzione e mi divertii a immaginare la faccia del colonnello Frangipane se gli avessi consegnato l'assassino su un vassoio d'argento. Feci anche un pensierino ai gradi di tenente colonnello, ai quali aspiravo ormai da un paio d'anni e invece rimanevano lontani dalle mie spalline, anche per colpa della mia naturale indolenza, della scarsa diplomazia, della cronica incapacità di afferrare le maniglie giuste. Scoprire l'assassino di Puricelli e Bianchini avrebbe dato una svolta alla mia carriera, fino a quel momento piuttosto modesta. Senza bisogno di equilibrismi né appoggi nelle alte sfere dei comandi militari.

C'era un altro motivo che mi rendeva impaziente di partire alla volta di Cheren: Virginia. Forse era ancora lì, con tutta la compagnia, e speravo di poterla incontrare almeno per qualche minuto. Al mattino, quando ancora non sapevo che il destino mi avrebbe portato laggiù, le avevo spedito un telegramma all'albergo Senhaìt, dove pensavo alloggiassero Lanzafame e i suoi. Poche parole, tutto sommato ordinarie. Non sono mai stato un poeta. Ma ero certo che lei avrebbe intuito i sentimenti che si agitavano silenziosi sotto quelle frasi di circostanza. Le avevo scritto che forse ci saremmo rincontrati due giorni dopo ad Asmara, ma ora pregustavo la sorpresa che le avrei fatto spuntando all'improvviso a Cheren, mentre era intenta a provare lo spettacolo per la sera. Avrei voluto abbandonarmi al sonno pensando a Virginia, ma dopo qualche istante, davanti agli occhi chiusi, mi si ripresentava puntuale il volto di Zambruno, lo sguardo cattivo e penetrante, il naso da rapace. Cercavo di immaginarmelo adesso, invecchiato e con indosso il saio, ma riuscivo solo a intravedere la figura ossuta della fotografia trovata in casa di Puricelli, con la sahariana e il caschetto coloniale in testa.

XXII

Strade, ponti e ferrovie

Padre Visetti era solito celebrare la messa del mattino in una piccola chiesa intitolata a Santa Chiara, non distante dalla cattedrale dell'Asmara. Un edificio modesto, se paragonato al principale luogo di culto asmarino, costruito con un certo sfarzo una dozzina di anni prima in stile lombardo, con i mattoni a vista che fanno il paio con le linee architettoniche del vicino Vicariato apostolico, del convento dei cappuccini e delle scuole missionarie delle Figlie di Sant'Anna. La parrocchia dedicata a Santa Chiara, invece, era un piccolo edificio color ocra piuttosto essenziale, con evidenti concessioni stilistiche alle chiese di rito copto di scuola abissina.

La mattina era splendida. Appena uscito dai miei alloggiamenti mi ero incamminato verso la zona di via Dabormida e piazza Roma, alla ricerca di un caffè elegante dove concedermi un buon cappuccino. Il sole era già sorto da un pezzo, ma l'aria continuava a essere fresca e frizzante: per noi del Bassopiano, abituati ad avere la camicia sudata già mezz'ora dopo l'alba, trascorrere un paio di giorni nella capitale equivaleva a una salutare vacanza in montagna. Non a caso gli uffici pubblici dell'Asmara erano sepolti dalle richieste di trasferimento dei vari impiegati della pubblica amministrazione dislocati a Massaua, Thiò, Emberemi e Assab, stufi di cuocere di giorno e boccheggiare di notte per l'afa appiccicosa che imperversava dieci mesi all'anno.

Passeggiando senza fretta per le vie del centro ebbi modo di soffermarmi sull'architettura ordinata della città, sulla pulizia delle strade e sulla ricchezza delle vetrine di botteghe e negozi. All'inizio del 1935 Asmara aveva raggiunto i novantamila abitanti, ma a giudicare dal ritmo di costruzione dei nuovi quartieri era chiaro che di lì a poco avrebbe sfondato il tetto dei centomila. Il giorno prima Valente mi aveva mostrato pieno d'orgoglio la mappa cittadina, dove già figuravano i nuovi rioni in fase di costruzione o progettazione: la città si stava espandendo in ogni lato, a sudest con il quartiere Ghezza Banda, a nord nella zona dell'ippodromo, a sudovest nell'area di Gaggiret intorno alla strada per Adua e Dessiè. Senza contare i nuovissimi quartieri operai intitolati ad Arnaldo Mussolini, Razza, De Cristoforis e Toselli, che avrebbero accolto le migliaia di connazionali in arrivo da ogni regione d'Italia per lavorare nei cantieri edili e stradali, nelle fabbriche impiantate di recente, nelle officine meccaniche e ferroviarie.

Dalla madrepatria affluiva una fiumana di giovani di belle speranze, padri di famiglia in cerca di un salario migliore, impiegati pubblici desiderosi di far carriera, militari ambiziosi o in punizione, commercianti dinamici e mercanti senza scrupoli, industriali geniali o con gli amici giusti a Roma, missionari coraggiosi e pretini incapaci spediti a farsi le ossa in Africa. E ancora avventurieri d'ogni risma, sognatori romantici, universitari dei GUF sbarcati in Eritrea per rifondare l'impero, facinorosi alla ricerca di un sistema legale per menar le mani, idealisti e donne di facili costumi, ragazze di buona famiglia in cerca di marito e papponi, teorici dell'«uomo nuovo» fascista e insegnanti precari alla caccia di una qualsiasi cattedra.

Una variopinta umanità, che negli ultimi mesi era sbarcata dalle navi giunte nel porto di Massaua e si era accalcata sui binari della stazione, in attesa del treno diretto all'Asmara. All'inizio della migrazione la città era del tutto impreparata ad accogliere una simile ondata di piena.

Ricordavo bene i piccoli sobborghi di baracche, costruiti in legno e lamiera, sorti all'improvviso intorno al centro, non troppo dissimili dai quartieri indigeni della zona nord.

Ripassandoci un anno dopo, quasi non li riconoscevo. Al posto di capanne e casotti di fortuna assediati dalla polvere ora si ergevano villette alberate, condomini di più piani, scuole ed edifici pubblici perfettamente serviti da strade asfaltate. C'era del vero nella propaganda del Duce, che esaltava le conquiste della civiltà fascista in Africa Orientale. Noi, che nelle colonie ci vivevamo e guardavamo la realtà dall'osservatorio privilegiato dell'amministrazione del Bassopiano, eravamo consapevoli che molti dei roboanti annunci del governo erano esagerati. E che lo sbandieramento alla radio e nei cinegiornali dei traguardi raggiunti in Eritrea – e immagino pure in Libia e Somalia – serviva più che altro per consolidare le poltrone dei governatori e dei ministri interessati all'impresa coloniale.

Però qualcosa si muoveva. L'intero Paese era un cantiere, si costruivano strade e ponti, si ampliavano le linee ferroviarie, si attrezzavano i vecchi porticcioli sul Mar Rosso. Interi villaggi venivano su dall'oggi al domani, riproducendo in terra eritrea un microambiente italiano: la piazza, la chiesa, le vie con i portici, i caffè, le pizzerie, il mercato coperto, i giardini, la scuola, il cinema, l'ambulatorio. Può darsi che dietro tutto questo dinamismo ci fosse il «gran magna magna», come diceva sempre quello scettico del mio amico Ragazzoni, facendo infuriare il professor Morandi che invece era un sincero sostenitore della missione civilizzatrice del fascismo. Ma era comunque impossibile non rimanere meravigliati dai passi in avanti compiuti in pochi anni dalla nostra colonia.

Mi domandavo spesso se questa percezione di sviluppo e di crescita verso il benessere fosse avvertita anche dagli indigeni, che senza dubbio venivano trattati da cittadini di serie B. Una volta lo chiesi a Tesfaghì, forzandolo a uscire dal suo guscio di impassibilità.

«Con sincerità, che cosa ne pensi della dominazione italiana?» gli chiesi un giorno, a tu per tu, nel mio ufficio.

Mi rispose con un paio di frasi fatte sulla battaglia di civiltà del colonialismo, che probabilmente aveva letto nel libricino di istruzioni per l'addestramento dei sottufficiali indigeni.

«Ascolta, Tesfaghì», tornai alla carica, «non è un'interrogazione per valutare la tua disciplina. Chi ti sta parlando non è il tuo maggiore, ma il cittadino italiano Aldo Morosini, che vorrebbe sapere ciò che pensa, nel profondo dell'animo, uno dei suoi migliori collaboratori. Puoi dire quel che vuoi e ti do la mia parola d'onore che il tuo giudizio non uscirà mai da questa stanza.»

Mi guardò un po' sorpreso, soppesando le parole che stava per pronunciare. Che non furono poi molte: anche in privato lo scium-basci Tesfaghì era un uomo molto riservato.

«Signor maggiore, io non istruito e non capire molto di quello che voi bianchi chiamare politica. Io capire solo cose concrete, di tutti i giorni. Da molti anni io soldato del re d'Italia, come già mio padre. Ricevo buona paga e sono rispettato. Mia moglie compra mangiare tutti giorni e figli piccolini vanno a scuola e ricevere buon vaccino per malattie. Una volta non così. E pure adesso, per popoli vicini, non così. Se io nascevo più in là, in regno Negus, forse adesso schiavo di ras e miei figli morire di fame.»

Non riuscii mai a capire con certezza se quella era davvero la sua opinione oppure se avesse voluto farmi contento raccontandomi una storiella. Pur essendo rimasto per molti anni al mio fianco, il buon Tesfaghì restò per me un enigma irrisolto: un eccellente soldato, ma un uomo imperscrutabile. Anche nei momenti difficili e drammatici che avremmo vissuto di lì a pochi anni, non ricordo di aver mai visto lo scium-basci tentennare, sbandare, disubbidire o mostrare paura. Anzi, più d'una volta ebbi modo di elogiarne in pubblico il coraggio, l'attaccamento alla bandiera e il senso dell'onore, che in molti casi sopravanzavano quello di tanti italiani.

Prima di uscire a far due passi avevo ricevuto una telefonata di De Sio. Aveva parlato con la signora Agnese, la segretaria di Puricelli. Anche lei aveva confermato che Filippo Marconcini era un dipendente della Gherar Esportazioni, uno degli uomini più fidati del commendatore. Era stato informato della morte del principale mentre era in viaggio d'affari nello Yemen e aveva telegrafato annunciando il rientro a Massaua entro un paio di giorni, forse già domani. Ma l'impiegata aveva anche spiegato al maresciallo di conoscere un certo Tullio Saragnese.

«Pare sia un commerciante», mi spiegò il maresciallo, «un osso duro siciliano, arrivato in Eritrea da un paio d'anni, che ha già portato via alla ditta di Puricelli alcuni affari d'oro. Ha l'ufficio proprio sul lungomare Umberto I, se ritenete ci faccio un salto nel pomeriggio.»

«Vacci senz'altro. Cerca di capire che tipo d'individuo è e soprattutto dove si trovava la notte in cui è stato ammazzato Puricelli.»

Dopo aver bighellonato un po' per le vie del centro, arrivai davanti alla chiesetta di Santa Chiara verso le nove e un quarto. Barbagallo e Tesfaghì mi aspettavano lì di fronte a bordo della camionetta militare. La messa stava per finire. Il cappellano stava celebrando dinanzi a una dozzina di fedeli, per lo più donne di una certa età.

«Nei giorni feriali non c'è mai una gran folla», ammise quando ci raggiunse sul sagrato.

Lo accompagnammo in caserma, dove lo aspettava la Balilla con autista che gli era stata messa a disposizione dal comando. Per educazione salii al suo fianco e diedi ordine al maresciallo di seguirci alla volta di Cheren. Uscimmo dalla città in direzione nordovest, costeggiando l'ospedale Regina Elena e le scuole eritree Vittorio Emanuele III, e superando i vivai dell'ufficio agrario della colonia. Dietro di noi, su un'altura, si stagliava il forte Baldissera, dedicato al primo governatore dell'Eritrea italiana e fondatore del corpo degli ascari. Raggiungemmo in breve un altopiano ondulato dove coltivazioni di cereali si alternavano a macchie di eucalipti e acacie a ombrello.

Le due macchine filavano veloci sulla carrozzabile asfaltata di recente e dai finestrini abbassati entravano folate d'aria fresca, odorosa di aromi di bosco. Di lì a un paio d'ore avrei finalmente incontrato l'uomo che avrebbe potuto darmi un aiuto fondamentale a chiarire i misteri della vita e della morte di Puricelli. O che, al contrario, mi avrebbe rifiutato il suo appoggio, costringendomi a ripartire da zero.

XXIII
Padre Baldassarre

«Seguitemi da questa parte. Ma vi prego, non fatelo affaticare. Ieri padre Baldassarre ha avuto una crisi ed è ancora molto debole.»

Il frate attraversò un piccolo chiostro rigoglioso di piante fiorite, imboccò un corridoio buio e ci introdusse in un'angusta celletta imbiancata a calce. Gli scuri erano accostati e dalla finestra filtrava qualche raggio di sole, che illuminava a stento la stanzetta spoglia. Un crocifisso appeso al muro, una sedia e una brandina appoggiata contro la parete erano i soli oggetti presenti all'interno. Sul giaciglio, infagottata in una coperta militare, si scorgeva la sagoma di un uomo.

«Padre Baldassarre, avete visite. È venuto a trovarvi padre Umberto, il cappellano militare, e con lui c'è un maggiore dei Carabinieri. Ce la fate ad alzarvi?»

Dalla coperta arrivò un grugnito indistinto. Poi la figura nell'ombra si mosse, si girò verso di noi. Nicola Zambruno si scoprì il volto e dalla coperta affiorarono il naso aquilino e due occhi neri che somigliavano a quelli di un falco. Aveva ragione padre Visetti: anche se la foto risaliva a molti anni prima, la fisionomia di padre Baldassarre era inconfondibile. Secondo i dati anagrafici in possesso dell'archivio di Asmara, quell'uomo non aveva ancora compiuto sessant'anni, ma sembrava molto più vecchio. Nelle mie elucubrazioni notturne me l'ero immaginato con una lunga barba da profeta biblico, invece era quasi glabro e senza un capello, i lineamenti spigolosi resi ancor più marcati dalla calvizie totale. Si sollevò con difficoltà, tossendo, e chiese al confratello un bicchiere d'acqua. Ci osservava con aria interrogativa, ma non appariva sorpreso di vedere nella sua cella un ufficiale dei carabinieri. Decisi di lasciar parlare il cappellano.

«Caro fratello, spero che vi sentiate un po' meglio e che la nostra presenza non vi arrechi troppo disturbo.»

«Vi ringrazio, padre Umberto, ma non perdete tempo con i convenevoli. Sono troppo vecchio per credere che la vostra sia una visita di cortesia. E presentatemi il vostro accompagnatore, non ho il piacere di conoscerlo.»

«È il maggiore Aldo Morosini, della compagnia dell'Arma del Bassopiano. Viene da Massaua.»

Zambruno mi scrutò negli occhi.

«Siete piuttosto lontano dal vostro comando, maggiore.»

«Sì, padre, avete ragione. Mi sto occupando di un'investigazione molto complicata e gli ultimi sviluppi mi hanno condotto da voi, nella speranza che mi possiate aiutare.»

Si mise a sghignazzare in modo sguaiato, intervallando le risa ai colpi di tosse.

«Non vedo Massaua da almeno dieci anni, è ben difficile che vi possa essere utile.»

«È appunto del passato che ho bisogno di parlarvi. Di quanto accaduto molto tempo fa, prima che prendeste i voti.»

Mi guardò con occhi glaciali, ansimando per l'attacco di tosse.

«Andate avanti», rispose.

Non sapevo da che parte iniziare. Il vecchio se ne stava sulle sue, in apparenza ostile. Temevo che un passo falso avrebbe pregiudicato la sua collaborazione. Scambiai uno sguardo con il cappellano, che intuì la mia preoccupazione.

«Padre Baldassarre», disse il cappellano, «avete ragione: non è il caso di perdere tempo con inutili convenevoli. Sia pure con differenti esperienze di vita, siamo tutti uomini d'azione, poco inclini alla speculazione e al compromesso, per cui vi dico con chiarezza che il maggiore sta investigando su un duplice omicidio avvenuto a Massaua e ci sono fondati motivi per ritenere che voi possiate aiutarlo a far luce…»

Zambruno non lo fece neppure terminare.

«Chi è stato ammazzato?» domandò volgendo lo sguardo verso di me.

«Il commendator Goffredo Puricelli e un impiegato di banca, tal Luigi Bianchini.»

Sorrise, come se già aspettasse la risposta.

«Chi vi ha detto che conoscevo quei due?»

«Questa fotografia», risposi, tirando fuori l'istantanea trovata nel nascondiglio di Puricelli.

Parve sorpreso. Mi fece segno di avvicinarmi e guardò con attenzione, cercando un filo di luce che filtrava dalle persiane. Poi lasciò cadere la fotografia, accasciandosi sul giaciglio. Padre Visetti si alzò per aiutarlo, ma l'anziano religioso gli fece segno di non muoversi. Si risollevò a fatica, squassato dal solito attacco di tosse.

«Domandatemi ciò che volete sapere», disse con un filo di voce. «Risponderò a tutte le vostre domande; e voi, padre Umberto, non allontanatevi. Ascoltate le mie parole come una specie di confessione. Poi deciderete se assolvermi o meno.»

Pensai che fosse il caso di andare subito al dunque.

«Eravate socio del cavalier De Sanctis nella Croce del Sud, ma poi i rapporti si deteriorarono: volete dirmi come mai?»

«Virgilio era un'ottima persona, una delle migliori che mi sia capitato d'incontrare nella mia vita. Aveva anche idee brillanti, negli affari intendo. Però non funzionavano. Il mondo del commercio è una giungla, a quei tempi forse lo era ancora di più. Le colonie erano luoghi dimenticati da Dio e dalla legge degli uomini, dove comandava il più forte. O il più furbo. Virgilio non voleva capirlo. Forse lo capiva, ma non voleva piegarsi a tali logiche, così lontane dalla sua indole. Era convinto che la qualità dei prodotti e un'efficiente organizzazione fossero sufficienti a conquistare fette crescenti di mercato.»

«Invece fu un fallimento.»

«Non proprio un fallimento, ma gli affari non decollavano come speravamo. Soprattutto come mi auguravo io, che all'epoca ero abbagliato, accecato dal denaro. Sapevo come far aumentare il fatturato della società, ma ero consapevole che Virgilio non avrebbe mai accettato d'imboccare certe scorciatoie.»

«Fu allora che decideste di portargli via la Croce del Sud?»

«All'inizio l'obiettivo non era quello, intendevo soltanto irrobustire l'azienda con attività sottobanco che avrebbero migliorato i conti. Sto parlando di contrabbando: spezie, tessuti e anche armi. Ovviamente, per poter lavorare con una certa tranquillità occorreva addomesticare qualche funzionario doganale, ma alla fine i soldi investiti nella corruzione mi sono sempre tornati indietro, moltiplicati per dieci.»

Padre Visetti ascoltava stupefatto il racconto del confratello. Sembrava più sorpreso che scandalizzato. Da uomo d'armi aveva visto di peggio, nella sua vita. Soprattutto in trincea, dove lo spettro della morte che aleggia sui soldati finisce per tirar fuori il meglio e il peggio dell'essere umano. Ma è chiaro che non riusciva a comprendere la bramosia di denaro che, a quel tempo, animava Nicola Zambruno. Padre Baldassarre intuì il disagio del cappellano.

«Umberto, non guardatemi così», gli disse sorridendo; «per me è come raccontare i peccati di un'altra persona, ormai ho ripudiato persino il nome che portavo a quei tempi. Ma non crediate che non provi ribrezzo e vergogna, nel ripercorrere tali episodi. È che non voglio far perdere tempo al maggiore, ma se avrete la compiacenza di fermarvi ancora un po', vi spiegherò molte altre cose.»

Padre Visetti annuì, mentre Zambruno si rinfrescava la fronte con una pezza bagnata. Proseguii con le domande.

«Mi risulta che molti anni fa abbiate comprato da un mercante di Assab una spada, una bellissima scimitarra yemenita. Ce l'avete ancora? O sapete che fine ha fatto?»

«Ad Assab, dite? Sì, mi sembra di ricordare qualcosa di simile, avevo preso un paio di coltelli, dei pugnali e anche una scimitarra, è vero. Era molto bella, tagliente come un rasoio. La regalai al mio socio, a Virgilio. Lui non era venuto in viaggio con me e Puricelli, quando la vide gli piacque molto. Mi disse: 'Starebbe proprio bene appesa lì dietro alla mia scrivania', e allora gliela diedi. Sapete com'è, tanto per tenermelo buono.»

Davvero un bel dono, pensai. Finora è già servita a far fuori due persone e non è detto che sia finita. Mi rivolsi di nuovo all'anziano religioso.

«Mi è stato detto che De Sanctis uscì quasi di senno quando scoprì che gli era stata portata via l'azienda. Potete dirmi qualcosa di più?»

«Era l'inizio del 1925, gli affari della Croce del Sud giravano bene, ma tre quarti del fatturato provenivano ormai da traffici illeciti. All'inizio il denaro del contrabbando serviva per ripianare i bilanci dell'azienda, ma a poco a poco Puricelli e io avevamo cominciato a svuotare la società ufficiale e a far confluire i profitti illeciti su una ditta fittizia, intestata a un prestanome. In pratica la Croce del Sud rimaneva un marchio di facciata, che ci serviva per svolgere la normale attività di importazione ed esportazione di prodotti coloniali. Era solo la copertura dei traffici illegali.

I costi venivano caricati sul bilancio della Croce del Sud, mentre i ricavi finivano alla Zampur, come si chiamava l'altra società, oltre che su due conti correnti che avevamo aperto presso una banca britannica di Aden.»

«Spiegatemi il ruolo di Puricelli. All'inizio era solo un impiegato, vero?»

«Goffredo era un ragazzo sveglio. Mi resi subito conto che il posto da contabile gli andava stretto e che non avrebbe tardato a fare strada. Quando fui sicuro che per i soldi era disposto a tutto, anche a passare sul cadavere del povero De Sanctis, gli proposi il patto scellerato. Accettò senza pensarci un minuto. E nel giro di pochi mesi l'allievo superò il maestro.»

«Che cosa intendete dire?»

«Se all'inizio lui era solo il mio uomo di fiducia, la persona più adatta a occuparsi delle attività illegali, presto Puricelli prese in mano la situazione. E di fatto s'impadronì della Croce del Sud.»

«Volete dire che ha fatto fuori anche voi?»

«No, non ha osato. Forse l'avrebbe fatto, se gliene avessi lasciato il tempo. Era diventato ogni giorno più avido e spregiudicato. A mia insaputa aveva cominciato persino a trafficare con mercanti di schiavi abissini, gentaglia che vendeva ragazzine destinate a popolare i bordelli dello Yemen o dell'Arabia Saudita. Grazie alla società commerciale, Puricelli forniva copertura e struttura logistica: andava a prendere le donne con i nostri camion al confine con l'Abissinia e le trasportava fino a Massaua. Lì, con l'aiuto di doganieri corrotti e marinai senza scrupoli, le imbarcava di nascosto su cargo diretti ad Aden o Gibuti, dove venivano prese in consegna da complici francesi o britannici. Un traffico molto redditizio, disse, quando mi resi finalmente conto di quanto stava accadendo sotto i miei occhi.»

«E il cavalier De Sanctis non si era accorto di nulla?»

Zambruno fece una pausa per respirare, ma venne colto da un violento attacco di tosse. Questa volta non rifiutò l'aiuto di padre Visetti e si fece versare un altro bicchiere d'acqua. Lo osservai meglio. Il volto era sempre più emaciato, le guance scavate mettevano in risalto il naso aquilino e gli occhi infossati sembravano risucchiati dalle orbite. Lentamente riprese a parlare.

«Quando venni a sapere del traffico di esseri umani, De Sanctis era ormai completamente fuori gioco. Di lì a pochi mesi sarebbe stato portato in Italia per essere ricoverato in manicomio. Per quanto ne so, sopravvisse ancora un paio d'anni...»

«Perciò quando voi e Puricelli metteste le mani sulla Croce del Sud, il cavaliere era già impazzito.»

«Ormai non era più in sé da mesi. Gli facemmo firmare l'atto di cessione delle quote pagandole un tozzo di pane, anche perché da un punto di vista formale la società navigava in brutte acque e non aveva più molto valore. Virgilio era annebbiato da incubi e deliri, era abbastanza chiaro che non era in grado d'intendere e volere, ma il notaio chiuse un occhio. Anzi, diciamo che autenticò l'atto con entrambi gli occhi bendati: con quello che gli avevamo dato sottobanco...»

Padre Umberto, scosso per il racconto, si lasciò andare a una considerazione banale, quasi a voler riempire il silenzio che si era venuto a creare nella celletta del seminario.

«Pover'uomo, chissà che cosa aveva visto per ridursi in quello stato...»

Gli occhi di Nicola Zambruno erano lucidi di febbre. Quasi gridò.

«Ma fummo noi a farlo impazzire, capite? Puricelli gli propinava ogni sera una tisana avvelenata, preparata con un fungo delle ambe abissine che gli portavano di nascosto certi mercanti etiopi. È questo il tarlo che mi rode ancora oggi, il peccato che non mi lascia dormire e mi perseguita da più di dieci anni, persino in questo sperduto seminario di Cheren! Non m'importa del contrabbando o di avergli sottratto l'azienda. Ciò che non posso perdonarmi è di avergli rubato la vita.»

XXIV

Benefattore inconsapevole

«Come sempre l'idea venne a Puricelli», continuò il vecchio religioso. «Parlando con un capo *galla*, mezzo stregone, venne a sapere che nella loro tribù agli indemoniati, che poi spesso sono solo poveri malati di mente, danno da mangiare un fungo di montagna che ha il potere di tenerli buoni per ore. Una specie di droga che annulla la personalità.»

Padre Baldassarre sembrava essersi ripreso, quasi che l'aver confessato il terribile raggiro ai danni del vecchio socio gli avesse alleggerito non solo la coscienza, ma finanche il corpo. Si tirò su dalla brandina e avvolse la coperta intorno alle spalle, rifiutando il mio appoggio. Con andatura incerta fece un paio di passi, avvicinandosi alla finestra. Guardò fuori per qualche secondo, poi riprese il racconto.

«Goffredo sapeva che bisognava tenere De Sanctis lontano dai nostri traffici, così pensò che il fungo allucinogeno sarebbe stato l'ideale per 'distrarlo'. Mi fa orrore anche solo ricordare il crimine di Puricelli, compiuto con l'aiuto di quell'idiota di Bianchini e soprattutto con il mio silenzio. Un silenzio colpevole e vigliacco. Non avevo idea degli effetti collaterali di quel fungo, pensavo che avrebbe intontito Virgilio, che l'avrebbe allontanato dalle occupazioni quotidiane in ufficio. Io... volevo solo continuare tranquillamente le nostre attività.»

L'uomo che un tempo si chiamava Nicola Zambruno si prese il volto fra le mani e cominciò a singhiozzare. La magra gabbia toracica sussultava, mentre fra le dita ossute, premute sulla faccia, si facevano strada le prime lacrime. Padre Umberto si fece dappresso e passò un braccio attorno alle spalle del confratello, che l'avvinghiò in un disperato abbraccio e poi si gettò a terra in ginocchio, invocando il perdono, mentre un altro attacco di tosse e di febbre lo faceva tremare come una foglia. Visetti mi fece cenno di uscire e aiutò il vecchio a coricarsi di nuovo sul letto.

Attraversai di nuovo il chiostro fiorito e andai a curiosare nelle aule della scuola arti e mestieri, dove decine di orfani eritrei maneggiavano con abilità scalpelli, lime e cacciaviti sotto gli occhi attenti di un frate e di un insegnante laico. Vedendomi entrare i ragazzini si alzarono in piedi di scatto e si misero sull'attenti, fino a quando il religioso non diede il riposo. Dopo aver augurato la buona giornata ai piccoli scolari, presi il frate sotto braccio e ci allontanammo verso la chiesa di San Michele. Con la scusa di volerne sapere di più sull'attività del seminario e dell'orfanotrofio, gli feci anche qualche domanda su padre Baldassarre.

Si era avvicinato alla fede una decina d'anni prima, spiegò, dopo una vita che lo stesso Baldassarre definiva «molto lontana da Dio». A quanto pare aveva maturato la conversione durante un viaggio d'affari in Somalia, dove l'allora Nicola Zambruno aveva avuto modo di trascorrere alcuni giorni in una piccola missione nell'Alto Giuba. Era rimasto colpito soprattutto dal lebbrosario gestito da padre Gerbaldo, un frate cappuccino cuneese, e sei mesi più tardi tornò con una grossa somma di denaro, che regalò alla congregazione per mandare avanti l'ambulatorio per i malati.

«L'ho saputo da padre Eusebio», mi confidò il frate, «perché Baldassarre non parla mai dei fatti suoi e non ama che si facciano domande sul suo passato.»

Vidi il cappellano militare che si affacciava sul chiostro e mi faceva segno di raggiungerlo. Mi congedai da frate Agostino e ritornai verso la cella di padre Baldassarre. Avevo ancora un bel po' di domande da fargli, ma temevo che le sue condizioni di salute me l'avrebbero impedito. Invece padre Umberto mi chiese soltanto di fare in fretta: i confratelli si erano di nuovo raccomandati di non stancarlo.

«Venga, maggiore. Padre Baldassarre ha ancora qualcosa da dirvi.»

Entrai nella celletta. Ora Zambruno era calmo, in mano teneva un rosario che sgranava lentamente con le dita ossute e sottili. Mi accolse con un mezzo sorriso.

«Sono a vostra disposizione, se la salute me lo consente.»

«Che cosa avvenne dopo l'eliminazione, chiamiamola così, di De Sanctis?»

«Quando Virgilio impazzì e venne rimpatriato, la Croce del Sud era ormai nelle nostre mani, anche da un punto di vista legale. Puricelli s'era fatto sempre più spregiudicato, aveva promosso Bianchini a capo contabile e stava pianificando raggiri sempre più sofisticati.»

«Sempre con la vostra collaborazione?»

«Se vi dicessi che ero pentito, vi mentirei. Però cominciavo a provare disagio per quel tipo di esistenza. Mi allontanai un paio di mesi per certi affari in Somalia e quando tornai avevo ormai maturato il proposito di mollare Puricelli, la Croce del Sud e Massaua. Confesso che temevo persino per la mia incolumità: dopo aver visto come Goffredo aveva liquidato De Sanctis, avevo paura di essere io la vittima successiva.»

«Come vi lasciaste con Puricelli?»

«Nel modo più semplice. Gli dissi che volevo cambiare aria e stile di vita e gli offrii la mia quota societaria, a un prezzo per lui molto interessante. Accettò e nel giro di un paio di settimane la mia avventura a Massaua poteva dirsi conclusa.»

«A casa di Puricelli abbiamo trovato un'agendina nella quale custodiva diversi segreti, tra cui l'entità delle somme che ogni mese versava a Luigi Bianchini e a una misteriosa persona indicata con le iniziali 'N.Z.'. Siete voi, immagino?»

«Non vi sbagliate, maggiore. Tramite un confratello di Massaua, Goffredo mi recapitava ogni mese una busta con il denaro. Aveva pagato solo metà della mia quota azionaria e si era impegnato a saldare il resto a rate, versandomi un assegno mensile. Immagino che nella sua mente criminale avrebbe dovuto essere anche il prezzo del mio silenzio. Mio e di Bianchini, che nel frattempo era rientrato in Italia: non sapevo neppure che fosse tornato in Eritrea. C'è stato un momento in cui mi ero deciso a rifiutare quei soldi sporchi. Poi ho pensato che avrebbero comunque alimentato altre attività illegali, e che lo sterco del demonio può anche servire per concimare i campi di nostro Signore.»

«Li avete usati qui?»

Zambruno fece un gesto con la mano quasi a voler abbracciare l'orfanotrofio e il centro scolastico.

«Ogni centesimo che Puricelli mi ha mandato, per quasi dieci anni, è stato impiegato per nutrire, curare, vestire e mandare a scuola decine di orfanelli. Non si trattava di somme milionarie, ma vi posso assicurare che le abbiamo spese bene. Goffredo non sapeva, e a questo punto non saprà mai, che almeno un'ala dell'istituto è stata costruita con i suoi soldi. Un benefattore inconsapevole, chi l'avrebbe mai detto?»

«Padre, oltre a voi e a Bianchini, chi sapeva com'era stato fatto fuori il cavalier De Sanctis? E chi aveva interesse a uccidere Puricelli?»

«Non ne ho idea, maggiore. Forse un parente o un amico di Virgilio. Oppure uno dei tanti uomini d'affari turlupinati da Puricelli. Di una cosa potete esser certo: Goffredo aveva un bel po' di nemici, fra Italia ed Eritrea.»

«C'è un aspetto che non mi convince. E che mi riporta a De Sanctis. Prima non vi ho spiegato che sia il commendatore sia Bianchini sono stati decapitati con una spada. Secondo me è un rituale altamente simbolico: De Sanctis ha perso la testa per colpa vostra e il misterioso giustiziere l'ha fatta perdere ai responsabili della sua fine.»

«È una teoria interessante, maggiore. Che inoltre presuppone che i delitti non siano ancora finiti. All'appello manca ancora la mia, di testa.»

«Non temete, padre. Farò mettere delle guardie armate all'interno del seminario e non correrete alcun pericolo.»

Zambruno mi guardò con aria divertita e si mise di nuovo a ridacchiare, interrotto dal solito attacco di tosse.

«Credete che ci tenga molto a questa vecchia testa pelata, a questo corpiciattolo malandato? So che non mi resta molto da vivere e ho iniziato da tempo a prepararmi all'incontro con sorella morte. Non mi coglierà di sorpresa, non temete. Poi, ora che è morto Puricelli, non posso neanche più garantire l'offerta mensile per l'orfanotrofio. Sono soltanto un peso per la nostra comunità.»

«Vi prego, fate uno sforzo. Cercate di ricordare se qualcun altro conosceva la storia del fungo allucinogeno e dell'atto notarile truccato.»

«C'era uno dei nostri autisti, molto amico di Bianchini, andavano sempre insieme nelle case di tolleranza. Ma in questo momento non me ne ricordo il nome.»

«Forse Salvatore Perrone?»

«Sì, è lui. Ma voi come fate a saperlo?»

«Me ne ha parlato l'altro giorno un certo Pedron, anche lui all'inizio lavorava per la Croce del Sud.»

«Mi ricordo, mi ricordo. Ascanio Pedron, un veneto grande e grosso, sempre senza un soldo.»

«Pedron ha detto che Perrone è morto pochi anni dopo in un incidente stradale, mentre andava col suo camion verso Assab. Siete certo che anche lui sapesse dei maneggi di Puricelli?»

«Altroché, il suo amico Bianchini aveva pure cercato di tirarlo dentro per fargli guadagnare qualche lira in più, ma lui aveva paura, mi aveva detto.»

«Ve l'aveva detto Bianchini o lo stesso Perrone?»

«Perrone, Perrone. Ricordo benissimo: il giorno prima di partire per Mogadiscio andai in ufficio a ritirare gli ultimi effetti personali e mi feci accompagnare da Salvatore. Fu allora che disse che mi invidiava, che pure lui se ne sarebbe andato volentieri dalla Croce del Sud. Buttai lì le solite frasi di circostanza, ma lui insistette: 'Signor Zambruno', mi disse, 'qui le cose vanno a finire a schifio! Luigi vuole che entri in società, dice che hanno grandi progetti, ma io vedo che è troppo pericoloso. Ho paura a stare con questa gente'. Gli lasciai il mio indirizzo in Somalia e lo invitai a scrivermi, se ci fosse stata un'opportunità di lavoro gliel'avrei fatto sapere. Non ho mai più avuto sue notizie.»

«Pensate che Puricelli avrebbe potuto ucciderlo, per impedirgli di parlare?»

«Oh, non mi sorprenderebbe: ormai Goffredo aveva oltrepassato ogni limite. Se è stato in grado di distruggere la vita di De Sanctis, al quale doveva molto, immagino che in seguito possa aver fatto di tutto per salvaguardare i suoi affari. Anche uccidere un testimone.»

Salutai Baldassarre e il cappellano, che decise di restare con il confratello, e raggiunsi il maresciallo Barbagallo e Tesfaghì, in attesa fuori dal seminario. Quando arrivammo al comando locale, diedi ordine al tenente Anelli di mettere due zaptié a disposizione del sottufficiale.

«Barbagallo, voglio una guardia armata al seminario per l'intera notte. Organizza i turni con Tesfaghì e i militari che ti darà il tenente. Mi raccomando, occhi aperti. Quell'uomo è in pericolo di vita e con un pazzo che se ne va in giro a tagliar teste non si può scherzare.»

Al ritorno in caserma trovai un appunto del piantone: «Telefonare il prima possibile al maresciallo De Sio, presso comando del Bassopiano». Mi feci rintracciare il sottufficiale, che aveva novità su quel tal Saragnese.

«Signor maggiore, temo che abbiamo fatto un buco nell'acqua. Ho parlato con questo tizio, che, con rispetto parlando, sembra un vero figlio di buona donna. Non era molto colpito dalla morte di Puricelli, si nota che fra i due non correva buon sangue.»

«De Sio, vieni al dunque. Dov'era Saragnese quella sera?»

«Fuori Massaua, signor maggiore. Era ad Asmara per ragioni d'affari, è rientrato soltanto il giorno successivo con il treno del pomeriggio.»

«Hai verificato se è vero quel che ti ha detto?»

«In parte sì. Mi ha fatto vedere il biglietto ferroviario: è partito la mattina del 10 marzo ed è rientrato alle diciannove dell'11. Nella capitale è sceso all'albergo Hamasièn. Ho già telefonato, confermano che il signor Saragnese è stato loro ospite quella notte. Inoltre il suddetto Saragnese Tullio mi ha fornito il nome di due uomini d'affari, che quella sera hanno cenato con lui e trascorso buona parte della serata al caffè. Non sono ancora riuscito a contattarli, ma spero di farlo domani.»

«Grazie, De Sio. Verifica di persona oppure chiedi di farlo a un collega del comando di Asmara. Ma ho l'impressione che non scoprirai un bel niente: mi sa che 'sto Saragnese non c'entra.»

«Lo penso anch'io, signor maggiore. Come vi ho detto, mi sembra un mezzo brigante, ma non ha avuto il minimo tentennamento mentre mi raccontava dov'era quella sera. Pareva molto sicuro di sé.».

Salii in camera a rinfrescarmi. Avevo la mente ancora confusa per le rivelazioni di padre Baldassarre, mentre non ero troppo sorpreso per quanto mi aveva riferito il maresciallo su Tullio Saragnese. Anzi, il solido alibi del commerciante non fece altro che rinforzare i miei convincimenti. Ormai ero intimamente persuaso che la soluzione dei due delitti ruotasse intorno alla Croce del Sud.

Consumai uno spuntino all'interno della caserma e uscii poco dopo le nove, diretto al cinematografo di Cheren, dove quella sera era in programma il secondo spettacolo della compagnia di Lanzafame.

XXV
Una notte insonne

La sala era gremita e fumosa. C'era gente che si era arrampicata fin sul tetto e osservava lo spettacolo da un lucernario, con l'aria soddisfatta di chi è riuscito a fare fesso il cassiere. Il pubblico era in prevalenza maschile, ma non mancavano le dame della buona società di Cheren, non più di una ventina, ingioiellate e agghindate come si deve. Sventolavano i ventagli colorati e un paio di loro fumavano sigarette al mentolo con lunghi bocchini. Le autorità avevano già assistito alla rappresentazione precedente e quella sera l'ambiente era più «popolare»: dal loggione si alzava una gran caciara, che venne zittita non appena si alzò il sipario.

Due ore più tardi bussai alla porta del piccolo camerino e, camuffando la voce, annunciai un mazzo di fiori per la signorina Mariani. Virginia aprì con aria annoiata, ma quando mi vide, con in mano una rosa mezza appassita che avevo rubato nell'ingresso del cinematografo, lanciò un gridolino e si catapultò nelle mie braccia. Speravo di riuscire a portarla in un posto appartato, ma per mia sfortuna passò di lì Lanzafame che non volle sentir ragioni.

«Non potete rifiutare! Sarete mio ospite al ristorante dell'albergo Senhaìt. Ci aspetta una cena coi fiocchi per la nostra ultima serata a Cheren. Ci saranno anche altre autorità, non vorrete mancare proprio voi, che ormai siete un amico storico della nostra compagnia.»

Da donna intelligente qual era, Virginia non pensò neppure per un attimo che potessi trovarmi lì soltanto per lei.

«Cos'è successo, Aldo? Pensavo di vederti ad Asmara, magari già domani. Non immaginavo di trovarti qui. C'è qualche problema?»

Mi guardai attorno. La porta del camerino era chiusa e Tiziana, la biondina che divideva in camerino con Virginia, canticchiava nel bagno.

«Ci sono grosse novità nelle indagini. Non posso dirti molto, ma sappi che abbiamo trovato una persona che conosceva sia Puricelli sia Bianchini. Anche lui è in pericolo. Si trova proprio qui, nel seminario cattolico: Barbagallo e il suo sottoposto eritreo si stanno occupando della guardia. Mi raccomando, non dirlo a nessuno. Ora vai, ti raggiungo fra poco al ristorante. Prima vado a vedere se laggiù va tutto bene.»

Mi salutò con un bacio sulle labbra, smettendo per un attimo di spazzolarsi i capelli. E mi sorrise.

«Fa' presto!»

Mi avviai a piedi verso il convento, attraversando casette dipinte di bianco e ville circondate da giardini rigogliosi. La temperatura mite di Cheren favoriva la crescita di fiori e frutti in ogni stagione e i coloni italiani che lì si erano insediati ne lodavano il clima di eterna primavera. Sulle verande si scorgevano uomini e donne seduti a prendere il fresco, mentre gruppi di bambini giocavano rumorosamente nei cortili. Alcune botteghe erano ancora aperte e gli artigiani eritrei lavoravano alla produzione di collane e monili d'argento, illuminati dalle lampade a petrolio. Si respirava l'aria di una tranquilla cittadina di provincia e sembrava impossibile che fra quelle stradine quiete potesse aggirarsi un assassino. Io stesso ne dubitavo, ma l'esperienza mi aveva insegnato che le precauzioni non sono mai troppe. Un terzo omicidio, e per giunta sotto il mio naso, mi sarebbe costato il trasferimento, se non peggio.

Arrivai nei paraggi dell'orfanotrofio senza notare anima viva. Stavo già per lanciare una silenziosa imprecazione all'indirizzo del maresciallo, quando udii il suo vocione dietro una siepe di ibisco.

«Alto là! Chi va là? Fermo o sparo!»

«Sono io, Barbagallo. Morosini.»

«Agli ordini signor maggiore, con questo buio non vi avevo riconosciuto.»

«Come va, tutto tranquillo?»

«A meraviglia. Ho mandato Tesfaghì a riposare un poco in caserma, si farà il secondo turno con l'altro zaptié che ci ha messo a disposizione il tenente Anelli. Il mio l'ho mandato a controllare il retro dell'edificio, non si sa mai che qualcuno possa intrufolarsi da lì.»

«Bravo Barbagallo, penso che le nostre siano preoccupazioni infondate, ma non si può mai dire. Hai mangiato?»

«Rancio ottimo e abbondante. Peccato non aver potuto assaggiare una certa barberina che mi ha offerto un brigadiere mio conterraneo. Sapete com'è, non voglio rischiare di addormentarmi durante la guardia.»

«Bene, allora occhi aperti e massima attenzione. Se non ci sono novità, vi voglio tutti a rapporto domattina alle otto e mezzo. Buona notte.»

Feci due passi, poi mi girai e mi rivolsi di nuovo al maresciallo.

«Barbagallo», dissi strizzandogli l'occhio, «probabilmente trascorrerò la notte con la signorina Mariani. Date le circostanze, non è il caso di nasconderlo. Mi raccomando, disturbami solo in caso di reale necessità.»

«È naturale, contate su di me signor maggiore. E buon riposo.»

Questa volta fu il maresciallo a farmi spudoratamente l'occhiolino. Sorrisi e me ne andai in direzione del Senhaìt. Il salone dell'albergo era affollato di un'umanità rumorosa e vociante. Agli attori della compagnia si erano aggiunti, più o meno di straforo, un bel po' di sfaccendati perditempo: figli di papà in cerca di avventure romantiche, un paio di ufficiali, commercianti attempati che si atteggiavano a cascamorto con le ballerine, persino un arzillo gentiluomo con il monocolo che mi fu detto essere il preside della scuola italiana.

Non era sembrato vero, a quel branco di italici galletti trapiantati in terra d'Africa, di poter scandagliare tanti centimetri di pelle bianca, scoperta e profumata. A Cheren, come del resto un po' in tutta la colonia, chi non era sposato doveva arrangiarsi con la mercanzia offerta dalle ragazze dei modesti bordelli gestiti da *maîtresse* italiane; oppure ripiegare sulle fanciulle indigene, che pur essendo molto belle, talvolta lasciavano a desiderare in materia di igiene e strumenti di seduzione.

Non fu una sorpresa, entrando nella sala ristorante, osservare la scia bavosa che i lumaconi lasciavano intorno alle attrici e alle danzatrici della compagnia di Lanzafame. E il principale oggetto dei desideri, manco a dirlo, era proprio Virginia. Al mio ingresso percepii un brusio interrogativo, che si trasformò in una raffica di occhiate d'invidia quando l'anziano attore mi invitò platealmente a sedere fra lui e la più bella delle sue stelline.

Lanzafame mi presentò come «il maggiore Morosini della compagnia carabinieri del Bassopiano, grande amico della mia compagnia, a Cheren per seguire un'importante indagine», ma quando si avvide del mio cenno che lo invitava a chiuderla lì, fece una battuta delle sue e passò oltre. La cena andò avanti fino a notte fonda, fra risa, canti e scherzi d'ogni genere. Accompagnato alla chitarra dalla sua «spalla», il tipetto grassottello e rubicondo, il capocomico si esibì in un classico di Petrolini, che risaliva a qualche anno prima. Lanzafame aveva una bella voce e interpretava la canzonetta con consumato mestiere, strappando applausi e incontenibili esplosioni di ilarità.

Pe' fa la vita meno amara
me so comprato 'sta chitara,
e quann'er sole scende e more
me sento 'n còre cantatore.
La voce è poca ma 'ntonata,
nun serve a fà la serenata,
ma solamente a fà in magnera
de famme un sogno a prima sera.
Tanto pe' cantà,
perché me sento 'n friccico ner còre,
tanto pe' sognà,
perché ner petto me ce naschi 'n fiore.
Fiore de lillà
che m'ariporti verso er primo amore,
che sospirava le canzone mie,
e m'arintontoniva de bugìe.

Fu un trionfo, ma Lanzafame non era ancora soddisfatto. Non so da dove riuscisse a tirar fuori quell'energia, dopo due ore filate di spettacolo, ma ebbe ancora la forza di lanciarsi in un pirotecnico repertorio di imitazioni degli uomini politici europei, facendosi beffe del ministro inglese Anthony Eden, del primo ministro francese Flandin e persino di Adolf Hitler.

Facemmo tutti onore agli ottimi piatti del cuoco del Senhaìt, che aveva preparato una cena a base di specialità italo-eritree. Oltre a un tenerissimo vitello tonnato e agli spaghetti alla bolognese, lo chef si era sbizzarrito in uno *zighinì* da far invidia alla miglior cuciniera indigena e nella ricetta tipica di Cheren, lo *sciahanful*, crema di fave condita con burro, yogurt, peperoncino piccante e l'immancabile *berberé*. A fine pasto stavo già gustando una tazza di *ciai* bollente, quando notai che pochi metri più in là il bel tenebroso della compagnia mi fissava con aria interessata.

Rendendosi conto di esser stato notato, si girò verso la sua amichetta, estrasse il pettinino in avorio e con lenti e studiati movimenti si lisciò i baffetti. Tiziana gli stava appiccicata come una mosca al miele e con gli occhi non lo mollava un attimo. Vidi che si stringeva al giovane e gli sussurrava qualcosa all'orecchio ed ebbi la chiarissima impressione che gli parlasse di me, perché tornò a fissarmi per qualche istante.

XXVI

Orecchie indiscrete

Il fragore ci sorprese all'improvviso, nel cuor della notte. Ci misi un po' a rinvenire dal sonno profondo e impiegai qualche istante prima di rendermi conto che erano da poco passate le quattro. Ci eravamo assopiti da neanche un'ora e il terribile baccano che mi aveva svegliato di soprassalto non era altro che la vigorosa manona di Barbagallo, che bussava con insistenza alla porta. Mi gettai addosso l'accappatoio e andai ad aprire, mentre Virginia si rigirava dall'altra parte con un sospiro. Era la seconda notte che dormivamo assieme e per la seconda volta la nostra intimità era destinata a svanire in poche ore.

«Perdonate il disturbo, ma c'è un'emergenza», mi urlò quasi in faccia il maresciallo. Aveva i capelli arruffati, la camicia mezza sbottonata e con la mano sinistra brandiva la rivoltella. Pure lui era stato buttato giù dal letto.

«Cos'è successo?»

«Hanno tentato di far fuori Zambruno, cioè padre Baldassarre. Tesfaghì è rimasto ferito.»

Mi rivestii alla bell'e meglio in un paio di minuti e mi precipitai con lui verso il seminario cattolico, dove regnava una gran confusione. Le luci erano accese, i frati avevano abbandonato le loro cellette e ora vociavano intorno al giaciglio dell'anziano religioso, mentre sul posto stavano accorrendo anche in tenente Anelli e i suoi agenti. Lo scium-basci era seduto su un muretto, con la testa insanguinata, mentre un frate si dava da fare per prestargli i primi soccorsi. Quando mi vide cercò di mettersi in piedi, ma a un mio cenno si lasciò ricadere.

«Scusate signor maggiore, è sfuggito», furono le sue prime parole.

«Non importa, tu stai bene?»

«Solo colpito con sbarra... Io sparato, ma temo non averlo preso.»

Pochi metri più in là, nella sua cella, Nicola Zambruno ansimava, tentando di alzarsi dalla brandina. Non sembrava ferito, ma era visibilmente agitato e ancor più spossato dalla malattia. I confratelli mi spiegarono che era sfuggito all'aggressione, ma temevano per la sua salute: nelle sue condizioni un'emozione così forte avrebbe anche potuto essergli fatale. Anelli mandò a chiamare un medico, mentre Barbagallo iniziò a interrogare i religiosi. Dell'altro zaptié non c'era traccia.

Mi sedetti di fianco a Tesfaghì. Era terreo in volto, indebolito e ancora in stato confusionale. I capelli erano impiastricciati di sangue che dalla nuca colava sul collo ed entrava nel colletto dell'uniforme. Un religioso gli porse un bicchier d'acqua, che lo scium-basci vuotò tutto d'un fiato. Diedi ordine al tenente di perlustrare le vicinanze del seminario, poi mi rivolsi al sottufficiale indigeno.

«Ce la fai a raccontarmi cos'è successo?»

«Sì, signor maggiore. Cominciato secondo turno di guardia, quando io vede ombra vicino a missione. Io segue lui, cercando non fare rumore. Poi vede entrare da finestra dell'ala ovest.»

«Era un bianco o un eritreo?»

«Io non riesce a capire. Lì dentro buio, non vede quasi nulla. Mi pareva che andava verso cella di padre Baldassarre. Non più visto per qualche istante, poi in cortile di nuovo vede, c'era luce di luna. In mano aveva oggetto metallico, forse spada. Io corre verso lui, intimando l'altolà, ma a un certo punto gran colpo alla testa e io cade per terra, mezzo svenuto.»

«Hai detto che gli hai sparato.»

«Anche pistola era caduta. Io cercava per terra, trascinando me a quattro zampe, ma poi lui mi attacca. Aveva in mano qualcosa, forse spada, forse bastone o sbarra di ferro: prima che lui colpire di nuovo, io fatto fuoco alla cieca, ma non pensa averlo colpito. Poi lui scappa da quella parte, da portone principale.»

Mandai un paio di zaptiè a controllare con le lanterne il percorso del fuggitivo, ma non trovarono neppure una goccia di sangue. Ancora una volta l'assassino era riuscito a farla franca. Illeso. E per giunta sotto il nostro naso. Il medico visitò Zambruno e gli somministrò un calmante, poi si prese cura di Tesfaghì. La botta era stata violenta, ma a un primo esame non sembrava aver provocato fratture.

«Gli darò alcuni punti di sutura», disse il dottore, un ligure sovrappeso dall'aspetto mite e tranquillo, «ma il vostro scium-basci dovrà rimanere a riposo e in osservazione per almeno ventiquattr'ore.»

Era andata peggio allo zaptié che era di guardia insieme con Tesfaghì. Gli uomini di Anelli l'avevano trovato privo di sensi in un cespuglio lungo il lato sud del seminario, mezzo dissanguato per una ferita causata da un violento colpo alla testa. Anche lui era stato colpito da un oggetto contundente, forse la stessa spranga che aveva abbattuto il nostro sottufficiale. Il medico scosse il capo e ne dispose l'immediato ricovero nell'infermeria cittadina.

«Non so se ce la farà. Ha perso molto sangue e l'ematoma potrebbe anche aver danneggiato il cervello. Tenterò di operarlo, ma forse non passerà la notte.»

Intorno a noi cominciava ad albeggiare. Faceva ancora fresco e ne approfittammo per andarci a scaldare con un caffè nel refettorio del convento. Vidi anche padre Visetti, che era stato avvertito ed era sopraggiunto a prestare soccorso al confratello. Mi avvicinai a lui, stava sorseggiando una grossa tazza di caffè con latte.

«Ce la stava per fare sotto il naso. Se non fosse stato per la prontezza di Tesfaghì, forse a quest'ora ci sarebbe una testa in più da raccogliere dalla cancellata del seminario.»

«Già, invece il vecchio padre Baldassarre è vivo e vegeto e vedrete che fra non molto si riprenderà dallo spavento. Mi spiace per il vostro scium-basci e per l'altro zaptié, ho sentito che sono rimasti feriti.»

«Tesfaghì ne ha viste di peggio e ha la testa dura, state tranquillo. Mi preoccupa l'ascari in servizio alla guarnigione locale, il dottore non ha lasciato molte speranze.»

«Pregherò anche per lui, oltre che per il mio confratello. Ma voi, maggiore, avete idea di chi possa essere stato?»

«Sto cominciando a farmene una. Potrebbe trattarsi di qualcuno che già si trovava a Cheren, ma che soltanto ieri sera ha saputo dove si rifugiasse Nicola Zambruno. In caso contrario ci avrebbe provato prima, quando non c'era nessuno di guardia.»

«Non vi capisco, Morosini. Che cosa vi fa pensare che l'assassino non possa essere arrivato soltanto ieri notte?»

«Ah, proprio nulla. Le mie sono solo congetture. Per arrestare il mio uomo ci vorrà ben altro che un'ipotesi.»

Il sole era spuntato dietro le alture e l'aria si era fatta tiepida. Lasciai detto a Barbagallo di completare l'interrogatorio dei testimoni e gli diedi appuntamento per le otto e mezzo nell'ufficio del tenente Anelli, alla guarnigione dei Carabinieri di Cheren. Approfittai di quell'oretta libera per andare a rinfrescarmi in albergo e svegliare Virginia, che per fortuna si era rimessa a dormire senza difficoltà.

«Aldo, ma cos'è successo? Hai un aspetto orribile!»

«Virginia, dimmi la verità: hai raccontato a qualcuno il motivo per cui sono venuto a Cheren? Hai parlato del vecchio che stavo proteggendo nel seminario cattolico?»

«Ma certo che no! Me ne sono ben guardata. Cos'è? Non ti fidi di me?»

Era furibonda. Per un attimo ebbi paura di dover assaggiare le sue unghie, ma per fortuna riuscii a trovare le parole giuste per calmarla.

«È successo un fatto gravissimo: hanno tentato di ammazzare quel vecchio frate e nell'aggressione ci sono andati di mezzo due soldati eritrei. Il mio scium-basci se la caverà, ma l'altro è gravissimo. Se tu non hai parlato con nessuno, allora vuol dire che ci spiano e hanno ascoltato i nostri discorsi nel camerino.»

Virginia mi guardò fisso negli occhi.

«Non eravamo soli, in quel camerino. Nel bagno c'era Tiziana.»

Già, Tiziana. La ragazzina che se ne stava sempre appiccicata a quel bellimbusto di Massimo Riccardis. La biondina che ieri sera mi osservava e parlava nell'orecchio del suo compagno. Forse stava raccontando un pettegolezzo, ma chi poteva escludere che gli stesse rivelando ciò che aveva origliato poco prima?

XXVII

Il cerchio si stringe

L'intera compagnia di Pippo Lanzafame era riunita nella sala da pranzo dell'albergo Senhaìt. Gli uomini confabulavano fumando nervosi, le donne cercavano di rimediare alla mancata toilette mattutina pasticciando con le trousse del trucco. Avevo pregato anche Virginia di scendere e comportarsi come se fosse all'oscuro di tutto. E di tenere le orecchie ben aperte.

Erano quasi le nove. Gli attori se ne stavano lì da mezz'ora, guardati a vista da un paio di zaptié della guarnigione locale. Su mio ordine era stato vietato al personale del Senhaìt di servire caffè e colazione. Persino Lanzafame, sempre allegro e sorridente, aveva lo sguardo cupo e protestava di continuo con i militari di guardia.

«È una vergogna», lo sentivo gridare dall'altra stanza, «qualcuno dovrà rispondere di questo abuso.»

Agli zaptiè avevo proibito di dare spiegazioni: «Ordini del maggiore Morosini», era l'unica frase consentita.

Avevo spostato la sede del rapporto in una camera dell'albergo e stavo ascoltando i risultati delle prime indagini condotte dal tenente Anelli e da Barbagallo. Non c'era da stare allegri. Dalle tracce rinvenute nei dintorni del seminario e dalle testimonianze raccolte dal maresciallo l'unica certezza era che il misterioso aggressore aveva agito da solo. Si era mosso in modo accorto, senza lasciare indizi: solo impronte confuse sulla terra polverosa vicino all'ala occidentale, dove aveva trovato una finestra socchiusa. Barbagallo non aveva rilevato segni neppure in prossimità del portone principale, usato per allontanarsi dal seminario. Sollevare il paletto che teneva chiuse le ante in legno e allontanarsi nell'oscurità era stato un gioco da ragazzi. Nessuno era riuscito a rintracciare l'oggetto contundente con il quale erano stati colpiti Tesfaghì e lo zaptié: l'assassino se l'era portato via per non lasciare tracce. Anche battendo palmo a palmo la scena dell'agguato non eravamo riusciti a scoprire nulla.

Ero sconfortato. Avevamo sventato in extremis l'omicidio di padre Baldassarre, ma l'aggressore non aveva commesso errori e ci aveva lasciato con un pugno di mosche. Eppure non riuscivo a togliermi dalla testa l'idea che l'assassino fosse più vicino di quanto avessi immaginato. Cominciavo a convincermi che la presenza della compagnia di Lanzafame nei luoghi in cui si erano consumati i delitti non fosse solo una coincidenza. Il commendatore e l'impiegato di banca erano stati ammazzati mentre il gruppo di attori soggiornava a Massaua e lo stesso era accaduto per il tentato omicidio della notte precedente. A parte me, Barbagallo e Tesfaghì, solo Pippo Lanzafame e i suoi erano contemporaneamente presenti a Massaua e Cheren. A priori non potevo scartare altre possibilità: magari altri, lì a Cheren, nei giorni precedenti avevano viaggiato nel Bassopiano. Ma il mio fiuto era irrimediabilmente attratto dalla compagnia di varietà.

Lo accennai al tenente e a Barbagallo, che caddero dalle nuvole.

«Come potete pensare che quella gente nasconda un assassino? Sembrano persone per bene. D'accordo, sono artisti, gente un po' strana, se vogliamo. Ma di qui a pensare che si siano macchiati di un crimine…»

Anche Anelli manifestò le sue perplessità.

«Voi li conoscete meglio di me, però non me li vedo compiere delitti così perfetti. Insomma, il vostro uomo dev'essere un professionista, una persona in grado di tagliare la testa con un colpo di scimitarra. Qui vedo solo comici, ballerini, gente di spettacolo.»

Mi alzai e mi avvicinai alla finestra, cercando gli zolfanelli nel taschino per accendermi una sigaretta. Erano obiezioni sensate. Non c'era un solo elemento della compagnia che, ai miei occhi, potesse rivestire i panni del decapitatore. Non le donne. Mi ero già imbattuto in assassine in gonnella, in grado di essere altrettanto crudeli e risolute quanto gli uomini; ma il modus operandi non faceva pensare a un criminale del gentil sesso, senza contare che Tesfaghì aveva giurato di aver visto un uomo. E poi la spada, un'arma decisamente maschile. Gettai il mozzicone al di fuori della finestra, lanciando un ultimo sguardo alla macchia di bouganville che adornava il piccolo giardino dell'albergo Senhaìt.

«Avete ragione, di primo acchito neanch'io riesco a immaginare uno di quei guitti nelle vesti di un assassino spietato e infallibile, ma se ci pensate bene ci sono troppe coincidenze. La compagnia arriva a Massaua e il commendator Puricelli comincia a sentirsi minacciato. Ha paura di qualcosa, si rivolge a me e poche ore dopo viene liquidato come sappiamo. Poi è il turno di Bianchini, che forse sa troppo e potrebbe parlare: anche in questo caso l'omicidio avviene mentre Lanzafame e i suoi sono in città. Adesso cercano di ammazzare pure Nicola Zambruno, cioè un altro vecchio socio della Croce del Sud, e guarda caso anche stavolta i nostri amici della compagnia si trovano nei paraggi.»

«Scusate se vi interrompo», intervenne il maresciallo, «ma se l'assassino è fra loro, perché ha aspettato tanto per aggredire padre Baldassarre? La comitiva si trova a Cheren da qualche giorno e fino a ieri sera il seminario non era sorvegliato.»

«Bravo Barbagallo, hai colto nel segno. Perché il nostro misterioso tagliatore di teste, ammesso che davvero si nasconda fra gli attori di Lanzafame, non ha agito prima? Nel seminario non avrebbe trovato resistenza e spacciare Zambruno sarebbe stato uno scherzo.»

«Già», saltò su il tenente Anelli, «non capisco perché abbia atteso il vostro arrivo e che mettessimo l'edificio sotto sorveglianza.»

«Vedete, tenente, con tutta probabilità il nostro signor X non sapeva che Zambruno si trovasse qui a Cheren, sotto le spoglie di padre Baldassarre. L'ha scoperto dopo il nostro arrivo, forse proprio a causa della guardia che abbiamo montato al seminario cattolico. Sapendo di non avere molto tempo a disposizione, ha lo stesso cercato il colpaccio.»

Sorvolai sul «come» l'individuo fosse venuto a sapere della presenza a Cheren di Zambruno/Baldassarre. Già ero stato abbastanza imprudente a raccontare a Virginia i particolari delle indagini, ma parlare di Zambruno all'interno del teatro, dove orecchie indiscrete avrebbero potuto ascoltare, era stata una gigantesca stupidaggine. Avevo messo a repentaglio la vita del vecchio religioso, e se adesso nell'infermeria di Cheren c'era un povero zaptié più morto che vivo era soprattutto colpa mia.

Fu Anelli a interrompere i miei pensieri.

«Maggiore, che si fa adesso? Se il colpevole è di là, in sala, bisognerà arrestarlo, non credete?»

«Purtroppo non ho ancora la certezza di chi possa essere. Gli indizi ci portano alla compagnia, ma dobbiamo capire chi è l'assassino. E magari trovare uno straccio di prova. Con quello che abbiamo in mano, nessun tribunale lo condannerebbe.»

Con Barbagallo, che conosceva i compagni di Lanzafame molto meglio di Anelli, provammo a passare in rassegna i sospetti. A partire dal capocomico che, a dispetto dell'età non più verde, appariva ancora un uomo perfettamente in grado di impugnare una spada e introdursi di nascosto in un convento. Del resto, nei suoi occhi nerissimi capitava spesso di cogliere uno sguardo strano, a metà strada tra la perfidia e la strafottenza.

C'era poi quel gagà di Riccardis: sembrava più a suo agio in un salotto della buona società o fra le gonnelle di una dama, ma il giovanotto sfoggiava un corpo atletico e il suo aspetto impassibile non ti lasciava mai capire quel che potesse passargli nel cervello. Non mi sarei stupito se avessimo scoperto che era stato lui ad abbattere con una legnata il povero Tesfaghì.

Non trascurammo neppure la «spalla» comica di Lanzafame, tal Remondini Gaspare, il pelato rotondetto con il volto rubizzo e l'aria bonaria che avevo notato il primo giorno sul ponte del *Genova*. A fidarci solo delle apparenze avremmo dovuto escluderlo a priori, per via di quell'aria serafica da commesso viaggiatore che si concede un bicchierino di troppo in osteria. Ma l'apparenza inganna, insegnano le nonne, perciò anche dietro al bonaccione avrebbe potuto celarsi il decapitatore. Inoltre, mi aveva confidato Virginia, in patria aveva già avuto guai con la giustizia a causa del carattere collerico e di una certa propensione ad alzare il gomito. Una volta, litigando con un avventore, a Milano, aveva quasi devastato un caffè. E qualche mese dopo era finito in guardina per aver malmenato l'amichetta, a suo parere troppo disinibita con un altro attore della compagnia.

Lanzafame, Riccardis e Remondini non erano gli unici uomini del gruppo. Con indomito spirito questurino, fin dal primo giorno Barbagallo si era annotato su un taccuino tutti i nomi dei passeggeri sbarcati dal piroscafo in compagnia di Virginia e aveva preso le sue informazioni. Così, scorrendo l'elenco, riuscimmo a dare un vago contorno agli altri sei elementi maschili della compagnia. In scena avevano un ruolo secondario, quando non stavano addirittura dietro le quinte. Ma chissà che l'anonimato dell'incarico non avesse favorito azioni e spostamenti notturni.

C'era il ragazzetto di neanche vent'anni, Alfio Sacconi, ballerino e corista marchigiano, dalle movenze un po' effeminate: in apparenza, al di sopra di ogni sospetto. Il pianista Bartolomeo Ponticelli, un campano di mezz'età allampanato e taciturno, aveva la fedina penale immacolata e la reputazione irreprensibile; così come lo scenografo e regista Remo Ferrando, quarantacinque anni, nativo di Reggio Emilia, ma da anni trapiantato a Roma. Ma le pettegole della compagnia lo accreditavano come intimo amico del giovane Alfio e la gelosia, si sa, non fa sconti neppure ai soggetti poco ortodossi.

Chiudevano la lista due manovali: il falegname Cesare Martinelli e il factotum di scena Rolando Buscaglioni, per i quali valeva lo stesso discorso degli altri: sembravano ometti tranquilli e pacifici, tutt'al più attratti da un bicchiere di grappa e dal fondoschiena sporgente delle giovani eritree. Ma avendo una certa dimestichezza con attrezzi tipo martelli, asce, coltelli e forbici, sarebbe stato il caso di tener d'occhio pure loro. Infine il tecnico delle luci Annibale Rameloff, un triestino di ascendenza slava che in passato era stato segnalato alla locale questura per sospette simpatie anarchiche. Avevo già escluso da tempo la pista politica, ma comunque sarebbe stato il caso di torchiarlo a dovere, vista la sua propensione alla violenza.

Chiusi il taccuino di Barbagallo e feci un cenno a lui e al tenente.

«Bene, andiamo a incontrare quei gentiluomini. Mi raccomando, occhi aperti: cerchiamo di prendere nota anche della minima reazione, potrebbe rivelarsi un indizio fondamentale. E che Dio ce la mandi buona.»

XXVIII
Sotto torchio

Per un paio di minuti non riuscii neppure ad aprire bocca. Non appena misi piede nella sala d'albergo, dove la compagnia era rinchiusa da più di un'ora, venni quasi aggredito dalla furia degli attori. Nella baraonda che ne seguì si segnalavano soprattutto le signore della compagnia. Strillavano come aquile e agitavano compulsivamente le mani ingioiellate davanti a me, Anelli e Barbagallo. Un paio di gentildonne, particolarmente alterate, si aggrapparono alla giubba del maresciallo, strattonandolo come un fantoccio. Il pover'uomo era a disagio e non sapeva che pesci pigliare. Nel bel mezzo di una rissa fra scaricatori di porto avrebbe almeno cominciato a mulinare le manone, ma davanti alle dame vocianti sembrava una recluta atterrita.

Per metter fine alla gazzarra mi avvicinai al tavolo e con un gesto plateale vi sbattei sopra la pistola d'ordinanza. Il rumore della Beretta che cozzava sul legno placò d'incanto i bollenti spiriti e il frastuono si ridusse a un sommesso brusio. Ne approfittai per esordire senza giri di parole.

«Signore e signori, scusate per il fastidio che vi stiamo arrecando, ma purtroppo devo mettervi a parte di un fatto molto grave e spiacevole.»

Pippo Lanzafame si fece avanti con aria risoluta e abbozzò una specie di reclamo ufficiale.

«Maggiore Morosini, qualunque cosa sia accaduta voi non avete il diritto di...»

«Risparmiate il fiato, commendatore», gli risposi a brutto muso, senza neanche lasciarlo finire. «Se volete, più tardi potrete presentare formali lagnanze al comando dei Carabinieri. Ma ora sono costretto a zittirvi e a pregarvi di ascoltare quanto sto per dirvi.»

Mi guardò livido di rabbia, ma fece un passo indietro e rinunciò a parlare. Vedendo che il loro capo aveva battuto in ritirata, anche gli altri della compagnia si rassegnarono a far silenzio e mi guardarono con aria interrogativa. Qualcuno si accasciò su una poltrona, altri rimasero in piedi con le braccia conserte.

«Poche ore fa c'è stato un tentativo di omicidio nel seminario cattolico, qui vicino. Uno sconosciuto ha cercato di ammazzare un anziano frate e scappando ha gravemente ferito un soldato indigeno. Ho ragione di ritenere che il misterioso aggressore possa essere uno di voi.»

Alle mie parole seguì un timido mormorio, poi il silenzio. Guardai in faccia quelli più vicini, cercando di catturare anche il più piccolo segno d'imbarazzo, ma notai solo stupore e smarrimento. La calma non durò che pochi secondi.

«È una vergogna, come potete affermare una cosa tanto assurda?» strepitò Remondini, il pelato rotondetto dall'aria bonaria, diventando così paonazzo in viso da far temere che si mettesse a sfasciare tutto oppure che gli venisse un infarto da un momento all'altro.

A lui si accodarono altri tre o quattro, comprese un paio di damigelle che strillavano come pescivendole. Lanzafame se ne stava in disparte, silenzioso, con uno strano pallore sul volto. Neppure Massimo Riccardis parlava: aveva estratto dalla tasca il pettinino in avorio e si lisciava i mustacchi, serafico come un gagà al tabarin. Fui costretto di nuovo ad alzare la voce per imporre il ritorno all'ordine. Dopo un paio di minuti di confusione riuscii a concludere il discorso.

«Sono certo che tutto si chiarirà presto», buttai lì come frase di circostanza, «ma adesso vi prego di pazientare per qualche ora e di rispondere con la massima sincerità e precisione alle domande che rivolgerò a ciascuno di voi, con l'aiuto del tenente e del maresciallo. Vi assicuro che per mezzogiorno sarete liberi di andare a colazione e di proseguire con le vostre occupazioni.»

Ci dividemmo per eseguire gli interrogatori e mi riservai il discutibile privilegio di sentire di persona quelli che ritenevo i maggiori indiziati: Riccardis, Lanzafame e la ragazzetta bionda, Tiziana. Cominciai da quest'ultima. Entrò visibilmente scossa, anche se guardinga. Negò di aver sentito le mie parole nel camerino di Virginia e tanto meno di averne fatto parola con altri. Assicurò di avere la massima fiducia nei membri della compagnia e giurò di non aver mai osservato alcun atteggiamento sospetto. Quanto ai dubbi che avanzavamo sui colleghi, si disse «profondamente amareggiata».

«Conoscevate il commendator Puricelli?»

«No, è la prima volta che vengo in Eritrea.»

«Potreste averlo incontrato in Italia.»

«Non so neppure che faccia avesse.»

«E che cosa mi dite di Luigi Bianchini?»

«Non sapevo neanche che esistesse, prima di leggere il suo nome sul giornale.»

«E il nome Virgilio De Sanctis vi dice qualcosa?» chiesi a bruciapelo.

Mi parve di cogliere nei suoi occhi un lampo d'incertezza, ma durò solo un istante.

«È la prima volta che sento questo nome. Chi sarebbe?»

«Le domande le faccio io, signorina. Cercate di ricordarvelo e di rispondere a tono.»

Stavano partendo le prime lacrimucce, quando senza troppi complimenti le chiesi della sua relazione con Riccardis.

«Maggiore, come vi permettete? Con Massimo, è vero, c'è una particolare simpatia, ma non vi dimenticate che sono una ragazza a modo, anche se lavoro nel varietà.»

«Via, Tiziana. Risparmiatevi la sceneggiata. Non sono vostro padre né il vostro confessore. E non sono nato ieri. Sappiamo della vostra relazione e altri mi hanno confermato che siete amanti da mesi. Smettete di piagnucolare e rispondetemi senza giri di parole: avete mai visto il signor Riccardis allontanarsi di notte, per qualche ora? Non dico soltanto qui a Cheren, ma pure quando ancora eravate a Massaua.»

Adesso era più agitata. Ma continuò a mentire. Giurò che l'amico trascorreva con lei ogni notte e si allontanava soltanto all'alba, per raggiungere la sua camera prima della sveglia collettiva. Avrei potuto passare a metodi d'interrogatorio più convincenti, ma ero sicuro che non ci avrei cavato molto di più. Pur di allontanare ogni sospetto da Riccardis, sarebbe stata disposta a negare anche l'evidenza.

Le chiesi di chiarirmi ancora un paio di circostanze, poi la congedai con un sorriso beffardo sulle labbra e feci chiamare Pippo Lanzafame. L'artista aveva perso la spocchia di qualche ora prima e appariva umile e dimesso. Mi chiese persino scusa.

«Maggiore, perdonate se prima mi sono adirato con voi, non avevo inteso la serietà del problema.»

«Non vi scusate, commendatore. Sono stato costretto a usare metodi un po' brutali e capisco che vi siate innervositi. Vi assicuro che non l'avrei mai fatto, se non fosse stato necessario.»

Non capii se era tattica o davvero aveva compreso la gravità della situazione. In ogni modo gli feci un po' di domande generiche, alle quali Lanzafame rispose con sincerità. Almeno così mi parve.

«Mi hanno detto che in gioventù siete stato un ottimo sportivo.»

«Me la cavavo, niente di più. Ho praticato un po' di pugilato, pesi leggeri, ovviamente. Avevo un certo stile, diceva l'allenatore, ma evidenti limiti fisici. A vent'anni ho mollato tutto e ho preso a tirare di scherma: lì se non altro la prestanza muscolare ha meno importanza. Ma poi la passione per il teatro ha avuto il sopravvento e poiché nello sport non sarei mai stato un campione, mi sono dedicato ad altro.»

«Vedo però che continuate a tenervi in forma.»

«Cerco di non lasciarmi andare, sapete com'è, a una certa età… Qui non mi è possibile, ma quando sono a Roma cerco di ritagliarmi un po' di tempo per la palestra e il canottaggio sul Tevere.»

«È la prima volta che venite nelle colonie?»

«Nell'Africa Orientale sì, ma due anni fa sono stato un mese in Libia per una tournée.».

«Per caso avevate mai incontrato Puricelli? In Italia, intendo dire.»

«No, a meno che mi sia capitato d'incrociarlo dopo uno spettacolo. Sapete, a teatro c'è un sacco di gente che mi saluta e mi fa i complimenti, ma io non so neppure come si chiami.»

«E Bianchini? Prima di venire qui ha vissuto a Roma.»

«Maggiore, Roma è una città enorme. Bazzico un po' di gente legata al mondo dello spettacolo e frequento un paio di salotti, ma non è che conosca migliaia di persone. E poi sei o sette mesi all'anno sono in giro per l'Italia. Mi dispiace, ma questo Bianchini non l'ho mai sentito nominare.»

«Scusate, Lanzafame, avete per caso una sigaretta?» gli domandai prima di lasciarlo andare. «Ho finito le mie e non ho avuto il tempo di mandarle a comprare.»

«Ci mancherebbe. Non so se vi piacciono, fumo le Macedonia», rispose l'attore estraendo dal taschino un pacchetto pieno a metà. «Potete tenerle, su in camera ne ho molti altri.»

Era il turno di Massimo Riccardis. Il giovane si presentò con passo risoluto e l'aria di un uomo sicuro di sé. Sorridente, ma attento a non passare per sbruffone, mi chiese il permesso di accendersi una sigaretta e fece il gesto di offrirmene una, sporgendo il pacchetto verso di me.

«Grazie signor Riccardis, ma preferisco le mie Macedonia. Che marca fumate?»

«Si chiamano Excelsior, maggiore. Sono svizzere e me le procura personalmente un amico diplomatico che vive a Ginevra. Ogni tanto mi spedisce qualche stecca, ma ora ho quasi finito la scorta e temo che in Eritrea sarà impossibile trovarle, non pensate?»

«Ho proprio paura che dovrete accontentarvi delle Nazionali», gli risposi con un sorriso, avvicinando il posacenere.

Era un tipo astuto. Colto e gradevole, ma soprattutto scaltro. Rispondeva alle domande con estrema flemma, aspettando qualche istante prima di parlare persino se gli chiedevo dov'era nato. Faceva la parte di quello un po' svagato, che ha bisogno di concentrarsi anche per ricordare le cose più facili. In realtà prendeva tempo in attesa di interrogativi più complicati. Un tenentino alla sua prima indagine forse ci sarebbe caduto: avrebbe pensato che quell'atteggiamento faceva parte della sua natura e, in seguito, non si sarebbe stupito più di tanto nel vederlo tergiversare di fronte alle domande più stringenti. Per sua sfortuna non ero più un tenentino di prima nomina da almeno vent'anni. Quindi compresi subito il suo gioco. Gli buttai lì una dozzina di domande più o meno prevedibili, le stesse che in quel momento

Anelli e Barbagallo stavano ponendo agli altri attori della compagnia. Negò di conoscere sia Puricellli sia Bianchini, e quando arrivai a De Sanctis e alla Croce del Sud rimase impassibile. Non gli chiesi della relazione con Tiziana, perché immaginavo che avrebbe risposto allo stesso modo della ragazza.

Mi accesi una sigaretta e ricambiai l'offerta di poco prima, ma Riccardis ringraziò dicendo che preferiva le sue svizzere e ne prese un'altra dal suo pacchetto. Ci osservavamo come giocatori di scacchi, cercando di prevedere la mossa dell'avversario e di precederla spostando il pezzo giusto. Dopo aver chiuso il taccuino degli appunti, lo guardai fisso negli occhi.

«Spero di non avervi strapazzato troppo, signor Riccardis. Vedo che avete perso il vostro solito aplomb, siete sudato e avete anche i baffi in disordine.»

«No, che dite, maggiore. È che qui fa un po' troppo caldo, anche se è cento volte meglio di Massaua.»

Estrasse un fazzoletto immacolato e si asciugò platealmente la fronte, poi cercò in una tasca il pettinino e diede una ripassata ai baffetti curatissimi.

«Che bell'oggetto, è per caso in corno di cervo?» gli chiesi.

«No, è d'avorio. L'ho comprato a Roma, in un negozio vicino a piazza Navona, credo provenga dalla Somalia.»

«Posso vederlo? Molto elegante, davvero. Quando portavo i mustacchi, anni fa, ne possedevo uno anch'io, ma era semplice tartaruga, niente di paragonabile a un simile gioiellino. Oh... ma dovete fare attenzione: guardate, manca un dente, pare si sia spezzato.»

Riccardis si riprese il pettinino e lo fece sparire in una tasca della giacca.

«Sì, lo so. Dev'essere successo durante il viaggio in nave: quando sono sbarcato a Massaua era già in queste condizioni. Ma non importa, è un dente laterale: il pettine svolge ancora egregiamente la sua funzione.»

Ci salutammo stringendoci la mano e scesi a vedere se Anelli e Barbagallo avessero terminato d'interrogare i testimoni. Il tenente era già al bancone del caffè Senhaìt che civettava con una ballerina, mentre il sottufficiale, in un angolo del salone, stava finendo di ascoltare il regista Ferrando. Mezz'ora più tardi, dopo aver lasciato un paio di zaptié di guardia davanti all'albergo, varcammo la soglia del comando di Cheren. Ci installammo nell'ufficio di Anelli e, dopo esserci fatti portare dall'attendente tre boccali di birra fresca, mi rivolsi al maresciallo: «Fatti chiamare con urgenza il comando di Massaua. Voglio parlare subito con il tenente Calderoni».

XXIX
In fuga

Barbagallo impiegò una decina di minuti per avere la linea. E un altro quarto d'ora se ne andò nell'attesa che al comando rintracciassero il tenente Calderoni, uscito per non meglio precisate ragioni di servizio. Immaginai che il buon De Sio fosse corso a tirarlo fuori dal bordello di madame Vittoria, dove il giovane passava buona parte del suo tempo libero, almeno a dar retta ai pettegolezzi da caserma. Quando mi richiamò, quasi lo investii con la voce: «Calderoni, ho bisogno che diate subito un'occhiata ai reperti trovati ad Abd el Cadér, dove hanno ammazzato quel poveraccio di Bianchini. Sì, aspetto in linea, ma siate rapido».

Anelli e Barbagallo mi stavano ad ascoltare con aria interrogativa e, quando estrassi dalla tasca della giubba un fazzoletto pieno di cicche e di cenere, mi guardarono come un matto. Il maresciallo si alzò per prendere un posacenere, ma gli feci cenno di lasciar perdere e svuotai il fagotto sul tavolo. Calderoni ritornò alla cornetta dopo cinque minuti.

«Ora, ascoltatemi bene. Prendete quei mozziconi che avete raccolto vicino al cadavere di Bianchini. Sì, proprio quelli… ebbene, esaminateli con cura e ditemi se si riesce a leggere la marca delle sigarette. Ho capito, lo so che sono stati fumati fin quasi al filtro, ma guardate se si vede qualcosa. Come dite? Si intravedono poche lettere? Bene, ditemi che cosa riuscite a leggere. Dunque c'è una X, una C, una L e una R… potrebbe essere

Excelsior? Sì? Ecco, guardate anche l'altro mozzicone e ditemi che cosa si distingue. Anche lì si intuisce una X, una E e una L, molto bene. Ora prendete quella scheggia d'osso e osservatela con attenzione e ditemi a che cosa rassomiglia.»

Sollevai lo sguardo e sorrisi, perché mi resi conto che il maresciallo e il tenente non avevano ancora capito. Non era colpa loro, del resto. Non potevano sapere quel che mi era balzato agli occhi durante l'interrogatorio.

«Come dite? È lunga un centimetro, arrotondata sulla punta e con i segni di una frattura alla base... Perfetto, ora ditemi: secondo voi, anziché osso potrebbe essere avorio? Eh, lo so che non siete un orefice né un commerciante di articoli d'arte, ma avrete già visto nella vostra vita un oggetto d'avorio, no? Mostratela pure al maresciallo De Sio... anzi, passatemelo. De Sio, secondo te è di osso, corno oppure d'avorio? Sì, certo, puoi dargli una pulita per osservarla meglio. Allora? È avorio? Ne sei sicuro? Molto bene, allora custodite i reperti con la massima attenzione, è probabile che ci saranno utili per smascherare l'assassino. D'accordo, d'accordo, salutami il tenente, non ho altro da dirvi. Ciao.»

Mi girai verso Anelli e Barbagallo con un sorriso compiaciuto sulle labbra.

«Tenente, prendete un paio di zaptié e venite con me e il maresciallo all'albergo Senhaìt. Dobbiamo arrestare Massimo Riccardis!»

Il giovane ufficiale sbarrò gli occhi.

«Siete certo che è lui l'assassino che state cercando?»

«Sul luogo dove è stato rinvenuto il corpo della seconda vittima i miei uomini hanno anche trovato un paio di mozziconi di sigaretta e una piccola stecca in avorio. Poco fa ho accertato che quel bellimbusto di Riccardis fuma solo sigarette di marca Excelsior, se le fa arrivare apposta dalla Svizzera. E al pettinino in avorio che usa per lisciare i suoi bei mustacchi manca giusto un dentino, delle stesse dimensioni del frammento rinvenuto ad Abd el Cadér. Se il gagà non è l'assassino, vuol dire che è un uomo davvero sfortunato, perché tutti gli indizi portano a lui. Andiamo, non c'è un minuto da perdere!»

Poco dopo bussammo alla porta della stanza di Riccardis. Troppo tardi. Se l'era già svignata. Perquisimmo la camera. L'attore se n'era andato in fretta e furia, lasciando la maggior parte dei suoi effetti personali. Feci subito chiamare Lanzafame e gli altri della compagnia e da un rapido controllo risultò che si era allontanato con una valigetta di pelle e pochi indumenti, vestendo l'abito di lino chiaro che indossava la prima volta che ci eravamo incontrati, allo sbarco dal *Genova*. Nessuno sapeva dove fosse andato, anzi, la sua fuga aveva colto tutti di sorpresa. Soltanto il portiere raccontò di averlo visto uscire dal Senhaìt un'ora prima, senza neppure salutare.

«Andava di fretta», spiegò. «Si è allontanato a piedi in direzione della strada che va verso Agordat.».

Imprecai di rabbia. Se Massimo Riccardis fosse riuscito a raggiungere Agordat, con un po' di soldi e una buona dose di fegato avrebbe potuto intrupparsi in una carovana in partenza per il Sudan. Oppure scendere verso sud e sconfinare in Abissinia. Gli italiani non avevano vita facile nel regno del Negus, ma se il tipo disponeva di quattrini non sarebbe stato complicato procurarsi documenti falsi e la protezione degli avidi ras locali. Una cosa era certa: se non l'avessimo acciuffato prima di Agordat, le sue probabilità di farla franca sarebbero state prossime al cento per cento.

Ci riunimmo al comando per organizzare la caccia all'uomo. Barbagallo e io saremmo andati avanti con la camionetta FIAT 508, mentre il tenente Anelli e quattro dei suoi uomini ci avrebbero seguiti a bordo di un Ceirano 47, il piccolo autocarro da pochi mesi in dotazione al corpo coloniale. Una staffetta su una moto Guzzi 500 ci avrebbe preceduti con l'incarico di avvistare il mezzo sul quale si era allontanato Riccardis e avrebbe anche garantito i collegamenti con Anelli e i suoi.

Interrogando un paio di connazionali residenti del quartiere occidentale di Cheren, sulla direttrice di Agordat, venimmo a sapere che in effetti un uomo con un vestito chiaro e una valigetta di pelle si era fatto dare un passaggio da un camion della società Adriatica Trasporti, diretto ad Agordat. Aveva almeno un'ora di vantaggio, ma la Guzzi filava veloce anche sulle piste sterrate e la nostra camionetta ci aveva già dimostrato di sapere il fatto suo. In due, massimo tre ore, li avremmo raggiunti. Tesfaghì, che aveva ancora un turbante di bende intorno alla testa, fece il diavolo a quattro pur di venire con noi e alla fine mi strappò il permesso di sedersi sul sedile posteriore della 1100 militare, taciturno e impassibile come sempre. Prima di partire aveva affilato con cura la doppia lama del suo *billao*.

«Guarda che lo voglio vivo», mi ero limitato a ricordargli, sperando che il suo desiderio di vendetta non prevalesse sulla disciplina militare.

Il motociclista scomparve in un lampo, alzando una nube di polvere, mentre Barbagallo ingranò la prima e sgommando sul pietrisco si lanciò all'inseguimento di Riccardis. Anche il maresciallo era di pessimo umore. Pochi minuti prima la soluzione del mistero ci era sembrata a portata di mano e invece ce l'eravamo fatta sfuggire sotto il naso. Mi diedi per l'ennesima volta del cretino: perché non avevo lasciato uno zaptié di guardia davanti all'albergo? Anche un cadetto d'accademia ci sarebbe arrivato. Ma no, io volevo dimostrare di essere più intelligente di tutti, anche di quello stramaledetto Riccardis. Invece il suo cervello aveva funzionato molto più in fretta del mio. Non si era affatto bevuto le mie domande, in apparenza casuali, sulle sigarette e sul pettine lisciabaffi. Anzi, aveva capito che mi stavo avvicinando alla verità e aveva bruciato le mie mosse. A costo di tradirsi, perché se dopo l'interrogatorio potevo ancora avere un dubbio, ora ero sicuro che l'assassino era lui.

Non sapevo ancora per quale motivo avesse ammazzato Puricelli e Bianchini né perché volesse far la pelle a Zambruno. Ma ormai ero sicuro che fosse lui il sicario che inseguivamo da quasi due settimane. La chiave di tutto andava cercata nella torbida storia della Croce del Sud, ma non riuscivo a immaginare che cosa c'entrasse un raffinato giovanotto con velleità artistiche con i vecchi traffici di Puricelli. Sempre che non fosse stato prezzolato da qualcuno che voleva saldare i conti con quei malfattori.

Il maresciallo intuì i miei cattivi pensieri e come al solito cercò di infondermi un po' di fiducia. Essere ottimista era per lui fastidiosamente naturale.

«Caro maggiore, non vi preoccupate. Vi prometto che entro un paio d'ore acchiapperemo quel dannato elegantone da strapazzo, o non mi chiamo più Barbagallo Eusebio. State tranquillo che non appena gli metto le mani addosso gliela faccio passare io la voglia di andare in giro a tagliar teste, per tutti i diavoli!»

Nonostante la situazione, mi venne da sorridere al pensiero di Barbagallo che prendeva a schiaffoni il damerino.

«Se lo acciuffiamo te lo lascio per cinque minuti, promesso», gli risposi. «Ma prima vedi di disarmarlo, perché quel tipo è più velenoso di un serpente.»

«Non temete, prima gli faccio un buco nella gamba e poi gli chiedo se è armato.»

«Vacci piano anche tu, ho già detto a Tesfaghì che lo voglio vivo. Ci deve spiegare un sacco di cose e sarebbe un peccato se dovesse andarsene all'altro mondo prima di averci raccontato perché ha deciso di gironzolare per l'Eritrea a fare il tagliatore di teste.»

La 1100 ansimava sui tornanti dell'altopiano, mentre alla nostra sinistra svettavano i quasi duemila metri della punta Scialacò. La camionabile s'inerpicava fra aride gole di montagna, interrotte di tanto in tanto dalle macchie verdi dei boschi di oleastri e dai cespugli di ginepro. A volte ci imbattevamo in piccole carovane di muli, che rifornivano di cibo e spezie i villaggi più isolati. Tesfaghì faceva da interprete.

«Sì, maggiore. Loro vede passare camion pieno di sacchi circa un'ora prima. A bordo c'erano due uomini.»

L'autocarro con Anelli e gli altri agenti seguiva a pochi chilometri di distanza, mentre della staffetta motorizzata non c'era traccia. Ora la strada era in discesa e Barbagallo scalava le marce per non affaticare i freni, ormai surriscaldati. Dopo l'ennesima curva si apriva uno spiazzo in ombra e lì raggiungemmo l'agente motociclista, fermo a lato della pista. Pochi minuti prima aveva intravisto l'autocarro di Riccardis affrontare i tornanti più a valle e aveva deciso di aspettarci per dare la buona notizia.

Diedi un'occhiata con il binocolo e in effetti, a un paio di chilometri, individuai una nuvola polverosa che segnalava la marcia di un automezzo. L'ignaro autista aveva quasi raggiunto la pianura e nelle vicinanze s'intravedevano i resti di un antico fortino, costruito nella campagna militare contro i dervisci del secolo scorso. La vegetazione si era fatta più fitta e vicino alle macchie di tamarischi svettavano ciuffi di palme incurvate dal vento. Poche decine di chilometri più in là sorgeva Agordat.

Ordinai al motociclista di aspettare l'autocarro di Anelli e feci cenno a Barbagallo di ripartire. L'assassino era di nuovo alla nostra portata. Il maresciallo diede fondo alle sue doti di pilota, affrontando le curve come Nuvolari alla Mille Miglia. Un quarto d'ora più tardi vedevamo il polverone sollevato dal camion a poche centinaia di metri da noi. Estrassi la Beretta d'ordinanza, mentre Tesfaghì controllava la carica del moschetto.

«Cerca di sorpassare l'autocarro e di costringerlo a fermarsi», dissi rivolto a Barbagallo, «e tu, Tesfaghì, tieniti pronto con il fucile. Mi raccomando, colpo in canna e massima attenzione, non sappiamo se il tipo è armato oppure no. Non sparare senza il mio ordine.»

Lo scium-basci annuì, mentre il maresciallo si curvava sul volante. Sentivo il cuore rimbombare nel petto e rimpiansi che Anelli e i suoi uomini fossero tanto indietro. Forse avrei fatto meglio a ordinare all'agente motociclista di venire con noi, in certe circostanze una pistola in più può sempre servire. Ma era troppo tardi per pentirsi. Barbagallo affrontò sgommando l'ultima curva ed entrò in una piccola foresta di palme, tallonando il veicolo pesante. Contavo sul fattore sorpresa, perché la fitta nube di polvere ci aveva nascosto fino a pochi metri prima, ma quando superammo il camion notai che il conducente aveva l'aria atterrita.

Barbagallo frenò mettendosi di traverso lungo la strada, ma l'autocarro proseguì la sua marcia speronando il bagagliaio della camionetta. L'impatto mi proiettò contro il maresciallo, mentre Tesfaghì volava fuori dall'abitacolo. Cercai a tentoni di riprendere la Beretta, che era finita sul fondo della vettura, e notai che l'autista aveva perso il controllo del camion ed era finito con una ruota in un fosso, sul lato sinistro della pista. Sentii gridare.

«Maggiore, non fate scherzi oppure gli faccio saltare le cervella!»

Riccardis impugnava una rivoltella e la puntava alla tempia del camionista, che nello scontro aveva sbattuto la fronte sul parabrezza e sanguinava. L'assassino mi guardava con occhi spiritati e portava una lunga scimitarra a tracolla.

XXX
Vicolo cieco

Barbagallo aveva già messo mano alla Beretta e Tesfaghì si era rialzato. La sua ferita aveva ripreso a sanguinare, ma teneva Riccardis sotto il tiro del moschetto. Questi era balzato giù dall'abitacolo e si faceva scudo con il povero camionista. Non c'era via d'uscita. Per nessuno. L'assassino non poteva scappare, ma noi non avremmo mai potuto arrestarlo senza mettere in pericolo la vita dell'autista. L'imminente arrivo di Anelli e dei suoi non avrebbe migliorato la situazione. L'attore era una belva braccata, non aveva nulla da perdere. Neppure per un istante pensai che giocasse a fare la parte del duro, nella speranza di ingannarci. Prima di farsi prendere avrebbe spacciato il camionista e forse qualcuno di noi.

«Non fate pazzie», gli urlai abbassando la canna della rivoltella. «Ormai siete in trappola. Fra poco arriveranno gli uomini del tenente Anelli e la guarnigione di Agordat è già stata allertata. La vostra fuga è finita. Spargere altro sangue è inutile.»

Riccardis mi guardava con odio, senza smettere di minacciare il conducente dell'Adriatica Trasporti. La mano era ferma, lo sguardo risoluto, ma rivoli di sudore gli scendevano dalla fronte e tradivano le sue emozioni. Come ogni essere umano, anche lui aveva il terrore di morire. Era un omicida crudele e spietato, ma ora aveva paura.

«Potreste far arrivare pure l'esercito», mi rispose beffardo, «io non mi arrendo. E se devo andare all'inferno mi porto dietro quest'uomo e magari anche voi, maggiore. Non ho più nulla da perdere.»

Era vero. Un uomo disperato, con le spalle al muro e l'alternativa di scegliere fra il plotone d'esecuzione e una pallottola vagante, è sempre in vantaggio. Con chiunque. In lontananza si udiva il rombo di un autocarro in avvicinamento, forse Anelli con i suoi uomini. L'arrivo dei rinforzi avrebbe reso Riccardis ancora più nervoso. Non potevo far altro che trattare.

«Ditemi che cosa volete per rilasciare il camionista. Basta che non facciate pazzie.»

«Voglio la vostra camionetta e una tanica di carburante. Lo libero soltanto se in cambio mi date il maresciallo come ostaggio, fino alla frontiera. Poi lo lascerò andare senza torcergli un capello. Vi do la mia parola.»

Vidi Barbagallo impallidire e stringere con forza la pistola. Con movimenti impercettibili Tesfaghì cercava di aggirare la posizione del criminale, ma un mio cenno lo fermò.

«Il maresciallo non si muove da qui. Se volete un ostaggio, ebbene sarò io. So condurre la camionetta e per voi un ufficiale in ostaggio sarà un lasciapassare ancora più efficace.»

Massimo Riccardis scoppiò in una risata sardonica.

«Ma bene! Abbiamo un eroe fra noi. Allora Virginia aveva ragione a tessere le vostre lodi», rispose in tono provocatorio.

Feci uno sforzo per controllarmi: in certi momenti lasciarsi sopraffare dall'emozione è un passaporto sicuro per l'Aldilà.

«È inutile che perdiate tempo», rilanciai, «ditemi se accettate la mia proposta. Fra poco i nostri colleghi saranno qui e non so se riuscirò a tenerli a freno quando vedranno la vostra faccia da assassino.»

Il sicario abbozzò un sorriso crudele.

«Sarete un ottimo compagno di viaggio, ne sono sicuro. Dite ai vostri uomini di deporre le armi e di gettarle nel fosso, poi spingete la Beretta verso di me e avvicinatevi con le braccia alzate. Quando sarete a un metro, lascerò andare quest'uomo. Ma non tentate di farmi brutti scherzi, altrimenti lo faccio fuori e sparo pure a voi.»

Ordinai a Barbagallo e Tesfaghì di buttare rivoltella e moschetto ai bordi della pista, incurante dei rimproveri del maresciallo, che insisteva per andare lui ostaggio dell'assassino. Gli strizzai l'occhio, cercando di sdrammatizzare.

«E se ti succede qualcosa, chi la sente la tua Gina?»

Avanzai piano. Riccardis aveva preso la mia Beretta e se l'era infilata nella cintura, mentre con l'altra pistola minacciava il camionista, sempre più pallido. Quando arrivai a mezzo metro gli diede uno spintone e lo gettò a terra, afferrandomi per un braccio. Mi era venuto in mente di provare a disarmarlo, giocando sul fattore sorpresa, ma era troppo rischioso. A dispetto delle apparenze da elegantone, non era uno sprovveduto e aveva un fisico prestante e ben allenato. E poi quando osservi la canna di una rivoltella dalla parte sbagliata, ti passa la voglia di fare lo spaccone.

La 1100 militare era ammaccata nella parte posteriore, ma ancora in grado di camminare, il serbatoio pieno a metà e la tanica di riserva miracolosamente intatta. Tenendomi sotto tiro, Riccardis mi fece sedere alla guida del mezzo, mentre lui si accomodava dietro. Sentivo l'acciaio della pistola contro la nuca.

«Adesso dite ai vostri uomini di distendersi ai bordi della strada», mi sussurrò nell'orecchio, «e di non rialzarsi finché non saremo lontani. E soprattutto di non provare a seguirci, altrimenti vi caccio una palla nella testa.»

Diedi l'ordine, consapevole che non sarebbe stato eseguito fino in fondo. All'arrivo di Anelli ci avrebbero tallonato a distanza, anche se la camionetta era più veloce dei pesanti camion militari. Avrei scommesso mille lire contro un centesimo che Barbagallo non mi avrebbe abbandonato.

Misi in moto e dopo pochi minuti attraversammo su un ponticello di legno il fiume Barca, mezzo secco, e ci inoltrammo nel grande bosco dove quarantacinque anni prima i nostri connazionali avevano sbaragliato i dervisci sudanesi del Mahdi, gli stessi che massacrarono a Khartoum le truppe egiziane del leggendario condottiero inglese Gordon Pascià. Fu una delle più grandi imprese dell'esercito italiano, alle prime armi nelle guerre coloniali, come una sera mi raccontò l'amico Furio Morandi. Il primo scontro avvenne proprio nei pressi del fiumiciattolo: nel 1890 un migliaio di dervisci invase il territorio del Béni Amer, devastandolo e prendendo centinaia di prigionieri tra gli indigeni. Arrivarono da Cheren due compagnie e, dopo un aspro combattimento, scacciarono i mahdisti e rioccuparono Agordat. Bizzarro che il ricordo mi venisse in mente proprio in quella circostanza, quando anch'io stavo rischiando la pelle.

Mezz'ora dopo raggiungemmo la città di Agordat, capoluogo del Bassopiano Occidentale. Riccardis m'intimò di tirare avanti senza fare scherzi e per essere più convincente mi tenne la pistola premuta contro la tempia. Entrammo in città, accolti dall'allegra e rumorosa confusione del mercato indigeno. Superai l'ospedale, la bianchissima moschea e la residenza del governatore, e ben presto imboccammo a sudest la camionabile per Barentù. L'attraversamento di Agordat non aveva riservato sorprese. Due o tre passanti ci avevano guardato con curiosità, ma in giro non c'erano soldati né militari dell'Arma e pochi avevano fatto caso a un mezzo militare con due persone a bordo, anche se una era in abiti civili.

Ci inoltrammo in una piana ondulata e poco abitata, una savana brulla interrotta ogni tanto dalle macchie verdi delle acacie spinose e dalle sagome gigantesche dei baobab. Riccardis sembrava più rilassato. Sentendosi più sicuro, balzò davanti e si accomodò sul sedile al mio fianco, accendendosi una delle famose Excelsior. Mi offrì una sigaretta, sorridendo.

«Ne volete una, maggiore? In fin dei conti è anche grazie a queste che alla fine mi avete scoperto, non ho ragione?»

«In effetti mi hanno dato un grosso aiuto, lasciare quei mozziconi è stato uno dei pochi errori che avete commesso.»

«Già. Le cicche… Ma dovete aver trovato anche il dente del mio pettinino, non è così?»

«Proprio vicino al cadavere di Bianchini, nei pressi della pescheria di Abd el Cadér. Non vi eravate accorto di averlo perso, vero?»

«Mi resi conto che era saltato soltanto il giorno dopo, ma non avevo idea che fosse successo proprio lì, mentre aspettavo l'arrivo di quel figlio di puttana. Però sono convinto che abbiate iniziato a sospettare di me molto più tardi, forse addirittura l'altra notte a Cheren.»

«In effetti l'aggressione a padre Baldassarre mi ha fatto intuire che avrei dovuto cercare l'assassino nella compagnia di Lanzafame. Troppi indizi, troppe coincidenze. Non potevano essere semplici casualità: gli omicidi hanno avuto inizio con il vostro arrivo a Massaua e le vittime erano legate fra loro, per via della Croce del Sud. Anche Zambruno era un bersaglio, ma nessuno sapeva che da anni indossava le vesti di un frate. All'inizio lo ignoravate persino voi, ditemi la verità.»

«Quel gran bastardo sembrava essersi volatilizzato. In Italia ho cercato per mesi di sapere dove fosse finito, ma nessuno riusciva ad aiutarmi. Non ho trovato nulla neanche qui, fino all'altro giorno, quando siete stato voi a compiere un errore.»

«Sono stato un idiota. Ho rivelato a Virginia la vera identità di padre Baldassarre senza pensare che orecchie indiscrete ci avrebbero potuto ascoltare. Invece nel bagno del camerino c'era Tiziana, non è vero? Una ragazza molto curiosa. E molto innamorata di voi: al punto di diventare vostra complice.»

Riccardis scoppiò in una risata sarcastica.

«Complice? E secondo voi mi sarei fidato di quella sciocchina? Tiziana non sa nulla, ma come avete ben detto è molto curiosa. Curiosa e pettegola. Sa sempre tutto di tutti e ci vuol poco a farla chiacchierare. Quando mi disse di aver origliato il vostro discorso e mi parlò di un vecchio religioso messo sotto protezione, ho subito capito che si trattava del mio uomo.»

«Quindi avete fatto tutto da solo? Anche con Puricelli e Bianchini?»

«Non è poi così difficile, se si sa usare questo aggeggio», commentò accarezzando lo spadone che pendeva al suo fianco. «Mi sono allenato molto, in Italia. Con Puricelli è stato piuttosto facile, mentre Bianchini ha cercato di scappare e ho dovuto finirlo a pugnalate. E pensare che mentre decapitavo il primo si è rotta una vite del manico della scimitarra, tanto che ho dovuto poi fare io stesso una riparazione di fortuna, per poter continuare a utilizzarla.»

«E per poco stavate per ripetervi la notte scorsa, al convento.»

«Ero consapevole che sarebbe stato difficile uccidere Zambruno, visto il servizio di guardia che avevate predisposto, ma un'occasione simile non si sarebbe più presentata. Di lì a poco avremmo fatto le valigie per Asmara e non sapevo se avrei mai potuto ritornare a Cheren senza dare nell'occhio.»

«Così ci avete provato lo stesso, senza curarvi che ci andasse di mezzo uno zaptié che non c'entrava nulla…»

«Andiamo, maggiore, non siate ingenuo. Cosa volete che mi importi di un indigeno da quattro soldi? Ci vuole ben altro per fermare la mia sete di vendetta. Certo, non ce l'avevo con lui, quel poveraccio si è trovato al posto sbagliato nel momento sbagliato. Succede, purtroppo. Se non ci fosse stato lui, avrei colpito un altro, magari voi o il vostro fedele maresciallo. O chiunque altro, fosse pure Gesù Cristo in persona!»

Mi voltai per guardarlo in faccia, sconcertato dal tono crudele e dal rancore che s'intuiva nelle parole di Riccardis. Aveva gli occhi lucidi, febbrili. Serrava i denti e stringeva la pistola quasi a volerla schiacciare tra le dita.

«Perché tanto odio, spiegatemi? Sono giorni e giorni che mi sto tormentando per capire che cosa muova la mano dell'assassino, quale terribile segreto lo costringa a uccidere con tanta ferocia e perché la messinscena della testa tagliata. So che all'origine di tutto c'è la Croce del Sud, ci sono le porcherie di Puricelli e Zambruno, ma voi che c'entrate?»

«Se voi riusciste a vedere al di là di questo aspetto da attore del varietà, oltre i vestiti eleganti e i baffetti da damerino, forse potreste anche capire, caro maggiore.»

«Chi vi manda? Perché cercate vendetta dopo tanti anni?»

«Non fermatevi alle apparenze, ve l'ho detto. E neppure all'identità ufficiale. Massimo Riccardis non è il mio vero nome, l'ho inventato molti anni fa quando mi sono incamminato verso quest'esistenza da guitto, di cui mi sono sempre un po' vergognato.»

«Chi siete allora? Non ditemi che…»

L'uomo sorrise, dilatando gli occhi allucinati.

«Ce ne avete messo di tempo per capirlo, Morosini. Sono Carlo De Sanctis, il figlio del cavalier Virgilio.»

XXXI

Morire è un attimo

È strano. Non rimasi poi tanto sorpreso nell'apprendere la vera identità di Riccardis, come se inconsciamente l'avessi sempre intuito. Un criminale qualsiasi, un sicario prezzolato, non avrebbe agito con tanto odio e ferocia. Dietro al gesto, freddo e calcolato, di mozzare una testa e d'infilarla sulla cancellata, doveva per forza esserci di più. Mesi, anni di rancore. Notti insonni passate nell'angoscia. A macerarsi nel dolore, immaginando una vendetta lontana. Forse impossibile.

Non mi diedi neppure del cretino per non averci pensato prima. Come spesso accade, tenendo gli occhi troppo fissi sull'oggetto del nostro interesse, si finisce per perdere la visione d'insieme. Per settimane avevo passato al setaccio ogni minimo dettaglio del delitto di Puricelli e Bianchini. Avevo preso in esame tutti gli indizi, tutte le probabilità che mi potessero condurre al colpevole, ma non mi ero mai chiesto fino in fondo chi fosse l'assassino. Quali sentimenti rimescolassero la sua anima e lo spingessero a compiere una strage. Ora ce l'avevo di fronte. Vedevo la sua faccia, udivo la sua voce, distinguevo con chiarezza le goccioline di sudore che gli scendevano dalle tempie. E sentivo la Beretta premermi sul fianco. A ogni sobbalzo la canna mi affondava tra le costole, procurandomi un tuffo al cuore.

«Senti, Riccardis», gli dissi passando al «tu» senza neanche pensarci, «o se preferisci De Sanctis. Se vuoi ammazzarmi facciamola finita subito: fermo la macchina e mi spari un colpo in testa. Sono stufo di rischiare una pallottola nello stomaco ogni volta che prendiamo una buca.»

Si mise a ridere. Ora che c'eravamo allontanati dall'abitato di Agordat e che aveva rivelato la sua vera identità, sembrava più sollevato, quasi sereno.

«Lo sai che hai ragione, maggiore? Morire è un attimo, una piccola pressione sul grilletto e non ci pensi più. Risolti tutti i problemi, per sempre. Però lasciarci le penne per colpa delle strade eritree sarebbe davvero ridicolo, non te lo meriti.»

«Allora toglimi quella stramaledetta pistola dal fianco: puoi tenermi sotto tiro anche a distanza di venti centimetri, no?»

Allontanò la rivoltella e accese una sigaretta. Poi ne prese un'altra, l'accostò per qualche istante alla punta della sua e me la passò. Un gesto che aveva qualcosa di antico e cameratesco, mi ricordò i giorni in trincea ai tempi della guerra sul fronte veneto. All'epoca ero io il più giovane e mi toccava accendere per ultimo. Soffiando sul fiammifero del commilitone più anziano, per evitare che il cecchino nemico individuasse al buio la nostra posizione. De Sanctis esitò un paio di minuti, prima di parlare.

«Non vuoi conoscere il motivo per cui li ho uccisi?»

«Credo di saperlo già. Padre Baldassarre mi ha raccontato tutto: la Croce del Sud, gli inganni, il dissesto finanziario e alla fine la rovina di tuo padre. Una rovina economica e umana, che gli è costata la vita.»

Rallentai per non investire un gruppo di cammelli carichi di mercanzia, che procedevano lenti sul limitare della pista. I carovanieri fecero un cenno di saluto, al quale nessuno di noi rispose. De Sanctis aveva abbassato la pistola, ma continuava a tenermi d'occhio. Aveva lo sguardo lucido, vagamente perso nel vuoto. Si capiva che stava pensando a suo padre.

«No, non lo sai, invece. A te non è toccato di veder morire tuo padre in un manicomio. Invecchiato anzitempo, povero, umiliato e abbandonato da tutti. Persino da mia madre, che ormai si vergognava di lui. Solo mia sorella e io gli siamo rimasti vicino fino all'ultimo, e non è stato facile. Un incubo. Gli anni migliori della nostra vita li abbiamo dedicati a lui, rinunciando al nostro futuro. Maria Luisa non ha neppure terminato la scuola, per badare a nostro padre.»

Gli spuntò una lacrima sul bordo della palpebra, che scacciò come una zanzara molesta. Lo vidi deglutire, sopraffatto dall'emozione. Forse sarebbe stato il momento giusto per prenderlo di sorpresa. Una sterzata per fargli perdere l'equilibrio, una botta alla mano che impugnava la pistola: avevo almeno il cinquanta per cento delle probabilità di riuscire a disarmarlo. Invece non feci nulla. Serrai le dita sul volante e guardai davanti a me, strizzando gli occhi per scrutare meglio la pista. L'imbrunire ci era piombato addosso all'improvviso e i fari della camionetta stentavano a illuminare il suolo sassoso.

Carlo De Sanctis ora se ne stava in silenzio, fissando un punto immaginario sull'orizzonte. Di tanto in tanto dava un tiro alla sigaretta e la brace diffondeva uno strano chiarore sul suo volto, mettendo in rilievo il naso affilato e gli zigomi pronunciati. Non sapevo neppure se mi puntava ancora addosso la Beretta.

Alla nostra sinistra si ergeva un massiccio montuoso, le cime illuminate dagli ultimi raggi del sole. A destra c'era solo la steppa semidesertica, punteggiata da cespugli e macchie di bassa vegetazione. Non si scorgeva neppure una luce in lontananza, un villaggio o un gruppo di miseri *tucùl*. Però ero certo di avere dietro Barbagallo,

Anelli e gli altri militari. L'andatura sostenuta della 1100 militare li aveva tenuti a distanza, ma c'erano. Ci avrei giurato.

Era buio. Continuare ad andare avanti avrebbe messo a repentaglio le gomme della camionetta e la nostra stessa incolumità. Lo feci presente a De Sanctis, che si era acceso un'altra sigaretta e fumava senza dire una parola. Mi guardò con gli occhi vitrei, poi sembrò destarsi da quella specie di torpore in cui era rimasto per più di mezz'ora.

«Non voglio trucchi, altrimenti ti ammazzo come un cane. Se credi di fregarmi nella speranza che ci arrivino addosso i tuoi scagnozzi, ti sbagli. Se lì dietro vedo spuntare i fanali di un camion, per prima cosa ti sparo. Dritto in testa, tanto per non sbagliare.»

«Nessun trucco, puoi anche legarmi le mani e andare avanti guidando tu, ma nel giro di un quarto d'ora ci troveremo con le ruote forate o con la macchina bloccata in una buca. La pista è pessima e con questo buio solo un gatto potrebbe evitare i pericoli.»

Osservò con attenzione il tracciato, poi diede un'occhiata intorno. Alla fine scosse la testa e si arrese.

«Va bene, dobbiamo fermarci per la notte. Ma non qui. Va' avanti ancora, poi esci dalla pista e dirigiti verso quel palmeto a ridosso della montagna. Lì cercheremo un posto al sicuro dove bivaccare fino all'alba.»

Mezz'ora più tardi smontavamo dalla camionetta, sistemata dietro alcune rocce. Il palmeto era tutt'altro che un'oasi: tre o quattro piante spelacchiate che spuntavano da un terreno pietroso e asciutto. De Sanctis scelse un lieve avvallamento per sistemare il campo e passare la notte al riparo da sguardi indiscreti, ma come immaginavo mi proibì di accendere il fuoco. Buttammo giù una scatoletta di carne in gelatina, sgranocchiando un paio di gallette dure come il marmo. Poi il figlio del cavalier De

Sanctis accese due sigarette e me ne passò una. Anche mangiando non aveva mai smesso di tenermi sotto tiro.

«Hai perso una spallina, non te ne sei nemmeno accorto», mi disse.

Voltai la faccia nella penombra e annuii.

«Anche l'altra. Dev'essere successo in quella nostra scaramuccia prima di Agordat.»

«È buffo, no? Senza gradi, senza armi e senza uomini da comandare. Solo, in una landa desertica e sperduta in mezzo all'Africa, a migliaia di chilometri dall'Italia. In questo momento non sei più un ufficiale, non sei nessuno.»

«Un ufficiale dell'Arma non si misura soltanto dai gradi che porta sulla giubba. Ma forse tu non puoi capire.»

«Risparmia il tuo sarcasmo, Morosini. È vero, non ho esperienza di vita militare, ero partito da appena un mese come allievo in Marina quando hanno dovuto rimpatriare mio padre e internarlo in manicomio. Un amico di famiglia, uno dei pochi rimasti, mi ha dato una mano a ottenere il congedo. Sognavo di attraversare i mari, invece rimasi bloccato a Genova, costretto a lavorare in un ufficietto per aiutare mia madre e mia sorella. Anche di questo devo ringraziare quei pescecani di Zambruno e Puricelli.»

Il buio adesso era assoluto. Non c'era la luna e in cielo baluginava soltanto un pugno di stelle fioche, troppo lontane per rischiarare la notte eritrea. Faceva fresco e il fogliame delle palme accompagnava ritmicamente le folate di vento. Solo il frinire degli insetti spezzava quel silenzio irreale. Una perfetta notte africana, pensai. Di quelle che avrei ricordato con nostalgia, trent'anni dopo, seduto davanti al camino con un buon bicchiere di vino rosso in mano. Se mai fossi riuscito a portare a casa la pelle. Invece non sapevo neppure se avrei rivisto il sole, il giorno dopo. Perso nell'inferno dei suoi pensieri, Carlo De Sanctis non parlava più. Mi aveva legato mani e piedi con una cordicella, gettandomi addosso il *burnùs* per ripararmi, e avvolto nel mantello di Barbagallo se n'era andato a coricarsi un paio di metri più in là.

Mi balzò alla mente Virginia, e il pensiero che avrei potuto non rivederla più mi gettò nell'angoscia. Era già capitato di trovarmi a tu per tu con la morte e non avevo mai provato paura. Non più di tanto, insomma. Al fronte o durante uno scontro a fuoco, non c'è neppure il tempo di pensare che potrebbe finir male. L'istinto di conservazione e l'adrenalina che ti scorre nelle vene ti fanno muovere come un lucido automa. In quei momenti pensi a tutto, tranne che al rischio di venire ammazzato. De Sanctis in fondo aveva ragione. Se prima non ci rifletti troppo, morire è un attimo. E con un po' di fortuna, non fa neppure troppo male.

In quel momento, però, avvertivo un sottile panico insinuarsi sotto la pelle. La temperatura era bruscamente calata, ma i miei non erano brividi di freddo. Avevo paura. Paura di essere ucciso come un vitello al mattatoio, senza poter far nulla per impedirlo. Paura di perdere per sempre Virginia e di non fare più l'amore con lei. Paura di non rivedere i familiari, l'Italia e neppure Massaua. In preda all'ansia, mi misi scioccamente a far l'elenco di tutte le cose che mi piacevano e che non avrei più potuto fare, cercando di metterle in ordine d'importanza. Ne venne fuori una lista di banalità: una birra gelata davanti al porto, una nuotata nelle acque di Viareggio, una camminata alle pendici del Monte Rosa, un aperitivo in Galleria a Milano, una cavalcata nei boschi. Nulla di così profondo, in definitiva.

Mi sentii un perfetto idiota. Possibile che davanti alla prospettiva di andare all'altro mondo non fossi in grado di volare un po' più alto? Di pensare magari alla mia animaccia? Forse era tardi per scoprire di avere uno spirito limitato. Avrei dovuto pensarci prima. Facile baciar pile e invocare Dio quando senti che la tua ora si sta avvicinando a grandi passi. Invece, mi ero sempre tenuto un po' ai margini della fede. Mi sentivo «sperante», più che credente. Speravo che quel che i preti mi avevano raccontato da piccolo fosse vero e mi comportavo di conseguenza. Anche perché la maggior parte dei precetti mi apparivano giusti, nella sostanza, non c'era ragione di disattenderli.

Come tanti altri, avevo sempre accolto il cattolicesimo come religione di Stato e, prima ancora, familiare. Da ragazzino andare a messa, studiare il catechismo, santificare le feste e dire ogni tanto una preghierina mi erano sembrate occupazioni normali, come la scuola, il gioco con gli amici, le gite al parco con mamma e papà. Credere in Dio e seguire gli insegnamenti di Santa Romana Chiesa, in qualche modo, faceva parte della normale educazione di un buon italiano, così come amare la patria e il re.

Le prime domande esistenziali sarebbero arrivate molto più tardi, quando già indossavo l'uniforme di cadetto alla scuola militare. Ma, in quegli anni di adolescenza curiosa e inquieta, ben altre erano le priorità e i naturali interessi, per cui l'appuntamento con il divino era stato rinviato *sine die*. L'esperienza coloniale in qualche modo aveva riaperto una porticina su quel dilemma irrisolto. I lunghi silenzi, gli inevitabili momenti di solitudine e l'incontro con culture così diverse e lontane dalla nostra mi avevano reso più propenso a riaffrontare il problema. Oppure era una banale esigenza dettata dall'età: doppiato il capo di Buona Speranza dei quarant'anni, sentivo sfumare l'epoca dei desideri, dei sogni, dei progetti. Avvertivo i passi lenti ma inesorabili del tempo, e con essi l'esigenza di abbozzare i primi bilanci.

Ecco, in quella notte eritrea, sospeso tra le palme e le stelle, legato come un salame e in attesa che un mezzo matto decidesse la mia sorte, il frettoloso rendiconto della mia vita non mi diede conforto. Valutai che in definitiva i «meno» erano troppi, rispetto ai «più»: se il mattino seguente De Sanctis mi avesse sparato un colpo in testa, me ne sarei andato malvolentieri. Senza troppi rimpianti, magari, ma con l'amaro in bocca. E giurai a me stesso che non sarebbe accaduto.

XXXII
Un attimo

Dormii poco e male, avvertendo a più riprese un fastidioso formicolio a mani e piedi. Anche De Sanctis aveva avuto un sonno agitato. Un paio di volte lo sentii svegliarsi di soprassalto, messo in allarme da strani rumori, forse animali. Il sole sorgeva in lontananza offuscato da una fitta nebbiolina, fenomeno frequente sull'altopiano eritreo. Dopo essersi massaggiato la schiena per qualche minuto, l'assassino si lavò la faccia con l'acqua della borraccia e aprì il cofano della camionetta, per controllare lo stato del motore.

«Non temere, maggiore», mi gridò accorgendosi che cercavo con fatica di liberarmi del *burnùs* per mettermi seduto, «fra poco ce ne andiamo. La tua vettura è in perfette condizioni, manca solo un po' d'acqua nel radiatore.»

«Che intenzioni hai?» chiesi con voce roca.

«In un paio d'ore dovremmo arrivare ad Aicota», disse spiegando una mappa militare sul sedile dell'auto, «e di lì ci vogliono meno di cento chilometri per raggiungere la frontiera con il Sudan. Stanotte dormiremo a Càssala, anzi, ci dormirò io. Dopo aver passato il confine, sarai libero di andare dove diavolo preferisci.»

«Gli ufficiali italiani non sono ben visti in Sudan.»

«Sono fatti tuoi e ringrazia che non ti cedo a un mercante di schiavi. A Càssala conto di vendere la camionetta e di trovare una carovana che mi porti fino a Khartoum. Sarà una sfacchinata di 300 chilometri, ma laggiù mi sarà più facile trovare una nuova identità e ripartire da zero.

Addio De Sanctis, addio Riccardis e addio anche alla giustizia italiana.»

Purtroppo aveva ragione. I nostri rapporti diplomatici con il Sudan anglo-egiziano non erano dei migliori: chiedendo a Khartoum l'estradizione di un criminale, ci saremmo solo fatti ridere dietro. Se non fossi riuscito a fermarlo entro le poche ore di viaggio che ci separavano dalla frontiera, Carlo De Sanctis mi sarebbe sfuggito per sempre.

Stavo rimuginando per trovare una soluzione, quando avvenne l'imprevisto. Notai un'ombra scivolare nella nebbia, dietro alla 1100 militare, e prima ancora che riuscissi a capire qualcosa, dalla roccia alle mie spalle una voce familiare mi sussurrò una frase che avrei ricordato per tutta la vita: «State immobile, *soma 'rivà*».

De Sanctis venne verso di me impugnando la Beretta, ma prima che gli occhi potessero tradirmi, una sagoma scura si catapultò contro di lui, balzando giù da un grosso macigno. Rotolarono per qualche istante nella polvere e dalla nebbiolina saltarono fuori il tenente Anelli e una mezza dozzina di zaptié. Barbagallo, che mezzo minuto prima era dietro di me, al riparo di un masso, si scagliava nella mischia con sorprendente agilità, prendendo a pugni De Sanctis e facendogli volar lontano la rivoltella. Nella polvere riconobbi Tesfaghì, intento a legare le mani del prigioniero con una stringa di cuoio. Anelli si precipitò a slegarmi.

«Tutto a posto, sto bene», dissi massaggiandomi i polsi indolenziti.

Il maresciallo mi venne incontro e quasi mi abbracciò.

«Signor maggiore, grazie al cielo siamo arrivati in tempo. Se non fosse stato per il trucco delle spalline, non so se vi avremmo trovato.»

«Ma come vi è venuto in mente di fare il Pollicino?» aggiunse il tenente Anelli, visibilmente sollevato.

«Be', tutto fa brodo. A volte servono anche le fiabe», gli risposi sorridendo.

De Sanctis era seduto per terra, un occhio pesto, le mani legate dietro la schiena e un'espressione di sconfitta dipinta sul volto. Lo guardai. Era un assassino spietato, ma provai lo stesso pena per lui.

«Quando ieri sera abbiamo svoltato dalla pista principale sul sentiero che ci ha portato fin qui, ho lasciato cadere una spallina con i gradi», gli spiegai, «e l'altra l'ho gettata tre o quattro metri più in là, in modo che i miei capissero la direzione. Sapevo che Barbagallo e il tenente ci avrebbero seguiti ed erano gli unici oggetti che avevo a disposizione per lasciar loro un segnale.»

L'attore annuì, con un sorriso amaro sulle labbra.

«E pensare che ieri sera avevo subito notato che non portavi più i gradi.»

«Dobbiamo ringraziare l'occhio acuto di Tesfaghì», intervenne il maresciallo, «è lui che, alle prime luci dell'alba, ha intravisto nella nebbia la spallina sul ciglio della pista. Ci siamo fermati, abbiamo controllato con le torce e notato le tracce della camionetta. L'altra spallina, poi, ci ha tolto ogni dubbio e allora mi è venuta in mente la fiaba di Pollicino. Ho subito detto al tenente: volete vedere che quel diavolo di Morosini... Oh, scusate signor maggiore, lo dicevo in senso buono, *neh*!»

Non riuscii a trattenere una risata, mentre Barbagallo abbozzava e Anelli gli dava una rumorosa pacca sulle spalle. Se n'era andata anche la nebbiolina e il sole eritreo splendeva in un cielo color cobalto. Chiesi l'ora al tenente, perché il mio orologio s'era fermato, così mi resi conto che erano appena le sette e mezzo. Tutto era stato fin troppo rapido. I miei uomini avevano bivaccato a pochi chilometri di distanza, anche loro al buio per non farsi individuare da De Sanctis. Prima dell'alba il camion si era messo in moto a passo d'uomo, con Tesfaghì che lo precedeva di pochi metri per segnalare la pista e soprattutto per controllare eventuali tracce del nostro passaggio.

Dovevo ringraziare l'abilità dello scium-basci, ma anche un gran colpo di fortuna. Non era poi così scontato notare le spalline grigioverdi nella mezza oscurità, per giunta con la foschia che riduceva al minimo la visibilità. Ripensai alle mie angosce notturne, al panico che avevo provato quando mi ero sentito solo, abbandonato, in balia della morte. La mia debole fede non mi era stata di grande aiuto, ma a quanto pare qualcuno aveva deciso che non era ancora la mia ora. Ringraziai anche lui, chiunque fosse.

Uno zaptié mi portò alcune gallette rancide e una latta di confettura di pesche. Non avevo molta fame, ma pensai che fosse meglio buttar giù qualcosa prima di affrontare il viaggio di ritorno. Offrii un paio di biscotti a De Sanctis, che si era chiuso in un rassegnato mutismo e osservava con sguardo assente i preparativi per la partenza. Mi fece cenno che non ne voleva, però mi chiese una sigaretta. Ne accesi due e gliene misi una fra le labbra, riflettendo sugli scherzi della vita: il giorno prima al suo posto c'ero io, prigioniero e sconfitto, e toccava a lui accendermi una cicca. Adesso era tutto capovolto.

Ripartimmo con il sole già alto. Barbagallo al volante della «sua» camionetta, io di fianco e Tesfaghì sul sedile posteriore, taciturno come sempre. Anelli e i suoi uomini ci seguivano con il camion, sul quale era stato sistemato anche De Sanctis, legato e sorvegliato a vista dagli zaptié.

Ad Agordat prendemmo contatto con il comandante della stazione e mandai un telegramma urgente al colonnello Frangipane: il pover'uomo non riceveva notizie da giorni, forse mi aveva dato per disperso. O, più facilmente, dopo avermi coperto di miserie, mi aveva già rimosso dall'incarico di vicecomandante. Costrinsi il marconista agli straordinari e gli dettai un dispaccio abbastanza completo: «Dopo lungo inseguimento preso assassino – stop. Trattasi attore compagnia Lanzafame – stop. Carlo De Sanctis alias Massimo Riccardis – stop. Partenza immediata per Cheren – stop. Arrivo previsto stasera at comando locale – stop. Inviare colà eventuali consegne – stop».

Dopo una rapida colazione, ci rimettemmo subito in cammino alla volta di Cheren. Il tenente Anelli ci avrebbe dato una piccola scorta motorizzata per vigilare sul prigioniero, in vista del viaggio ad Asmara e di lì a Massaua. Contavo di arrivarci entro un giorno e mezzo. Ripassammo nella fitta foresta di palme dum, attraversammo il ponticello sul fiume Barca e ci inerpicammo sui tornanti che davano l'assalto ai contrafforti a est del fiume Carobel. Il brullo altopiano aveva lasciato posto a macchie di tamarischi e acacie spinose e piccoli torrentelli naturali riversavano acqua sulla camionabile, costringendo Barbagallo a zigzagare fra una buca e l'altra. Il camion di Anelli seguiva a fatica, sbuffando sulle curve a gomito che ci avrebbero fatto salire dai 638 metri di Agordat fino agli oltre 1300 di Cheren.

Osservai la cartina militare e la confrontai con il paesaggio che si spiegava sotto i miei occhi. Avevamo da poco aggirato il monte Sciabòr e davanti a noi distinguevo la massa rocciosa dello Scec Idrìss, che si elevava fino a 1144 metri sul livello del mare. La strada attraversava gole ombrose e costeggiava dirupi impressionanti, che si gettavano a strapiombo per centinaia di metri. Il sole del pomeriggio picchiava ancora forte, ma dalle cime lì intorno arrivavano folate di brezza fresca che mi ricordavano certe gite estive sulle Alpi, quando in compagnia di mia madre e dello zio Vittorio salivamo fino agli alpeggi, in cerca del latte appena munto e dei formaggi stagionati sotto il fieno.

Talvolta il vento s'incanalava negli anfratti delle gole ed emetteva orribili ululati, che i carovanieri eritrei attribuivano agli spiriti delle montagne. Non mancava molto a Cheren. Saremmo arrivati entro un paio d'ore, non di più. Sulla nostra destra svettava la cima del monte Scialacò, alto quasi duemila metri; mentre in basso a sinistra scorrevano impetuose le acque del Darotai, gettandosi dal massiccio montuoso verso l'altopiano di Agordat.

Diedi ordine al maresciallo di accostare a pochi metri da un ardito ponte in pietra, che ci avrebbe condotti sull'altra sponda del torrente. Un piccolo zampillo d'acqua fuoriusciva dalla roccia color ocra, l'ideale per rifornire le borracce. Mentre gli uomini bevevano, accesi una sigaretta e osservai De Sanctis seduto sul cassone del camion, legato e guardato a vista da un militare eritreo. Gli permisi di scendere e gliene offrii una, che fumò con avidità senza mai togliersela di bocca. Barbagallo stava controllando lo stato degli pneumatici, mentre Tesfaghì riempiva le borracce.

Il prigioniero aveva un aspetto pietoso: barba lunga, capelli scarmigliati, l'abito di lino chiaro ridotto a un cencio polveroso. Le scarpe di cuoio rigate e sporche. Diedi un'occhiata all'uniforme e capii che anch'io non ero proprio acconciato per un ballo di debuttanti. Barbagallo mi aveva ricucito le spalline alla bell'e meglio, ma una pendeva troppo in basso. La camicia aveva perso due bottoni e i calzoni si erano lacerati all'altezza del ginocchio. Sembravamo due reduci. In un certo senso era così.

De Sanctis si avvicinò, grattandosi il mento con entrambe le mani legate.

«Detto fra noi, cosa rischio?»

Non mi sembrava il caso di mentire.

«Il plotone d'esecuzione. Magari, se rivolgi una supplica al re o al Duce, l'ergastolo.»

Mi guardò con gli occhi socchiusi, come una fessura.

«È giusto, tutto sommato…»

«Vedi, se avessi commesso un delitto d'impeto, forse avresti avuto le attenuanti, per tutto ciò che quei due mascalzoni hanno combinato a tuo padre. Insomma, sarebbe stato diverso, avresti potuto cavartela con trent'anni. Ma sono stati omicidi premeditati, studiati a lungo ed eseguiti con ferocia, senza pietà. Nessun tribunale potrebbe avere clemenza.»

«Lo so, conoscevo i rischi che stavo correndo. Ci ho provato.»

Non sapevo più che cosa dire, mi sentivo a disagio. Avrei condotto De Sanctis dritto al plotone d'esecuzione e sapevo che era la cosa giusta. Però avvertivo lo stesso un sottile malessere. Mi girai di tre quarti, guardando le montagne imponenti sopra di noi. Sentii la sua ultima frase senza neppure poterlo vedere negli occhi.

«Ricorda quel che ti ho detto, Morosini. È solo un attimo…»

Mi girai di scatto e De Sanctis stava già correndo verso il ponte. Gridai al maresciallo di fermarlo, ma Barbagallo si era chinato sul motore e non fece in tempo a sbarrargli il passo. Anche Tesfaghì provò invano a raggiungerlo. Un istante più tardi il figlio del cavaliere si era già lanciato nel vuoto, senza un grido.

Recuperammo il cadavere, sfracellato cinquanta metri più in basso sulle rocce del torrente, soltanto il giorno successivo, grazie a una guida valdostana in servizio alla guarnigione di Cheren. Il giovane si calò con una corda doppia, aiutato da Tesfaghì, e con qualche difficoltà riuscì a imbragare il corpo e a riportarlo su.

Arrivando ancora sconvolto alla caserma di Cheren, la sera prima, avevo trovato un telegramma del colonnello Frangipane.

«Mi congratulo per brillante esito indagini – stop. Già informato procuratore Re per rapida istruzione processo – stop. Inviato dispaccio comando Asmara proponendo vostra promozione at grado tenente colonnello – stop. Attendovi impaziente – stop.»

XXXIII
Ultima sigaretta

Naturalmente non ebbi mai la promozione, fu già un miracolo se non venni mandato di fronte alla corte marziale. Al comando generale di Asmara, il fatto di aver lasciato suicidare un prigioniero colpevole di due omicidi, per giunta legato, era sembrato un errore che non poteva passar sotto silenzio. Per fortuna il procuratore del re, sua eccellenza Vittorio Amedeo Ghioni, considerò sufficienti gli indizi che avevamo raccolto nelle settimane precedenti. Nelle motivazioni del provvedimento con cui dichiarava estinto il processo «per sopraggiunto decesso del reo», accennava anzi al suicidio di De Sanctis come a «una manifesta assunzione di responsabilità da parte del sospetto, il quale con siffatto comportamento ha inteso dimostrare un tardivo pentimento per le terribili malefatte compiute». Sua eccellenza Ghioni non aveva capito nulla del gesto di De Sanctis, ma per me andava bene così.

Se riuscii a salvare i gradi, devo ammetterlo, fu anche merito di Frangipane. Al rientro a Massaua, il 25 marzo, mi convocò nel suo ufficio e mi sottopose a un liscio e busso da togliere il pelo. Barbagallo mi confidò poi di aver sentito le grida del colonnello fino al piano di sotto, e di aver seriamente temuto per la mia carriera. Ma dopo la sfuriata Frangipane prese le mie difese di fronte al comandante generale, e se la passai liscia fu grazie al suo intervento.

Un mese dopo la mia vita aveva ripreso a scorrere in modo normale. Anche troppo. I giornali riportavano con enfasi la notizia dell'incontro a Roma fra il Duce e il primo ministro inglese Eden: a livello ufficiale i rapporti diplomatici con Inghilterra e Società delle Nazioni sembravano in parte ricuciti, ma in Africa Orientale si respirava già aria di guerra. C'erano state altre scaramucce di frontiera con gli abissini e sul molo di Massaua, quasi ogni giorno, attraccavano navi che portavano truppe e supporto logistico per l'invasione. In città i più entusiasti già parlavano senza freni di un'imminente vendetta per le vittime di Adua.

Virginia era partita da tre settimane, diretta in Somalia con il resto della compagnia. Mi erano arrivate un paio di sue lettere e un telegramma, che annunciava il rientro in Italia dopo il solito successo di pubblico ottenuto a Mogadiscio. Il tono mi parve un po' freddo, vagamente distaccato, ma forse era solo una mia impressione. Prima che salpasse da Massaua, avevo tastato il terreno per capire se la nostra storia potesse avere un seguito. Lei non aveva raccolto, io non avevo insistito.

Ci rimasi male, lo ammetto. Facevo finta di considerarla un'avventura, ma in cuor mio avevo sperato che germogliasse qualcos'altro. Avevo persino considerato l'ipotesi di chiedere il trasferimento in Italia, magari non troppo lontano da Roma, dove Virginia abitava ormai da qualche anno. L'avevo intuito che mi sarei fatto del male, quella mattina del 10 marzo, quando avevo deciso di attendere sulla banchina lo sbarco dei passeggeri del *Genova.* Avevo voluto giocare con il fuoco, alla fine un po' mi ero scottato.

Ero ritornato a far visita alle ragazze di madame Chantal e avevo ripreso a far tardi nei caffè del centro con gli altri ufficiali. Ragazzoni e Morandi mi spinsero pure a ripristinare la tradizione delle «veglie del triumvirato», ma l'ufficiale medico, con la consueta schiettezza, mi riprese più volte: «Sei diventato un noioso e sentimentale rompipalle». Forse aveva ragione.

Una sera in cui ero particolarmente pensieroso, convinta di farmi un piacere, la *maîtresse* mise sul grammofono un'incisione appena arrivata dall'Italia, che laggiù stava riscuotendo un grande successo.

«Sentite che meraviglia, maggiore! È una canzone di Beniamino Gigli ed è così romantica.»

Dopo qualche scricchiolio, la puntina girò nei microsolchi e iniziò a riprodurre la musica. Era un valzer lento, con una bella melodia, accompagnata dalla voce potente del tenore.

Partirono le rondini
dal mio paese freddo e senza sole
cercando primavere di viole
nidi d'amore e di felicità.
La mia piccola rondine partì
senza lasciarmi un bacio
senza un addio partì.
Non ti scordar di me;
la vita mia legata è a te
io t'amo sempre più
nel sogno mio rimani tu.
Non ti scordar di me
la vita mia legata è a te
c'è sempre un nido
nel mio cuor per te.

I soliti sentimentalismi da canzonetta che fanno presa sul popolino, avrei pensato in altri tempi. Ma quella sera avvertii un groppo in gola. Pensai a Virginia, come accadeva ogni giorno, del resto. All'improvviso non ebbi più nessuna voglia di salire in camera con una delle ragazze di madame Chantal. Presi il copricapo e mi avviai verso l'uscita.

«Maggiore, vi sentite bene?» domandò premurosa la tenutaria.

«Sto benissimo, grazie, Chantal. Ho solo voglia di prendere una boccata d'aria.»

Girai nella notte tiepida per un paio d'ore, cercando di evitare le strade dove si concentravano caffè e locali notturni. Mi sentivo svuotato, però gli atteggiamenti da romantico disperato non facevano parte della mia indole: sarebbe stato meglio darsi una regolata. Quando rientrai decisi di riprendere in mano il libro di Seneca, che Furio mi aveva prestato settimane prima e che a causa del turbinio di eventi era rimasto sul comodino, iniziato a metà. Alcune parole del filosofo mi fecero ripensare ai recenti avvenimenti.

> La vita è lunga, se sai farne uso. C'è chi è preso da insaziabile avidità, chi dalle vuote occupazioni di una frenetica attività; uno è fradicio di vino, un altro languisce nell'inerzia; uno è stressato da un'ambizione che dipende solo dai giudizi altrui, un altro è sballottato per tutte le terre da un'avventata bramosia del commercio e per tutti i mari dal miraggio del guadagno.

Mi addormentai su quelle parole, esausto. Ma la mattina successiva, sapendo di avere poco lavoro, mi portai il libro in ufficio, con l'intenzione di leggere le ultime pagine. Per quanto non fossero argomenti leggeri, e tanto meno consolanti, la profondità del filosofo latino mi affascinava.

> Ognuno consuma la propria vita e si tormenta per il desiderio del futuro e per la noia del presente. Ma quello che sfrutta per se stesso tutto il suo tempo, che programma tutti i giorni come una vita, non desidera il domani né lo teme. Cosa vi è, infatti, che alcuna ora di nuovo piacere possa apportare? Tutto è noto, tutto è stato assaporato a sazietà. Per il resto la buona sorte disponga come vorrà: la vita è già al sicuro. A essa si può aggiungere, ma nulla

togliere, e aggiungere così come del cibo a uno ormai sazio e pieno, che non ne desidera ma lo accoglie.

Una mano che bussava alla porta mi distolse dalla lettura. Barbagallo si affacciò, con una specie di pacco sotto il braccio.

«Scusate, signor maggiore, il procuratore ha dissequestrato i reperti del caso De Sanctis e ce li ha restituiti. Che cosa volete che ne facciamo?»

Gli feci aprire l'involucro sulla scrivania e osservai gli oggetti appartenuti al rampollo dello sfortunato fondatore della Croce del Sud. Rividi i mozziconi di sigaretta trovati vicino al cadavere di Bianchini, un paio di pacchetti di Excelsior svizzere, il pettinino d'avorio con il dentino rotto, una tabacchiera in argento con le iniziali incise sul dorso, un portafogli, documenti personali, una foto di famiglia. E la scimitarra yemenita, comprata molti anni prima ad Assab da Nicola Zambruno e poi regalata al cavalier Virgilio De Sanctis. La stessa servita al figlio per inseguire la sua folle sete di vendetta.

«Lascia pure qui la spada e le sigarette, e butta via le cicche. Il resto fallo spedire a Genova, alla famiglia di Carlo De Sanctis.»

Cercai d'immaginare lo strazio dell'altra figlia del cavaliere, rimasta sola al mondo dopo la morte del fratello. Maria Luisa, si chiamava. Carlo me ne aveva parlato in modo sommario, durante la fuga verso Agordat. Chissà quanti anni aveva? Prima che Barbagallo si portasse via gli effetti personali, presi la foto di famiglia che l'attore teneva nel portafogli. Era stata scattata sul lungomare di un paese ligure, forse Rapallo o Zoagli. Il cavaliere indossava una camicia bianca, aperta sul collo, e un paio di semplici pantaloni di tela. Sembrava felice e abbracciava una donna elegante, che gli sorrideva. I figli si erano messi in posa di fianco alla coppia:

a sinistra Carlo, ventenne, con i baffetti già curati e il ciuffo ribelle; a destra Maria Luisa, adolescente, il volto imbronciato e un vestitino a fiori senza maniche.

Sentii un brivido lungo la schiena. Guardai meglio, avvicinando il ritratto. Il corpo era ancora acerbo e i capelli tagliati più corti, ma riconobbi senza difficoltà la fanciulla tenuta per mano dal papà. Era Tiziana, la biondina che tutti credevano l'amante di Massimo Riccardis.

Mi alzai di scatto, facendo cadere per la stizza il passacarte in pelle bordeaux.

«C'è qualcosa che non va, signor maggiore?» domandò premuroso Barbagallo.

«Nulla, fammi solo una cortesia: chiama la capitaneria di porto e pregali di mettersi in contatto radio con il comandante del piroscafo *Aliseo*, che ha fatto scalo a Massaua tre giorni fa.»

«Che cosa devono chiedergli?»

«Su quella nave c'è la compagnia di Lanzafame che rientra in Italia. Di' loro che s'informino se tutti i passeggeri sono ancora a bordo.»

La risposta del capitano arrivò nel giro di mezz'ora. Dopo aver attraversato il canale di Suez, l'*Aliseo* aveva lasciato le coste egiziane e navigava ormai verso la Libia. Il secondo comandante non aveva segnalato problemi sulla nave, ma aveva riferito alla capitaneria di un fatto curioso. Una passeggera era scesa di nascosto a Porto Said e, grazie alla mancia data a un mozzo, si era fatta sbarcare pure il bagaglio personale. I compagni di viaggio se n'erano accorti solo dopo la partenza dall'Egitto.

«Lì per lì hanno temuto un incidente», riferì Barbagallo, «poi il marinaio ha confessato di aver aiutato la signorina a lasciare il piroscafo.»

Il maresciallo mi lanciò un'occhiata di sottecchi, con l'aria furba.

«Questa è bella, signor maggiore. Indovinate chi è la donna scesa a terra?»

Scrollai la testa, senza troppa convinzione.

«Tiziana De Virgili, l'amichetta del defunto Riccardis. Cioè, di De Sanctis. Una cosa ben strana, non vi pare?»

Nella concitazione delle indagini non mi era mai venuto in mente di chiedere il cognome della ragazza: a sbrigare le questioni burocratiche erano sempre stati Barbagallo e De Sio. Era stata così spavalda da adottare una falsa identità che ricordava in modo esplicito il nome di suo padre, e noi non ce n'eravamo nemmeno accorti. Mi prese un gran senso di rabbia e impotenza. Ecco perché Carlo De Sanctis era stato così evasivo, quando gli avevo domandato se avesse fatto tutto da solo. Voleva proteggere la sorella. Forse si era addirittura ucciso, pur di coprirla. Ebbi l'impulso di correre a informare il comandante, per attivare subito i contatti con le autorità egiziane. Invece me ne rimasi lì, a schiumare in silenzio davanti allo sguardo interrogativo di Barbagallo.

Dare la caccia a Maria Luisa sarebbe stato inutile. Ormai era fuggita in territorio straniero e alle autorità anglo-egiziane non importava un fico secco della giustizia italiana. Andare a stuzzicare il colonnello, poi, sarebbe servito solo a coprirmi di ridicolo. Senza contare che l'ultima erede della famiglia De Sanctis non rappresentava più un pericolo per nessuno. Escludevo che potesse tornare in Eritrea per uccidere padre Baldassarre e forse avrebbe cercato di rifarsi una vita chissà dove, lontano da Massaua e da Genova. Pensai pure che avesse già sofferto abbastanza: la tragedia del padre, la famiglia in frantumi, la morte del fratello, l'abbandono della patria.

Ancora oggi, a distanza di tanti anni, mi assale il dubbio di aver agito in modo sbagliato: forse avrei dovuto continuare a darle la caccia, a costo di fare un buco nell'acqua. Ma non riesco a condannarmi. Non ce la faccio a considerarmi un cattivo ufficiale solo per quella scelta, che nella mia personale scala di valori assomigliava a un gesto di umana pietà. Non so neppure se altri siano poi venuti a sapere che Carlo De Sanctis aveva una complice. Può darsi che Barbagallo avesse notato la somiglianza della fanciulla ritratta in foto, però non me ne fece cenno. Mai. E di Maria Luisa De Sanctis non ebbi più notizie.

Quella mattina, non appena il maresciallo fu uscito, presi in mano la scimitarra e sguainai la lama. Passai le dita sul filo, facendo attenzione a non tagliarmi, poi con un fazzoletto lucidai con cura l'acciaio, scintillante come uno specchio. Dopo aver spolverato anche la custodia di cuoio, l'appesi con un chiodo sul muro dietro la scrivania.

Ripresi in mano il *De brevitate vitae* e mi rimisi a leggere.

> Perciò non c'è motivo che tu ritenga che uno sia vissuto a lungo a causa dei capelli bianchi o delle rughe: costui non è vissuto a lungo, ma è stato in vita a lungo. E così, come puoi ritenere che abbia molto navigato uno che la violenta tempesta ha sorpreso fuori dal porto e lo ha sbattuto di qua e di là, e lo ha fatto girare in tondo entro lo stesso spazio, in balia di venti che soffiano da direzioni opposte? Non ha navigato molto, ma è stato molto sballottato.

Faceva caldo, come al solito. Le pale sul soffitto giravano inutili, miscelando l'aria torrida e trascinando nel vortice le zanzare che si erano infilate dall'esterno. Sbottonai il colletto della giubba e presi dal tavolo uno dei due pacchetti di Excelsior appartenuti a De Sanctis. Lo aprii e portai una sigaretta alle labbra. La fumai piano, affacciandomi alla finestra. Il sole splendeva sulla Città Vecchia. Nel porto il solito viavai di gente che si affannava, ignara.

FINE

Nota dell'autore

Quando nel 2008 è stata pubblicata quest'opera, il mio «primo» romanzo, uscito con le Edizioni Angolo Manzoni, non avrei mai immaginato che ne sarebbe nato un ciclo che ha raggiunto sinora i cinque capitoli e che, via via, ha suscitato un crescente interesse tra i lettori. L'idea iniziale era scrivere un romanzo poliziesco con un tratto originale, che si distinguesse nel *mare magnum* della narrativa di genere italiana: avendo sempre avuto una certa passione per il fenomeno, quasi dimenticato, del colonialismo italiano, pensai che le terre lontane dell'Africa Orientale Italiana (AOI), l'effimero impero coloniale voluto da Mussolini, potessero essere uno scenario inedito e interessante per ambientare una storia gialla.

Per poterlo fare, oltre a immaginare un adeguato personaggio di investigatore, ho dovuto compiere un po' di ricerche di carattere storico, estese anche alla vita quotidiana che gli italiani delle colonie affrontavano negli anni Trenta. E ho voluto approfondire i rapporti, spesso poco conosciuti, tra i colonialisti e le popolazioni locali che, sia pure in modo controverso, a pieno titolo hanno partecipato alla breve e ambigua epopea coloniale italiana.

Per scavare nel mondo dell'Africa italiana di più di ottant'anni fa, ho fatto ricorso ai libri di storia, naturalmente, ma anche a giornali dell'epoca, alla memorialistica dei coloni, ai filmati dell'Istituto Luce, a fotografie e articoli che per fortuna si trovano spesso su Internet. Tutto per provare a costruire un quadro credibile intorno a una storia di pura *fiction* come quella che avete in mano. Il risultato è sotto i vostri occhi. È possibile che il romanzo contenga alcune piccole imprecisioni, che spero il lettore mi perdonerà, e che mi auguro non vadano a inficiare l'attendibilità della cornice storica in cui si muovono il maggiore Morosini e gli altri personaggi del romanzo.

Glossario

Amba (pl. **ambe**): in amarico indica un'altura dalla cima piatta.

Amhara: etnia che rappresenta circa un quarto della popolazione etiopica, gruppo dominante sotto il regno di Hailé Selassié.

Ascari: soldati indigeni inquadrati come componenti regolari delle truppe coloniali italiane in Africa. Il nome deriva dall'arabo *asker*, «soldato».

Berberé: miscela di spezie diffusa in tutto il Corno d'Africa, composta tradizionalmente da peperoncino, zenzero, chiodi di garofano, pepe, coriandolo e ruta comune.

Billao: pugnale a doppia lama, in dotazione alle forze di polizia dell'Africa Orientale Italiana.

Buluc-basci: grado militare delle truppe coloniali, equivalente al sergente del Regio Esercito.

Burnùs: mantello con cappuccio di panno scuro. Usato già negli anni Venti dalle truppe sahariane in Libia, in seguito venne assegnato anche al personale della polizia coloniale e della PAI.

Carcadè: è il fiore dell'ibisco da cui si può ricavare per infusione una bibita dissetante dal colore rosso intenso.

Ciai: chiamato anche *chai*, è un tè nero arricchito con cannella, zenzero, chiodi di garofano e cardamomo.

Cunàma: popolazione di origine sudanese che vive sia in Eritrea sia in Etiopia.

Galla: importante gruppo etnico abissino, dedito alla pastorizia e all'agricoltura, rappresenta circa un terzo dell'intera popolazione etiopica.

Littorina: con questo termine, fino agli anni Sessanta, s'indicavano i treni leggeri a trazione termica (diesel, benzina, gas) di qualunque scartamento. La definizione, coniata nei primi anni Trenta, deriva dal fatto che uno dei primi treni di questo tipo venne usato sulla linea per la città di Littoria (oggi Latina).

Muntaz: è un grado militare delle truppe coloniali italiane, equivalente al grado di caporale del Regio Esercito.

Negus: parola etiope che indica il sovrano.

PAI: Polizia dell'Africa Italiana, istituita nel 1936. In precedenza i compiti di sicurezza erano garantiti dai carabinieri e poi dalla polizia coloniale, che si avvaleva anche di personale indigeno.

Ras: fin dai tempi dell'impero etiopico, il titolo veniva conferito ai capi feudali delle maggiori province e, in seguito, al più alto dignitario dopo il Negus.

Scium-basci: era l'equivalente indigeno del maresciallo, parlava italiano e aveva il ruolo di intermediario tra gli ufficiali e il resto della truppa africana.

Tarbusc: copricapo dei militari indigeni arruolati in Eritrea e Somalia nell'arma dei carabinieri, un alto fez di feltro rosso di forma troncoconica.

Tigrini: gruppo etnico diffuso a cavallo fra Etiopia (regione del Tigré) ed Eritrea, dove costituisce circa metà della popolazione complessiva.

Tucùl: vocabolo abissino di probabile origine sudanese. Indica l'abitazione tipica dell'Africa Orientale, a forma cilindrica con tetto conico, realizzata in paglia e fango.

Zaptié: termine che deriva dal turco *zaptiye* (polizia), indicava il militare indigeno arruolato fin dal 1888 nei carabinieri in terra d'Africa.

Zighinì: è un piatto della cucina eritrea che viene servito su focaccine acidule chiamate *ingera* ed è a base di spezzatino piccante di pollo o di manzo, verdura cotta, legumi vari e insalata fresca.

Indice